SEVENS HEAVEN

フィジーセブンズの奇跡

ベン・ライアン＝著　児島 修＝訳
Ben Ryan　translation by Osamu Kojima

辰巳出版

SEVENS HEAVEN
by Ben Ryan

Cover Illustration
Keisei Sasaki

Book Design
Masatsugu Kojima

父（列中央、左から三番目）。僕をスポーツ好きにし、アスリートとして優秀な遺伝子を与えてくれた。裏庭でパス交換をしながらいろんなテクニックを教わったのは、かけがえのない時間だった。リオの決勝戦で試合終了の笛が鳴ったとき、すぐ隣に亡き父の気配を感じた。

親友のノエル、妹、姉、母と。1980年代前半では、こんな服の色使いが趣味が良いと思われていた。

リッチモンドのラグビーチームでノエルとコンビを組んだ。僕はスクラムハーフで、ノエルがスタンドオフ。何をするのも一緒だった。ノエルとの友情は、僕の人生に大きな影響を及ぼした。

赤毛の白人である僕の、この国での日焼け止めの使い方は、有名な“フォース橋にペンキを塗る”のたとえ話を地で行くものだった。身体の半分に塗り終え、もう半分を塗ろうとしたときには、最初の半分はもう溶け始めている。（Zoomfiji）

フィジーでは、ラグビー選手は英雄であり戦士として崇められている。子供はラグビーが大好きで、どこででもプレーしている。僕はこの地で、忘れかけていたラグビーへの愛を思い出した。

フィジーに着いたばかりで興奮しているナタリーと僕。この国で過ごす3年間が、その後の人生を大きく変えることになるのを、このときは知る由もなかった。

2016年のラスベガスで、ニュージーランドのディフェンスを突破するサヴェ・ラワザ。フィジーが力を発揮したときに、よく見られる光景だ。相手ディフェンダーは膝を地面につき、カバーの選手が必死に追いすがろうとし、タックルが虚しく空を切る。(Zoomfiji)

The Fiji Times

Stay patient

Ryan orders victorious team to keep feet on gro

2013年のドバイでの優勝によって、チームへのプレッシャーは高まった。勝ちはしたが、水面下に多くの問題を抱えていた。気を引き締めなければならなかった。(Fiji Times)

チームマネージャーのロパティはチームにとって不可欠の存在になった。ハグをすればどんな状況でも前向きな気持ちになれた。

2015年の香港、準決勝の南アフリカ戦の開始前にピッチに飛び出す。フィジー人にとって香港セブンズは世界のどの大会よりも特別な意味がある。(Zoomfiji)

ジェリー・トゥワイは独自の才能を持つ選手であると同時に、謎めいた存在だった。貧しい国のなかでもとりわけ貧しい地区の出身で、自分に自信がなく、悪習慣が身についていた。だがボールを手にすると、天才的なステップと爆発的なスピードで相手を置き去りにする。ジェリーを使うことは僕にとって大きな賭けだった。(Zoomfiji)

シンガトカの砂丘で独り思いに耽る。他に類を見ないトレーニング環境であるだけでなく、心を静め、頭のなかを整理するのにも理想的な場所だった。(Zoomfiji)

僕は新しいチームを限界まで追い込む練習がしたかった。自然が美しく、過酷な環境で身体を鍛えられるシンガトガはその舞台としてうってつけだった。故郷の村々からは遠く離れてはいるが、ここでチーム一丸となって汗を流し、肺と脚を鍛えれば、それはフィジーの選手が世界で戦うための大きな武器になるだろう。(Zoomfiji)

友人でチームのアシスタントコーチのクリス・クラックネルと、シンガトガ付近の滝の上で、充実感に思わず笑みがこぼれる。砂丘の走り込みを終えて、砂と汗を洗い流した。(Zoomfiji)

リオのピッチで。見た目は凸凹だけど完璧にバランスのとれたチームの面々と。クリス、ウィリアム、ナザ、ロパティ、僕。ロパティとは、ここでは片腕でハグ。(Zoomfiji)

アルプスのような急峻な砂丘を駆け上がる訓練をしていると、こんなふくらはぎの筋肉になる。敵を引き離し、ハンドオフの構えをとるジョシュア・ツイソバ。(Zoomfiji)

キャプテンのオセア。あらゆる意味でチームのリーダー。オリンピックの準々決勝、ニュージーランド戦で。この主将なくしては、僕たちは大きな目標を成し遂げられなかった。(Zoomfiji)

本当なら、オリンピックの決勝戦の前に本格的な演説をするつもりだった。でも、演説めいたものは一切しなかった。控え室を見渡すと、選手たちは歌い、踊っていた。ビーチでタッチラグビーをして遊ぼうとしている子供たちみたいだった。(Zoomfiji)

低い姿勢をとり、物を受け取ると掌を丸めて上下に二回拍手する。これがフィジー式の物の受け取り方だ。アン王女も事前に説明されてはいなかったが、同じような授与式に参加した経験があったので、選手にならって拍手をした。(Zoomfiji)

優勝の瞬間、どんなふうに喜びを表現すればいいのかわからなかった。イギリス人らしく、ぎこちなくガッツポーズをつくった。まさか、この写真が後に金メダルを記念して発行されたフィジーの紙幣に使われることになるとは思いもしなかった。(Zoomfiji)

目の前には淡いブルーの国旗が大海原のように広がり、僕たちは抱擁とキスと花輪の海で出迎えられた。リオでは肩に重荷を感じたりはしなかった。フィジー人全員の肩の上に乗っていたからだ。(Zoomfiji)

オセアの結婚式に出るためにフィジーに戻った。軍の特殊部隊から牧師になった父親は、すべては運命だったと涙ながらに語った。新しいコーチが息子を信じてくれたこと、息子がコーチにとってもっとも重要な選手であったこと、金メダルをとれたのは天の定めだったこと。

リオから戻った僕たちはオープントップのバスに乗り、警察の先導で観衆で埋め尽くされた道路を進んだ。いつもならバスで25分かかる空港からグランドパシフィックホテルまでの道のりを、2時間で到着できたのは幸運だった。

あまりにも早い天国への旅立ちと引き替えに、
僕により良い存在を目指すことの価値を教えてくれた父へ。
ホイッスルが鳴り響き、決勝が終わったとき、
あなたは僕のすぐ側にいた。

そして、フィジーの人たちに。
あなたたちがもたらしてくれたものの大きさを、僕は言葉にできない。
限りない愛を。

SEVENS HEAVEN
フィジー・セブンズの奇跡

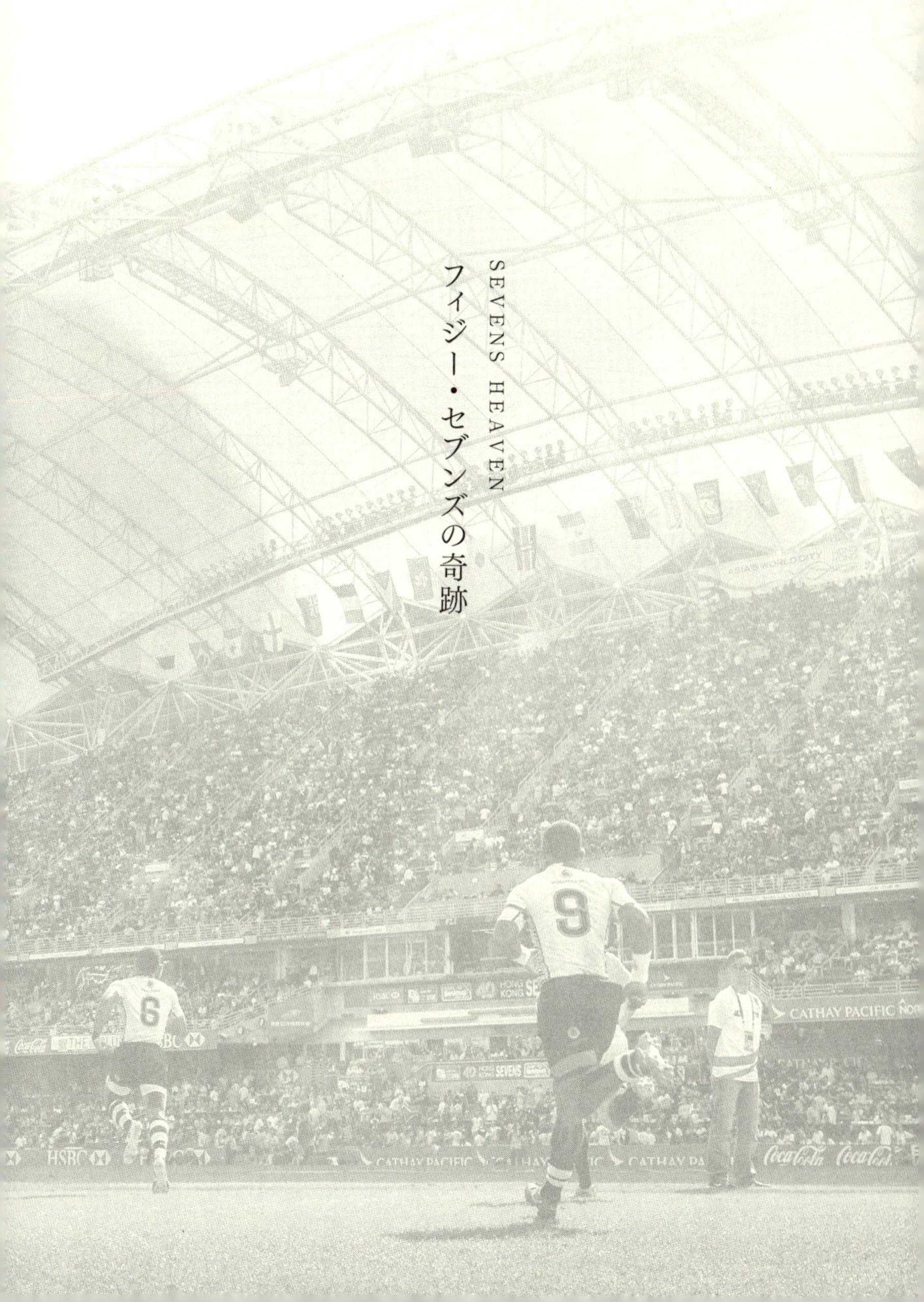

第一章

二秒の決断

ときには、直感が勝ることがある。最初の二秒で、答えがわかってしまうことがある。これからしようとしている決断が、正しいものであることを。

そして、そんな決断をしても、どんな結果が待っているかはさっぱり見当がつかないこともある。その二秒が、その後の三〇年をひっくり返し、何ひとつそれまでと同じものではなくしてしまうかもしれないのに。

二〇一三年の夏の終わり、四一歳の僕は、ラグビーコーチとして順調な人生を歩んでいた。五年前に結婚し、ロンドンの土地柄の良い地区にある広い家に住んでいた。前の仕事は辞めていたが、次のオファーはもらっていた。報酬も良く、安定していて、適度に刺激的な仕事だ。言わば僕を乗せた船は、そよ風を背に受けて穏やかな水面を航海していた。でも友人から送られてきた一件のメールと、ツイッターに投稿された一件のツイートを見て、僕はその船から飛び降りることになる。

安全網も、命綱もなかった。失敗したときに助けられたり、もう一度チャンスをもらえたりする保証もなかった。それは輪郭の淡い夢であり、書き始めた曲の最初の音符にすぎない。それでも僕は海に飛び込んだ。岸から遠く離れた場所で。

僕はラグビー選手として自身のキャリアをスタートさせ、引退後に体育教師を経てラグビーコーチになった。「セブンズ」の呼称で知られる七人制ラグビーのイングランド代表チームを七年間率い、ワールドカップの決勝とコモンウェルスゲーム（イギリス連邦に属する国や地域による総合スポーツ競技大会）に導き、「革新的なコーチ」という評価を得た。僕が初めて採用した食事法やトレーニング手法は、その後、世界のセブンズチームに普及した。

だがこの代表コーチの仕事は、ゆっくりと終わりに向かい、あっさりと最後のときを迎えた。イングランドではラグビーはビジネスであり、あらゆる事柄が真剣に扱われる。僕はコーチの仕事に全力を注いだ。それが自分のスタイルだから。他人が気にも留めないような小さな違いにこだわり、血と汗と涙の結晶として多くを成し遂げた。同時に、ラグビーには常に喜びや楽しみ、興奮が必要だという信念もあった。ラグビーをプレーするのは、己の肉体と精神の限界を相手と比べるためであり、窮屈な日常から解き放たれ、自由を爆発させるためだ。何度もリプレーの動画を見たり、会議室で何時間も選手に講義をしたり、ピッチから離れた場所で延々とミーティングをするためではない。他人を尊重し、スポーツを通じて人間的に成長するためにプレーする。マキャベリズム的な策略や権力闘争に溺れたり、疑心暗鬼になって人を疑ったりするためでもない。

イングランド代表コーチの仕事は、僕の人生そのものだった。だが、突然、その地位を失った。人は、周りから誠意のない態度をとられるようになっても、せめて自分だけはそうしないようにと願うものだ。だけど、僕は徐々にそれができなくなっていった。最後に、完全に信頼できなくなっていた人から引導を渡されたときには、安堵と幻滅が入り交じった気持ちになっていた。

失業した僕にオファーをくれたのは、イギリスにおけるオリンピック競技の改革を目指す政府組織

「ＵＫスポーツ」。コーチとして現場で選手を指導するのではなく、ラグビー界の長期的な計画を策定する仕事だ。これまでのように外国の都市を飛び回るのではなく、バッキンガムシャー州のオフィスで九時から五時まで働くことになる。だが、仕事の内容は面白そうだったし、何より安定していた。もう、心の準備はできていた。これからの三年間がどんな日々になるかは、わかりやすい形で目の前に用意されている。今すぐにでもＵＫスポーツから「正式に契約を結び、仕事を始められるのはいつか」という確認の連絡がきてもおかしくなかった。

友人からそのメールが送られてきたのは、そんなときだった。

ベン、ツイッターを見たか？　フィジーのセブンズ代表チームがコーチを募集してるぞ。

ラグビーの強豪国にはそれぞれの独特の魅力がある。ニュージーランドは奇跡的な速さと正確さでプレーする。このスポーツの発祥国で長い歴史と大勢のファンを持つイングランドは、ラグビー界の貴族のような存在だ。ウェールズは、フォワードの猛々しい逞しさとバックスの騎士のようなスピードがうまく融合している。アイルランドは風雨にめっぽう強く、相手を敵陣に釘付けにする。脅威と狂気が煙が出るほど熱く合体しているフランス、攻撃的な新興国のオーストラリア、荒っぽくも華やかなアルゼンチン。南アフリカを怒らせてはいけないし、スコットランドが腹の底に秘めた根性を過小評価してはいけない。

それでも、太平洋のあの小国の大男たちのようにラグビーをプレーする者は他に誰もいない。ブラジルの貧困街《ファベーラ》の子供たちのようにサッカーをする者がおらず、ジャマイカの田舎の子供たちのように速く走る者がいないように。そして、セブンズという形式ほど、フィジーのラグビーが持つ混沌とした美しさが花開く場所もない。

フィジーの選手は、神出鬼没で相手に襲いかかる。ブルドーザーのような胴体をした男たちが、魔法のような手さばきでパスを繰り出し、小刻みなサイドステップと上下動を繰り返す。城門を破壊する破城槌のような強固なスクラム、凄まじいスピード。跳び、沈み、相手を引きずり、オフロードパスで意表をつく。笑顔や歌、喜びに満ち、楽しく、恰好いいことだけがすべてだと言わんばかりのプレー。

世界中のラグビーファンは、この魅力的なプレーをするフィジー代表チームを母国代表チームの次に応援している。もちろん、フィジー本国の島々でも、選手たちは英雄であり戦士として崇められている。厳しい貧困と絶えざる政治的混乱に喘ぐ人々にとって、ラグビーは成功のチャンスをつかむための手段であり、最大の気晴らしだ。どの村の子供たちも草ラグビーに熱中し、大人たちはこのスポーツに取り憑かれている。ボールがなければ、丸めた紙や空のプラスチックボトルが代わりになる。たいていは素足で、湿った赤土や黄金色の砂がこびりついているだけだ。そのラグビーは残酷で美しく、直感的で混沌としている。フィジー人の暮らしには、ミニラグビーとも呼べるセブンズが根付いている。同時に、有望な選手を狙う富裕国にとっての草刈り場にもなっている。トップクラスの選手は、プロ契約や短期間での帰化という海外からの誘惑に晒され、残されたフィジーの選手たちは、不十分な設備や質の低いコーチといった限られた条件下での闘いを余儀なくされている。

僕はラグビーコーチとして、フィジーの存在を無視できなかった。コーチ職に空きがあると知ったとき、胸の高鳴りを抑えられなかった。心が先回りし、起こり得るいろんな可能性や問題を想像して興奮した。ひょっとしたら自分は、それまでこの国でコーチを務めた誰より、フィジーの選手たちの底知れぬ可能性を引き出せるかもしれない――。

大きく息を呑んだ。僕は、イングランドのコーチとして対フィジー戦の勝利記録を持っている。そのことは、コーチを選定する際の有力な材料になるだろう。運命も僕に味方していた。フィジーは過去六〇年間、オリンピックでどの色のメダルも獲得したことがない。そして三年後のリオデジャネイロオリンピックでは、ラグビーが九二年ぶりに正式な競技として復帰する。しかも、その種目は史上初となるセブンズだ。

高ぶる興奮と胸騒ぎのせいで、すでに応募期限をわずかに過ぎていたこともたいした問題ではないと思えた。短いメールを送る。履歴書は不要だった。このポジションに興味がある、とだけ伝えた。返事はすぐに戻ってきた。

「スバ時間の午後二時から、スカイプで面接できるか?」

フィジーの首都スバの午後二時は、ロンドンの午前二時だ。問題なかった。エスプレッソは好きだし、夜更かしも苦にはならない。面接の簡単な準備もした。イングランド代表のコーチをしていたとき、フィジーとは毎年のワールドラグビーセブンズシリーズで対戦し、何度も打ち負かしてきた。だから僕は現在のフィジーの強みと弱みを知っていたし、それをある程度の説得力を持って語れる立場にあった。フィジーの選手のプレースタイルを根本から変えるのは無理だが、枠組みや規律をもたらすことで、パフォーマンスにムラのあるチームがコンスタントに力を発揮できるようにすることは可能だと思えた。計画的なトレーニングによってコンディションとスピードをさらに高めることもできるだろう。噂では、フィジーでは権力を持つ人間が、地元出身の選手が代表メンバーに選ばれるように働きかけるらしい。そのような不公平なシステムを改善し、公平に実力で選ぶ仕組みを導入すれば、大きな変革にもなるに違いない。そんな点をアピールすれば、今日の面接相手である、ゴミ箱を空にするのと同じくらいの頻度でコーチの首をすげ替えているフィジーラグビー協会のお偉方に、自分のコーチとしての価値を示せるかもしれない。

午前二時。目をぱっちり覚まし、万全の態勢で待機していた僕は、フィジー時間の洗礼を受けた。経度の違いから生じる時差のことではない。実にいい加減な、この国の時間感覚のことだ。僕はその後、フィジー時間とは何かを詳しく理解するようになる。まず、何かが予定される。それは、急いでは起こらないが、い・つ・か・は起こる。でも、それがいつかはわからない。そして、それが起こらないときは……何か別のことが起こる。おそらく予定していなかった、別の何かが。

そんなわけで、午前二時は二時半になり、三時になった。ノートパソコンを腹に乗せ、ソファに横たわる。ヒースロー空港に向かう早朝便が飛ぶ音が聞こえた。晩夏の夜明けが近づいてきた頃、スカイプのビープ音が鳴った。慌てて身体を起こし、目をこすりながらアプリケーションを起動した。

僕の顔が、フィジーラグビー協会のCEOマンサ・バラヴィララのオフィスの壁にプロジェクターで投影された。正式な面接、という堅苦しい雰囲気は感じられない。協会の幹部でもなく、面接にも何の関係もないと思われる人たちが次々と画面に顔を出しては、ハローと挨拶し、二〇〇三年にイングランドがワールドカップで優勝したときの立て役者になった英雄ジョニー・ウィルキンソンとは知り合いか、女王には会ったことがあるかと尋ねてきた。面接はそれなりにうまくいったと思う。自分からもいくつか質問をしたし、途中で眠ったりもしなかった。それに、女王はともかくジョニーには会ったことはあった。

くたくたになって面接を終え、しばらく朝寝をしたあと、インターネットでフィジーのことを調べた。この国の文化や人々の暮らしについてもっと知りたかったのだ。フィジーのラグビーのことならよく知っていたが、他のことはほとんど何もわからない。太平洋の地図を渡されて、フィジーの場所を当てろと言われたとしても、それがトンガやサモアではないことを祈りつつ、ニュージーランドの北の島々を適当に指差すことしかできなかった。

フィジータイムズ紙のウェブサイトのトップニュースは、マンサ・バラヴィララが解雇されたというものだった。たった数時間前に僕がスカイプを通して面接をしたのは、このラグビー協会CEOのオフィスだった。

すべては終わりだ。ゲームが始まる前に、ゲームオーバー。これが僕にとってのフィジーだったのだ。コーチの職は、他の誰かが手にすることになるのだろう。縁が無かったと思うしかない。これからは、UKスポーツのオフィスがあるビシャム・アビー・ナショナル・スポーツ・センターが僕にとっての新しい人生の舞台になる。問題はなかった。リオオリンピックでのイギリスのメダル獲得を、舞台裏からサポートしていこう。UKスポーツの資金は潤沢だ。ブラジルでのオリンピックに向けて、四年間で約三億五〇〇〇万ポンドの予算が投じられることになる。僕の生活は穏やかで落ち着いたものになるだろう。やる気に満ちたアスリートたちのために、最高のコーチを雇い、最新の設備を用意する。始める前から、仕事は終わっているようなものだ。

しかも、この仕事はイングランドのラグビーユニオン《五人制ラグビー》の統括団体、ラグビー・フットボール・ユニオン《ＲＦＵ》とは無関係だ。ＲＦＵでは政治的な争いやドロドロした個人間のライバル関係が渦巻いている。セブンズのコーチを務めていた七年間、このチームの最終的な責任を負う立場にあったＲＦＵの上司は、自分のオフィスから三キロほどしか離れていない練習場にもほとんど顔を見せてくれなかった。僕は最後の数年間、お前のコーチとしての首は、次の二つの大会とそれに続くワールドカップでのイングランド代表の結果次第だ、と宣告されていた。僕はこの二つのトーナメントでチームを準決勝に導き（その過程で、フィジーには記録的な大勝を飾った）、ワールドカップでも決勝に進出した。だから、それでも解雇されてしまったのは驚きだった。

この辛い経験を引きずらないわけにはいかなかった。イングランド代表のコーチだったとき、僕は上司のことで気を揉み、消耗してしまっていた。だからこれから自分を待つ、穏やかで落ち着いた生活には、簡単に慣れることができるだろう。

二週間後、妻のナタリーとロンドン南西部のイタリアンレストランで食事をしていたとき、携帯電話が鳴った。ダイヤルコードに目をやった。

＋６７９。フィジーの国番号だ。

跳び上がり、急いで店の外に出た。店の脇の路地は、リッチモンド・グリーン公園に続いていた。暖かい夜で、午後八時でもまだ空はほんのりと明るい。身なりのいいロンドンっ子が散歩をしている。

芝でフリスビーを楽しむ人もいる。目に映るすべてに、快適な暮らしと豊かさが溢れていた。

「ハロー、ベン？　フィジーラグビー協会のＣＥＯ、ベルリン・カポアだ」

「ハロー、ベルリン。何の御用でしょう？」

「我々はこれから記者会見を開くつもりだ」

「何について？」

「君を新しいコーチに任命したことについてだ」

沈黙――。僕は眉をひそめた。アドレナリンが激しく体内を駆け巡るのがわかった。

「僕を任命？　まだ正式なオファーももらっていないし、返事もしていませんが？」

「その通りだ。二〇分与えよう。折り返し連絡してくれ」

ゆっくりとレストランに戻った。赤いタイル張りの床、レンガ造りの壁、心地よい空気が流れる店内。古びた感じの洒落っぽさを演出するインテリアだ。古い机のようなテーブルに、くたびれた感じの木製の椅子。棚に飾られた革の背表紙の古本。ナタリーと僕の目の前には、厚く縁取られたワイングラスが置いてあった。ヴァルポリチェッラのボトルはすでに半分空いていたが、さらにグラスに注ぐ準備ができている。

まず、大切なことを話し合った。これまでに行ったこともない土地で、友人や家族と何千キロも離れて暮らすこと。世界有数の大都市から、人口がロンドンの一区域ほどしかない小さな国に移住すること。ナタリーの仕事のことや、これからのキャリアのこと。フィジーに行くとなれば、相当の覚悟が必要になること。心変わりをするかもしれないこと――。

まだＵＫスポーツとの契約書にはサインをしていなかった。だから最大限の感謝を伝えつつ、丁重にオファーを断ることもできる。結論を先送りする可能性についても話した。まずは現地に飛び、そこで実際にこの目でフィジーのコーチとしてやっていけそうかどうかを判断したうえで、無理そうならイギリスに戻ればいい。

ナタリーと、あらゆることについて話した。だけど、答えは最初からわかっていたのだ。ベルリンは二〇分、時間をくれた。だけど僕の心は二秒で決まっていた。

急を要する展開に、気持ちが高ぶった。エスプレッソを二杯一気飲みしたときのような、鋭敏な感覚に襲われた。船のデッキから海に飛び込んだ気分だ。水は身を切るように冷たい。僕はフィジーに電話をした。ワインの酔いが、興奮をさらに高める。

そのときに高揚感を味わっておけたのは良いことだった。なぜなら、その気持ちは長続きしなかったから。記者会見が開かれ、僕のコーチ就任のニュースが世間に知れ渡ると、友人から続々とメールが送られてきた。「おめでとう、だけどフィジーがどんな国か、本当にわかってるのか？」「ベン、素晴らしいニュースだ。でも、心配なことがたくさんあるんだ」「びっくりしたよ。お前は勇気があるなあ、なにせあの国は……」

ラグビーユニオンの国際統括団体、ワールドラグビーからも電話があった。フィジーラグビー協会に対しては、使途不明金の調査をしているために、現在は資金提供を中断しているのだという。フィジーラグビー協会は常に資金繰りに苦しみ、過去に何度もそうなったように、今も実質的に破産していた。

フィジーという不安

人は直感に突き動かされているとき、入念な事前準備をしようとは思わないものだ。僕はフィジーラグビー協会とは、条件面の話はしなかった。報酬についても、期間についても。先方の要望はこうだった——一〇日間ほどフィジーに来てほしい、飛行機代も立て替えておいてくれ、話を詰めるのはそれからにしよう。

僕はその言葉を信じた。だから、代理人に相談するために二、三日待ってもらおうともしなかったし、契約書を用意してもらって弁護士に詳細を確認させようともしなかった。ただ、オーケー、それでいい、と言った。

イングランド代表のコーチの仕事を終えたときに、まとまった額の報酬を手にしている。だから心のどこかで、しばらく収入がなくても路頭に迷ったりはしないという思いがあった。だけど興奮の一夜が明け、ハマースミスにある馴染みのカイロプラクターの診療所に向かって爽やかな朝のテムズ川沿いの道を歩いていたとき、僕はすっかり意気消沈していた。それはためらいといったレベルの話ではなく、完全なパニックだった。胃がきりきりと痛み、後悔が波のように襲ってくる。なぜあんな決断を下してしまったんだ？　どうかしてるよ。

たまらず、代理人のマークに電話した。〝この状況から抜け出す方法は？〟ただ、マークとは長い付き合いだからわかっていた。こんなとき、優しい言葉はかけてくれない。同情はしてくれたが、厳しくたしなめられた。すでに新聞にニュースが出てしまった。フィジーのコーチ就任の話を急に反故にすれば、僕の信用はガタ落ちになる。他の仕事を得るチャンスも薄くなるだろう。報酬が少なかったという言い訳も、さらに愚かに見える。契約書にサインする前に、なぜそんな肝心なことを確認しなかったのか、と。この職を離れられるのは、少なく見積もっても一年後。つまり僕は、懲役一二カ月の判決を下されたようなものだ。

施術を終え、自宅のあるブレントフォードまで、一〇キロほどのテムズ川沿いの道のりを二時間かけて歩いた。チジックにある古いワトニー醸造所を通り過ぎてバーンズに向かい、再び北へ進路をとってキューを目指した。一歩進むごとに、悪態をつきながら。

もし、マークがこの件から手を引いてもいいと言ってくれたのなら、僕は喜んでそうして、自由の身になった解放感を満喫していただろう。でも代わりに味わっていたのは、学校をなんとかずる休みしようと思い悩む子供の気分だった。病気になったと嘘をつくことはできないか？　妻のナタリーのことを理由にはできないか？

最終的に僕の背中を押したのは、ナタリーの言葉だった。まずフィジーに行って、様子を見てみればいいじゃない。気に入らなければ、イギリスに帰りましょう。素敵なホテルに泊まって、あの国で働くことがどんなふうになるのかを想像してみましょう――。フィジーに到着してから一週間後に、オーストラリアのゴールドコーストでワールドシリーズのシーズン初の大会がある。それが終わったらロンドンに戻って、この仕事を正式に請けるかどうか、最終的な決断をすればいい。お金をもらえる休暇だと考えればいい。ずっとこの国に住むことになると考える必要はない――僕たちはそう考えた。

フィジーは、広大な南太平洋に浮かぶ三〇〇以上の島々から成る国だ。その範囲は一〇〇万平方キロメートル以上に及ぶ。ニュージーランドの北島は南に二〇〇〇キロの位置にある。ロンドン、ブレントフォード地区にあるフィールドレーンで生まれ育った僕にとっては、想像もつかない海の世界だ。僕や八一歳になる母、姉と妹、友人、ナタリーの家族が住む町から、一万五〇〇〇キロメートルも離れている。

事前にすべきだった、フィジーについての調査を少しばかりしてみた。あのラグビー・フットボール・ユニオンでさえ、フィジー政府ほどの混乱は体験していなかった。フィジー政府は、自国の治安部隊から二カ月以上も包囲されている。この国のさまざまな裏情報を掲載するウェブサイト「フィジーリークス」には、不正や贈収賄、警察の残虐行為、政府に楯突いた者が大勢収監されている刑務所の話が満載だった。

極めつきは、軍の最高司令官フランク・バイニマラマだ。二〇〇〇年のクーデター後に政府議長となり、二〇〇六年にも再びクーデターによって権力を手中に収め、現在は首相の座にあった。オーストラリアとニュージーランドの政府からは独裁者と呼ばれている。バイニマラマが選挙を実施するという約束を撤回したのち、フィジーには制裁が課され、イギリス連邦からの資格停止が言い渡された。二〇一〇年にデリーで開催されたコモンウェルスゲーム（僕がイングランド代表を準決勝に導いた大会だ）にフィジーのセブンズ代表チームが参加していなかったのもそのためだ。

バイニマラマに関する逸話は、事実ではないことを祈りたくなるようなものや、あり得ないと思うようなものがほとんどだった。毎朝タッチラグビーをプレーしているという話には信憑性があった。なんといっても、バイニマラマもフィジー人なのだから。でも、自分の息がかかった陸軍のチームが参加していたラグビーの大試合を予定どおりに開催させるために、クーデターを二四時間遅らせたという話は、にわかには信じられなかった。

僕たちの穏やかで落ち着いた暮らしはどこかに吹き飛んでしまった。とりあえずフィジーに行ってまずは様子を見ればいいという、甘い考えも。

ロンドンからフィジーへの空の旅は、永遠に終わらない。ひどい時差ボケになり、その時差ボケがさらなる時差ボケを生む。太陽はいつまでたっても沈まず、いつまでたっても眠れない。到着したら楽しいことが待っていると胸を躍らせていたとしても、疲労困憊になる。ましてや頭を疑問と後悔でいっぱいにしているのなら、とてつもなく長い拷問だ。

ナンディ国際空港は、フィジーでもっとも広く、人口の多いヴィチレブ島の西端にある。ナタリーと僕は、ゾンビみたいに飛行機から抜け出した。目は真っ赤になり、脚は硬くこわばっている。今すぐにでも横たわりたい。平らな場所で眠りたい。重いスーツケースを引きずって税関を通り過ぎると、嵐のような大歓迎に出迎えられた。少女たちが駆け寄ってきて、花輪を首にかけてくれる。「ウェルカムホーム、ベン！」の文字が書かれた大きな横断幕が掲げられ、ウクレレのオーケストラ風の演奏が始まり、インタビューを求める記者たちが殺到してきた。この騒乱は二時間も続いた。続けざまに、島の反対側にある首都スバに向かう飛行機に乗った。到着後は、ラミにある宿泊先のホテルを目指して、海岸沿いを車で西に数キロ進んだ。今度はフィジーラグビー協会の面々が勢揃いしてのレセプションが待っていた。カメラとテレビクルーの数は空港よりも多い。僕たちのために豪華なご馳走が用意されていた。てんやわんやの騒ぎだった。

僕たちは、このもてなしに二〇分しかついていけなかった。握手をしながら、もう丸三日もろくに寝ていない、明朝に必ずあらためて挨拶するから、と約束してホテルの部屋に退散した。ナタリーとベッドの端に座った。窓の外は漆黒の闇。自分たちがどこにいて、何をしようとしているのかすらもわからなくなっていた。歯ブラシだけを取り出したスーツケースが、部屋の端に転がっている。熱気が肌を突き刺し、何度もの緯度を越えてきた疲れが肩に重たくのしかかってくる。部屋には疑念と不安と恐怖が渦巻いていた。ナタリーと顔を見合わせた。いったいどうなってるんだ……。

夜明けは早く来た。ホテルのベッドに腰掛けて左を向けば、窓の外が青く光っていた。海と空がお互いを反射し、水平線が溶け合っている。開いた窓からプルメリアのほのかな香りが漂ってくる。遠くには深緑色の島々が浮かんでいた。それがモスキート島やスネーク島と呼ばれる島であることは、後で知った。

町のANZスタジアムで、毎年恒例のオセアニアセブンズの大会が開催されていた。僕にとって各国チームの特色だけではなく、地理についても学ぶ機会だ。ハロー、ツバル。ようこそ、クック諸島、アメリカ領サモア、ソロモン諸島。パプアニューギニア、サモア――。近い将来、これらの国々の場所を太平洋の地図と一致させられるようになろう、そう心に誓った。

メインイベントと並行して、フィジーのクラブチームと海外の招待チーム（アメリカ、フランス、アルゼンチン）が参加するトーナメントもあった。ナタリーと僕は主賓扱いされた。観覧席の屋根の下でも、うだるように暑い。大人しく試合を観戦し、いろんなものを観察する以外にすべきことはなかった。

　呼ばれる前に、彼の存在に気づいた。一八五センチ近くの長身に、がっしりとした体格。厳めしい顔つき。観客席の中央に、両側にボディーガードを従えて座っている。この暑さにもかかわらず、ジャケットとシャツという出で立ちだ。誰も、傍に近づこうとはしていない。

　そう、フランク・バイニマラマだ。

　バイニマラマのほうに歩き始めると、スタジアムにいる全員が一斉に僕のことを見た。観客席の誰もが、全員の視線が僕に集中していることに気づく。一六歳のとき、初めてデート相手のガールフレンドを家まで迎えに行った日のことを思い出した。ドアをノックすれば、強面の父親が出てくるのがわかっている。

　これからバイニマラマは、何かと僕に目を掛けてくれるのだろう。僕は鳴り物入りでこの国にやってきた——たとえ、僕がこの国にどれくらい留まりたいと思っているかを、まだ誰も知らないにしても。なんといっても、ラグビーはバイニマラマにとって、そしてフィジーにとって、一番のスポーツだ。もちろん、バイニマラマが僕にしてくれることに限りがあるのもわかっていた。もし僕がしくじったら、優しく救いの手を差し伸べてくれたりはしないだろう。言葉と態度に気をつけるんだ。そう自分にいい気かせた。挨拶をして、当たり障りのない会話をそれなりにしたら、あとはさっさとその場を離れ、自分の席に戻るんだ。話すより、聞くことに意識を向けろ。

　バイニマラマはずっとこっちを見ていたが、僕はなるべく目を合わせないようにした。テレビカメラがそっと動いている。そのときのバイニマラマの表情や口調は、車のギアにたとえればニュートラルだった。それでも相手が感じる恐怖の度合いはサードギアになる。

バイニマラマは僕を歓迎してくれた。カメラはずっと彼に向けられたままだ。僕はお礼を口にした。カメラが後ずさりして僕たち二人をとらえた。バイニマラマがもう一度僕を見た。

「君はこれから、いろんな人間からいろんなアドバイスをされるだろう。だけど、そんなものに耳を貸す必要なんてない。命の危険を感じない限りはな」

そう言って、バイニマラマはくすりと笑った。周りにいるボディーガードたちも、背筋を伸ばし、シャツの下から銃床を覗かせたまま、かすかに笑った。

これから先も、〝気をつけろ〟と自分に言い聞かせずに、バイニマラマの前に立つことはないだろう。公の場での言動には、細心の注意が必要だ。この男が些細なことで腹を立て、相手に悪意を抱き、容赦なく鉈を振るうであろうことは簡単に想像できた。その無慈悲さが顕わになったとき、僕はたちまち餌食になってしまうだろう。何か問題を起こし、それが彼の耳に入れば、「心配するな。俺があの野郎をお払い箱にしてやる」という一言で、すべてが終わるのだ。たった一本の電話で。バイニマラマが現在の地位にいる限り、僕に反抗するチャンスはない。

オセアとの出会い

頭上では太陽が眩しく輝き、遠くから嵐雲が近づいていていた。数試合目、僕たちの目の前で、フィジーの期待のホープ、ケレピ・ナモアが足を怪我した。らせん骨折の重傷だ。

チームドクターに同行し、車でラウカラベイ・ロードを走り、コロニアルウォー・メモリアル病院に向かった。何か手助けになることがしたかったし、フィジーで選手が大怪我をしたときにどんな処置がとられるかも見ておきたかった。だが診断の最中、ケレピの両親が病院に駆けつけ、手術の前に、息子を村に連れ帰ってしまった。心霊治療家《ヒーラー》を自称する魔女が、患部に手をかざし、効用のある葉で包めば、骨はくっつく、と話している。

ケレピが運ばれていくのを見ながら思った。もしこの病院で治療を受けなければ、もう彼を代表メンバーに選べなくなるだろう。二度と、これまでと同じレベルではラグビーがプレーできなくなるはずだから。

ここでは晴天も、すぐに雨雲に変わる。ここはフィジーラグビー協会のCEOが、子供たちの心臓を診断するための最新型のスキャナーを寄付した病院でもあった。看護師が若い患者たちに何かを囁くと、ざわめきが起こった。あの隅にいる、赤い目をした赤毛の男が、セブンズ代表の新しいコーチらしいぞ——。僕はフィジーに来て以来、ホテルでビュッフェの朝食をとり、選挙なしで首相の座に就いた男に怯え上がったこと以外には何もしていなかったが、そんなことは関係ないらしい。そのとき、初めて前向きな気持ちになった。この青白い顔をした、自信なさげなコーチにただ会っただけで、この国の人たちはこれほど好意的な反応を示してくれる。ならば、もし僕がチームを勝たせたとしたら、どれほど尊敬されるだろう。オリンピックで金メダルを獲得したら？　ラグビーが社会に深く根ざしていながら、まだ大きな成功を手にしていないこの国で、それはどんな価値をもたらすだろう？

翌週から、全九戦で開催されるセブンズのワールドシリーズの初戦がオーストラリアのゴールドコーストで始まることになっていた。すぐにでも本格的なトレーニングキャンプを開始しなければならない。ただし僕にはメンバーを選ぶ権限はない。選考では、選手のコンディションは考慮されていなかった。練習場となるピッチは、陸軍キャンプの真ん中にあった。選手たちは大量の蚊に襲われ、不衛生な環境で腹を下した。ここが練習場に選ばれたのは、トレーニングに最適だからではなく、ただ陸軍の幹部が自らの権力を誇示したいためだった。ラグビーボールは古くて擦り切れ、表面がつるつるしてグリップが効かない。ホイッスル以外に練習道具は何もなく、ウォーターボトルさえなかった。

怪我をしたケレピの替わりの選手が必要だった。候補は四人。僕はそのうちの三人の名前を知らなかった。だけど四人目のオセア・コリニサウのプレーは見たことがあった。二七歳。一八〇センチ足らずと上背こそないが、体重は九〇キロ近くあり、体つきは逞しい。爆発的なスピードを誇る俊足で、ウイングとして、あるいは一五人制ラグビーのフルバックとして、カウンターアタック時に危険な存在になる。ところが、フィジーラグビー協会にオセアの名前を提出したところ、また予期せぬ障害物にぶつかった。

「オセア？　駄目だ。彼を選んではいけない」

「どうして？」

「トラブルメーカーだからだ」

「どんなふうに？」

「ともかくそうなんだ。オセアは選べない」

後で知ったが、オセアは過去に選手を代表して協会に意見を伝えたことがあった。トレーニング環境が悪化している現状を訴えたのだという。そのことで、フィジーラグビー協会に疎まれるようになっていた。僕はその話を聞いて喜んだ。イエスマンばかりのチームは強くならない。チームには、各人が言いたいことを言える雰囲気が必要だ。コーチはただ指示を出せば全員が黙って従うと考えてはいけない。一人ひとりの気持ちを把握しなければならないのだ。

オセアの両親に会うために、スバの実家に行った。地元の教会で牧師をしている父親のトゥイから、意外な裏話を聞かされた。オセアは以前、代表メンバーに選考漏れしたとき、ラグビーを辞めることはもちろん、大学中退すら考えるほど落ち込んだのだという。父親がなんとか説得し、祈り、踏み留めさせた。

ベストを尽くさないと何を失うか。それを知っている選手は強い。後日、僕はオセアと会った。そして、ものの数秒で再び直感が働いた。この男は信用できる。具体的な理由はわからなかったが、とにかく強いつながりを感じた。おそらくそれは、その口調や身振り、まなざしからくるものだった。とにかく僕にはわかった。彼とならうまくいく。必ず、やっていける。

だから協会の忠告に反し、僕はオセアをメンバーに選んだ。さらに、キャプテンに任命して周囲を驚かせた。これは就任一年目で僕がしたあらゆる決断のなかで、一番の大正解だった。これがすべての始まりだった。

ただ、僕たちを待ち受けていたのは長い道のりだった。クイーンズランド州のゴールドコーストに移動し、地元クラブのグラウンドで練習をした。練習着に着替え、灼熱の太陽に照らされて乾燥し、白茶けた芝の上に立つ。僕は顔と腕に白い日焼け止めを塗りたくった。昼前の日光を浴びて、背中と目のなかに汗が流れ込んでくる。体力テストをした。同じ距離を時間内に何度も反復するブリープテストと似た、〝ヨーヨー〟と呼ばれる単純なテストだ。二つのコーンのあいだを一定の秒数で走り、その秒数を少しずつ短くして強度を上げ、持久力を測定する。

僕はこのテストで選手たちに勝った。四〇過ぎのコーチの持久力が、フィジーラグビー界のトップ選手を上回ったのだ。いったいどういうことなのだろう。照りつける太陽の下に立っていると、ラグビーシューズも汗でぐっしょりになり、日焼け止めと汗のにおいが鼻をつく。これが僕のチームだった。僕がすべてを懸けようとしているチームだった。水を求めて歩き始めたが、どこにも用意されていない。

選手たちは精神的に参っていた。いつ途中で脱落してもおかしくない顔つきをしていた。彼らはそもそも、このテストをする理由をわかっていない。これまでセブンズ向けのトレーニングをしたことはなかったから、それも当然だった。ほぼ毎週、年に五〇回も開催されるトーナメントで、ただ試合に出ていただけ。トレーニングはしない。シーズンを通してフィットネスを高めようともしていない。疲労回復のために取り組んでいることもない。自分のコンディションの良さを、新しいコーチにアピールしようともしない。そのコーチの出身地が自分と同じであれば代表に選ばれる。そうでなければ選ばれない。ウサイン・ボルトのように速く走ろうが、ナマケモノのようにゆっくり走ろうが、何も変わらない――そう考えているみたいだった。

こうした状況は変えなければならない。僕はチームのフィジカルトレーナー、ウィリアム・クーンを呼び寄せ、選手たちには身体の強靭さとスピードが必要だと話した。コンディションの悪い選手はメンバーから外し、代わりの選手を入れなければならない。

ウィリアムはその外見や素振りから想像されるよりも、はるかに頭のいい人間だった。フィジーで二番目に大きな島、バヌアレブ島の西海岸にあるサワニという村の出身だが、広い世界を知り、そこで生き抜く知恵を心得ていた。フィジカルトレーナーとして海外試合の遠征で移動するときは、金属製の大きなトランクのなかにテープや包帯、パッドなどの医療用品をいっぱいに詰め込んでいた。トレーニングの最終日にもなると、選手たちは肉離れや怪我を恐れて大量のテーピングをする。帰国時、ウィリアムはトランクの空きスペースに何を入れているかをウインクしながら見せてくれた。家族へのお土産や、形状記憶式の大きな高級ビーズクッションなどが入っていた。こんなふうに小さなところで創意工夫ができる人間なら、選手たちを普段よりも長く、速く走らせるためのアイデアを出してくれるはずだった。

課題が見えたデビュー戦

この最初の大会、セブンズのワールドシリーズで、僕たちはそれなりの戦いを見せた。フィジーは決して弱小チームのようにプレーしたりはしない。選手たちには、優れた技術と、持って生まれた身体のバランスや強さがある。しかし、グループステージではウェールズに敗戦。それはウェールズの調子が良いというよりも、僕たちのチーム状態の悪さを物語っていた。準々決勝ではイングランドと対戦した。僕がコーチ時代に、イギリススポーツ研究所の最新設備を用い、選手たちを体力の限界まで追い込んで鍛えたチームだ。僕たちフィジーは、イングランドに歯が立たなかった。自分が率いていたチームと、これから率いようとしているチームの大きな力量の差を見せつけられ、僕は再び不安とパニックに襲われた。

試合後のロッカールームは荒れていた。僕はこの混乱のなかで、一つだけチームのためになることをした。それは周りの人間からは見えない類いのことだ。僕は以前から、フィジーの選手は試合に大敗すると、夜にナイトクラブやバーに出かけ、ひどく酔っ払う習慣があるのを知っていた。彼らは適度に酒を飲むことができない。そして、有り余る体力や荒ぶる感情をぶつける場所を、酒場以外に見つけられない。

だから、フィジーに帰国して僕の目が届かなくなるときまで、酒を禁止した。ナタリーとホテルのロビーに陣取り、階段を上り下りする選手たちが酔っていないことを確認した。イングランド戦では完敗を喫した。でも僕は試合には敗れても、小さくてもいいから何か「勝利」が欲しかった。だから、試合に負けても酒に逃げないことに取り組んだ。それは目先の問題ではなく、これから僕たちが挑もうとしていた大きな戦いにとって、大切なことだった。

とはいえ、酒の問題は完全にはなくならなかった。それから三年間、主力選手が、酒が原因でペナルティを与えられたり、ホテルの部屋でぼや騒ぎを起こしたり、ガールフレンドを泣かせたり、離婚に至ったりしたケースは何度もあった。その原因は必ずしも選手ではない。選手の親戚や親類、開催地に住むフィジー人がホテルに乗り込んできて、ビールに誘うことが少なくなかったからだ。フィジーでは、若者は年長者の言うことを聞かなければならない。選手が羽目を外したがるのは、日頃から規律に従わなければならないことへのうっぷんが溜まっていたからでもある。だから僕は大会が終わったら、ファストフードを食べるのを許した。しかも、僕のポケットマネーで支払いをした。もう試合は終わっているので、パフォーマンスのことは気にしなくてもいい。オーストラリアやサモア、トンガといった他国の選手がフィジーの選手にこっそりと近づいてきて、自国のチームでは禁止されているジャンクフードを分けてもらおうとするのを見るのは微笑ましかった。

選手たちを前向きな気持ちにさせるための試みも開始した。大会を終えてチームがいったん解散する前に、全員を集めて話した。

「フィジーに戻ってからの最初のトレーニングキャンプには、ここにいる全員を招集する。みんな〝Aクラス〟という扱いだ。その立場を失うかどうかは、これからの一人ひとりの行動次第だ。君たちは現時点では、島にいる他の選手よりも頭一つ抜け出た立場にある。だけどこれから選手としてどんなふうに毎日を過ごすのかが、代表メンバーで居続けられるかどうかを決めるんだ」

僕自身も前向きになろうとした。その大会では、新任コーチの僕よりも体力テストで劣る選手がたくさんいた。それは、もう何年ものあいだ、まともなチーム管理ができておらず、成果も上げられていないことの表れでもある。自分の村の首長がラグビー協会の幹部と懇意にしていたり、たまたま親戚が選考者に口を利く機会があったりといった不平等があったにせよ、選手たちは、選考に携わった誰かから、それなりに戦えると見なされていたはず。メンバーのなかには、もっと力を発揮できるはずなのに、と思える選手もいた。

たとえばウイングの〝サミ〟ことサミソニ・ヴィリヴィリだ。サミはフィジー国内では警察のセブンズチームでプレーしていた。祖父は一五人制ラグビーのフィジー代表としてオーストラリア代表やイングランド代表と戦い、一九七七年に「ライオンズ」として知られる全イギリス代表チームを地元スバで破った伝説の「フィジーＸＶ」の一員でもあった。サミはファストフードと酒が大好きだった。そのことが、一八六センチの長身に無駄な肉をつけ、スピードと攻撃力を鈍らせていた。シャイな性格で、コーチとして腹を割って話すのは難しいタイプ。僕はサミならもっとできる、と思っていた。まずは、自分は味方であると示すことから始めなければならなかった。

コーチを長いあいだ続けていると、無意識に仕事のことを考えているのが習い性になる。ゴールドコーストでチームを解散したあとも、僕は簡単に実行できて大きな成果が期待できる、小さなステップはないか、ずっと考え続けた。

最初にフィジーで観戦した招待トーナメントには、底知れぬ才能の片鱗を見せていたフィジーの地元クラブの若手選手が何人もいた。地元クラブは、アルゼンチン、アメリカ、フランスから勝ちを奪っている。現在の代表メンバーの四人を、これらの若手四人と入れ替えられそうだった。チーム力は、格段にアップするだろう。なかでも、ヤマシアクラブに所属する二三歳の巨漢の高速フランカー、セミ・クナタニと、コーラルコースト・トーナメントに出場していたときに目をつけた、野生の狼のような自由奔放なプレーが特徴的なピオ・トゥワイは注目の選手だった。

そのほか、食事面では炭水化物を減らして低脂肪のタンパク質を増やすことで、スピードと筋力をアップできるだろう。スクラムやラインアウト、ペナルティなどのセットプレーは、今回は試合前日に練習をしただけで改善できた。今後はさらに磨き上げられるはずだ。キックは悲惨だった。ボールはデタラメな方向に飛び、技術的に欠陥があった。ただ、数週間もあれば、精度を一割は改善できる。ディフェンスは集団自殺みたいなものだった。白いユニフォームで綺麗なラインを描いて敵の攻撃を防がなければならないのに、ポジションはバラバラ。相手がボールを高い位置に持っているからという理由で危険なハイタックルを仕掛け、イエローカードを食らう。コンディションが悪く、すぐに疲れ、判断が悪いので、余計な反則をしてしまう。こんなふうに、改善すべき問題点は山ほどあった。

だが、それをすべて正しい方向に向かわせれば、とてつもない改善が見込めるはず。そんな感触を得て、フィジーへの最初の訪問を終え、八日間だけロンドンに戻った。頭のなかは、新しいアイデアや覚えたての選手の名前、湧き上がる考えや計画でいっぱいだった。ナタリーは年内いっぱいはロンドンに残ることにした。僕は早くフィジーに戻りたくてたまらなかった。

当時の僕は、論理よりも直感、現状よりも可能性に従っていた。まだ契約書も見ていない。立て替えた飛行機代と宿泊費も払ってもらっていない。もしかしたら僕は、勝手な思い込みだけで行動していたのかもしれない。フィジーには〝フィジータイム〟と同じように、金が支払われないまま物事が進んでいく〝フィジーファイナンス〟があった。もしこのとき、契約書は結局つくられず、この先半年、一セントも報酬が支払われないことがわかっていたら、僕はフィジーに戻っていただろうか？

親友がどこかに行ってしまった。見つける方法もわからない。

ノエルは、誰よりも親しい友達だった。学校でも一緒だった。ラグビーでは隣のポジションでプレーし、裏庭でもいろんな遊びをした。自分たちで新しい遊びも発明した。制服を着たまま眠り、朝早く起き出して、学校の校庭にある卓球台に急いで向かった。

僕の両親と一緒に、夏休みの休暇に出かけたこともある。一緒にヒット映画のVHSテープを擦り切れるほど繰り返し見た。BMXの紛い物のような安物の自転車でブレントフォードの通りを追いかけ合った。一緒に風呂に入り、頭と足の向きをそれぞれ逆さまにして同じベッドで寝た。子供のときの僕の写真には、いつもノエルが写っている。

ノエルは次第に僕から離れ始めた。周りには、素行が悪く、世の中に反抗している、大人びた不良がいた。僕たちみたいに冒険をしたり面白いことを探したりするのではなく、誰かと喧嘩をすることばかりを考えている連中だ。ノエルは別人のようになっていった。僕は一緒にいるときに感じていた気持ちが失われていき、疑問や不安を覚えるようになった。どうにかしたいと思っても、この冷たい川の流れのような力には逆らえないと思ってしまう。ノエルとのあいだにあった友情は、永遠に壊れるはずはないと思っていた。でも、悪運と誤った判断が、ノエルをどこかに連れて行ってしまった。

ノエルは変わった。昔と同じように振る舞おうとしても、もうそれは無理だった。ノエルのことを悪く思ったりはしなかった。頭のなかのノエルは完璧な友達で、僕たちは完璧な親友だった。でも、その友情はもうなくなった。僕は心の奥底で、その代わりになるものを探していた。

だから僕は探し始めた。懐かしい場所に行き、懐かしい人たちに会った。心の赴くままに進み、自分に問いかけながら。

僕は親友を探していた。僕が失ってしまったものを。


フィジーに戻り、本格的なトレーニングを開始した。招集した選手は二〇人。大幅に不足していた体力を強化することが目的だ。一〇〇メートルのインターバル走。三〇秒以内での二〇〇メートル走。インターバル時間を減らしながら繰り返す六〇メートル走と三〇メートル走。

最後まで走り終えたのは三人。残りの選手はピッチの端の茂みに隠れた。体重一〇〇キロ前後の一七人の男たちが、わずかに茂る椰子の葉の後ろに姿を消せるのだ。

翌日、同じことが起こったとき、僕は茂みに隠れた選手たちをセッションから追い払い、トレーニングを続けた。体力を高められればチームに入れる。高められなければ、チームには入れない。それをわかってほしかったからだ。僕は選手にベストを尽くしてほしかった。一緒に成長していきたかった。

唯一、僕に話かけてきたのはオセアだった。残りの選手は僕の指示に「イエス」と言っていたが、それはただ怖くて「ノー」と言えないだけのように思えた。オセアは協会に目をつけられ、代表メンバーから外されるという辛酸をなめたことで、ラグビー選手としてのキャリアが終わるかもしれないという恐怖を味わっている。そして、二度と代表から外れたくはないという強い思いを持っていた。オセアは背中を押してくれる誰かを必要としていた。そして、その役割を担うのは僕だと信頼してくれた。僕もオセアが他のメンバーを引っ張ってくれると信頼した。僕はフィジータイムズとフィジーサンという二つの全国紙を使って、全員にメッセージを送っていた。〝フィジーには良い選手がいる。僕はコーチとして厳しい練習を課すつもりだ。次の大会では、選手のコンディションは格段に上がっているだろう。国民の皆さんが喜ぶ試合をお見せできるはずだ〞

フィジー人はみなこの二紙を読んでいた。選手はもちろん、その親も、コーチも、妻や恋人も、部族の首長も。僕はメッセージを公にすることで、チームに変革を起こすことを、フィジーの国民全員にとってのテーマにしたかった。

選手たちと同じく、僕も変わらなければならなかった。四〇メートル走のときには、イングランド代表のときと同じように、高速度カメラ、電子風力計、GPSトラッカー（選手の肩甲骨のあいだに取り付ける）、レーザータイミングを用いて各選手が走った様子を撮影し、ブルートゥースで映像を転送して、iPadで即座に自分の走りを確認できるようにした。ここスバでは、選手たちはココナッツの木をスタート地点にして、プラスチック製のコーンの位置まで走る。だが僕のストップウォッチの測定タイムは、どれもセブンズの選手としては考えられないほど遅い。理解に苦しんだ。彼らに持久力がないのはわかっていたが、短距離は違うはずだ。フィジーの選手たちは最高のスピードを誇ることで知られている。その速さはどこに消えたんだ？

フィジカルトレーナーのウィリアムが、世知に長けた賢者といった雰囲気で近づいてきた。

「ベン、追いかけごっこをさせてみるんだ」

「どうして？」

「いいからやらせてみろ」

もう一度四〇メートル走テストをした。ただし今度は二人一組にして、一人はココナッツの木の前から、もう一人はその後ろ五メートルの位置からスタートさせた。ホイッスルを吹くと、二人は爆発的なスピードでスタートした。ウィリアムがまた近づいてきた。

「先頭の選手にボールを持たせるんだ」

その通りにすると、選手はさらに爆発的なスピードで走った。早送りの映像を見ているみたいだった。

そのとき気づいた。僕は長いあいだスポーツ科学の信奉者だった。だがそれは、ノートパソコンを擢にしてボートを漕いでいるようなものだった。フィジーの選手は、何の理由もなく四〇メートルを走らされることに意味を見いだせない。それは練習でもなんでもない、まったくの無意味な行為なのだ。だけど片方が追いかけ片方が逃げる競争にしたとたん、ピッチに活気が生まれた。ボールを持ち、試合を決めるトライを狙い、それを防ごうとするとき、フィジーの選手は檻から解き放たれる。間違っていたのは、僕のほうだった。

今の僕はフィジーに取り囲まれている。陸地には複雑に入り組んだ深い緑の丘陵地が広がり、珊瑚礁に覆われた無人の海には砕け散る波が押し寄せる。

イングランドの選手は扱いやすかった。僕自身、母国であるこの国で選手としてプレーしていた経験があるので、選手の気持ちを察するのはたやすい。僕は彼らと同じものを食べ、同じ音楽を聴いていた。でも、フィジーでは違った。僕は余所者《よそ》。ここはそれまでの経験や知識が通じない場所だ。ノボテルホテルのレストランではビュッフェの朝食が出てきて、バーでは冷えたグラスに入ったビール、フィジーゴールドが出てくる。ここに閉じこもってばかりではいけない——そう思った。まず僕がフィジーに変えられない限り、僕はフィジーのラグビーを変えられない。

僕はフィジーの大手ラグビー誌『ティボボ』の発行責任者で、セブンズ愛に満ちたクルデン・カメアという人物と知り合い、何度か夜に会って話をした。クルデンはヴィチレブ島の西海岸にあるフィジー第二の都市ラウトカの出身。息子のランダルもセブンズのフィジー代表にも選出され、フランスでプロ選手として活躍したラグビー選手だ。クルデンは、フィジー代表の歴代のコーチが本島を離れず、何百もある島々の村に埋もれている才能を発掘しようとしてこなかったことを疑問に感じていた。すべてはフィジーラグビー協会の快適なオフィスで決定され、フィジー全土を対象にした公正な選手選考が行われていない、と。

だから数日後、僕はクルデンと一緒に選手を発掘する旅に出ることにした。首都スバを出発してケルズロードを北上し、コロボウとロドニを経由し、右に太平洋、左に熱帯雨林を望みながら曲がりくねった海岸線を走り、四時間半かけてナトビという鄙びた小さな町に到着した。桟橋に停泊した小型のフェリー船の船倉に、牛やバイクと一緒にバスが積み込まれていく。岸辺にある掘っ立て小屋風のカフェの店内では客が甘い紅茶を飲み、外でも箱や荷物に腰掛けた人々が寛いでいる。裸足に半ズボン、色あせたラグビーシャツという恰好の子供たちが走り回り、出来たての〝ロティ〟と呼ばれるパンや、口をあんぐりと開けた魚のフライを売っていた。砂糖衣がたっぷりかかった大きなケーキも売られている。

それぞれの品を少しだけ買って轞《かじ》り、フェリーに乗り込んだ。フェリーは大きなエンジン音を立てながらロマイビティ群島に向かって東に進み始めた。遠くに目をやると、目的地のオバラウ島が見えた。

オバラウは、幅一〇キロ、縦一三キロほどの小さな島だ。中央にある巨大な火山性のクレーターのなかには、村がいくつかと、水の冷たい湖がある。島の東側の急斜面は森林で覆われ、北にはうねるような草地の丘が広がり、南端には小さな珊瑚島が点在する。質素な暮らしを営む約九〇〇〇人の島民には、古いラグビーシャツを着ている者が多い。

場違いなところに来た気がした。ブレサラ埠頭の桟橋に降り立つと、靴下と靴を履いているのは僕だけだった。赤髪にそばかす、「SPF100」の日焼け止めを塗りたくっているのも僕だけだ。ジープに揺られながら砂利道を進む。他に車は見かけなかった。脇に茂るマホガニーの木々、道端を歩き回る犬たち、フェリー船の経営者だというパターソン一族の屋敷を通り過ぎた。前面が開け放たれた建物の奥のテレビでは、昔のフィジー代表の試合が再放送されていた。水たまりの上を通ったタイヤが生温かい泥水を外側に跳ねていく。まとわりつくように暑く、汗が背中を滑り落ち、解け出した日焼け止めが目尻から流れ込んでくる。

レブカはフィジー最初の首都だった。といっても当時、この首都には通りが二つとパブが五軒、大勢の酔っ払いの捕鯨船乗組員しかいなかった。大昔に時計の針が止まったような町だ。平屋の木造家屋の隣にトタン小屋が並び、海沿いを走る舗装路の目抜き通りの途中には山側にカトリック教会の暗い塔がある。南端にはマグロ缶工場、狭い路地は丘につながり、草地に立つ家々が見えた。

町には一軒、「ロイヤル」という楽観的な名のホテルがあったが、僕たちは「マビンダロッジ」というゲストハウスに泊まった。部屋にエアコンはなく、軋むような音を立てるファンと虫除けの網戸があるだけ。フロントポーチから望む海には夕日が沈み、水面には船外機の音を立てて島に進んでくる細長い船のシルエットが浮かんでいた。週末のラグビー大会に参加する、膝上に用具を置いた男たちを乗せているのだ。

翌日の朝食はまるで歓迎会だった。〝フィジーの新しいコーチが町に来ている〟という噂は広まっていた。島民たちは扉から顔を出してこちらの様子を窺ってから、なかに入ってきて挨拶をした。

ブラ！　ブラ！

食事後、次々と増えていく島民たちの一団を引き連れて丘を上り、ワイナロカ村のラグビー場に向かった。到着すると、ピッチは荒れ、芝の長さも不規則で、タッチラインの傍にはバンガロー風の小屋が立っていた。僕はハーフウェイライン近くに用意された大きなソファに案内された。足下には敷物があり、後ろの地面に斜めに突き刺されたパラソルが日陰をつくっている。左の木製テーブルには金属製のポットが二つ。カップに注がれた紅茶にはスプーンを立てられるくらい砂糖が入っていて、右のテーブルにはフィジーの民族衣装スルを腰に巻いた女性たちお手製の砂糖衣たっぷりのケーキが所狭しと並べられていた。後ろの木陰では、年配の男たちが古いココナッツ殻に入った飲み物を手に寛ぎ、話に花を咲かせている。

あちこちから声が聞こえてくる。このケーキはいかが？　もう一口どう？　どれが一番美味しい？

大柄で負けん気が強そうな女たちが身を乗り出し、僕の反応を気にしている。

僕は目の前で繰り広げられる激しいゲームを観戦した。どの村にもチームがあり、選手の人数こそ限られていたが、才能には恵まれていた。五〇歳の大人が一四歳の少年の隣でプレーしていた。みんな、この大会のために新調したユニフォームを着ていた。貧しい暮らしをしながら貯めた金で買ったこの一枚を、これから一年、村での普段着にもしながら暮らすのだ。

タックルは容赦がなく、首や頭を標的にする危険なものもあったが、レフリーは笛を吹かずにプレーを続行させる。オフロードパス（タックルをされ、相手につかまれながら出すパス）は圧巻だった。選手たちはタックルされて倒れそうになりながらも、後ろから猛然と走り込むチームメイトに巧みにボールをつないでいく。ボールの動きが止まらない。誰も容易なプレーを選択しないし、ボールを地面につけようともしない。

もちろん、凡庸なプレーもあった。圧倒的なパスやステップ、ダミーが果てしなく続いていたわけでもない。それでも、それが起こったときのトライは圧巻だった。七人の男たちが稲妻のように連携し、バラバラに走り出す角度の意図が、最後の瞬間に突然明らかになる。丁寧につながれていたはずのボールが急にどこかに消える。ベテランには失ったはずのスピードが、若者にはあるはずもない老獪さがあった。

周りから声が聞こえてくる。「あの選手を見てくれ」「これはすぐ裏の村のチームだよ」「ケーキをもう一切れどう？」。僕も質問をした。「あの6番は誰？」すぐに名前を教えてもらい、その選手の家族も目の前にやってきた。みんな、その若者がフィジー代表に選ばれて首都でプレーすることになるかもしれないと興奮していた。あの審判も代表の試合を裁くことになるかもしれないし、村のチームの用具と食事を世話するあの男も代表のスタッフに選ばれるかもしれない――。

オバラウはフィジーのラグビー界で一目置かれた場所だった。大きな島々から一五人制の格上チームがやって来るが、島に着く頃には船酔いし、荒れた硬いピッチに戸惑い、惨敗を喫して、数時間後には尻尾を巻いて島を出て行く。オバラウのセブンズチームは、あらゆる場所から選手をかき集めていた。たとえば、地元刑務所の看守チームのスター・ウインガーは囚人だ。暴力犯罪で収監された男を自由に走らせようとする看守などいない。だがピッチの上なら話は別だ。

僕は、選手がどのように見いだされ、昇格していくかという仕組みを理解し始めた。島の刑務所の看守でつくるチームで認められた選手は、首都スバの大きな刑務所に配属され、そこでレベルの高いチームでプレーすることになる。警察や軍でも同じだ。この国のラグビーは、貧しい田舎の若者をはるか遠くの華やかな都会に連れて行く、魔法のベルトコンベアなのだ。とはいえ有望な選手がいても、すみやかに代表メンバーに引き上げるのは簡単ではない。俊足の囚人が新生チームに相応しい選手に思えても、犯罪歴のために海外でのプレーで必要なビザを取得できないこともある。陸軍チームの才能のある若者も、代表に選べば任務から解放されるが、遠征中に羽目を外して酒や喧嘩で問題を起こしやすい。ここでは晴天も、すぐに雨雲に変わるのだ。

「タラノア」と「カヴァ」

その夜、僕は長老の家に招かれた。村の真ん中を通る、所どころ崩れかけた石畳の階段を上る。あっという間に陽は沈み、辺りは真っ暗で、まだ温かさの残る石の上で眠る犬の尻尾を踏まないように足下を注意しなければならなかった。大部屋に通され、ココナッツの敷物の上に座った。窓にはガラスが無く、外では立ったままじっと中を覗いている村人もいる。これから「タラノア」と呼ばれる、体験や意見を分かち合うための、物語の時間が始まるのだ。

男たちは部屋の手前に座り、奥では女たちが忙しく料理の準備をしている。運ばれてきた料理は、ゆっくりと丁寧に説明された。これを食べてみて、ココダと言うのよ——。

大鍋のカレーには骨付きの鶏肉や肉厚のラム肉、匂いや味からは何かわからない肉、太めに輪切りされたたっぷりの唐辛子が浮かんでいた。海藻料理があり、ロティがちぎられて山盛りになっている。小皿によそわれた米もあった。

ナイフとフォークを頼むと、クスクスと笑い声が聞こえた。「ヴィナカ　バカレブ」——現地の言葉で、ありがとうと言ったら、冷やかしの声が上がり、大笑いが起こった。みんなが指で食べ物を口に運ぶなかで、ナイフとフォークを使うのは気まずかった。

僕は消耗していた。前日の疲れもあったし、まともに眠れていないうえに、ひどい時差ボケだ。日中は容赦のない日差しも浴びている。こんなときイギリスなら〝今日はお暇するよ〟といって帰宅できる。でも、ここでは無理だ。

冷たいビールがあれば完璧だったのだが、そんなものはない。代わりに、料理皿が片付けられた後に座の中心に運ばれてきたのは、大きな器だった。〝カヴァ〟の時間だ。

タノアと呼ばれるその器には、泥水のようなものが満ちていた。僕はフィジーでしばらく過ごすうちに、この南太平洋の嗜好品である飲み物がどんなふうにつくられるのかを知った。原料は樹齢三、四年のカヴァの木の根で、金曜や土曜の夜に子供たちが道端で売っている。この根を細かく刻む。硬さは栽培された島や土壌によって違う。安物の刃物だとかなりの重労働になる。それを布（近くにフィジーの新任コーチがいなくて、他に適当なものがなければ靴下）に包んで巨大なティーバッグのようなものをつくり、長時間ぬるま湯に浸して、成分を染み出させる。

カヴァは人を集わせる。物語《タラノア》をしたくなるような、温かく瞑想的な雰囲気をつくり出す。客には最初にカヴァが振る舞われる。杯はココナッツの殻を半分に割った〝ビロ〟だ。上向きの掌にもう片方の掌を合わせる拍手を二度する〝コボ〟と呼ばれるフィジーの挨拶に、こちらも拍手をして〝ブラ！〟と挨拶を返す。村に、長老に、土地に。

差し出されたビロを両手で受けとり、指示通りに一気に飲み干し、脇腹を肘でつつかれ、拍手を三度して〝マカ！〟と礼を述べた。ビロは四分の三ほど満たされていた。フィジーで〝ハイタイド（満潮）〟と呼ばれる量だ。半分なら〝ロータイド（干潮）〟、縁までなみなみと注がれていたら〝ツナミ（津波）〟。その潮は何度も押し寄せてきて、その度に遠く離れた故郷にいるような、柔らかく寛いだ気分になっていった。誰もが笑顔になる。ラグビーの話をして、またすぐにこの島に戻ってくると約束した。ラグビー・フットボール・ユニオンは、カヴァを倫理的な方法で製造し、選手に提供するために投資すべきかもしれない。

いや、やはり投資すべきではないだろう。その後、僕は激しい嘔吐と下痢に襲われたのだ。地元の水でできたカヴァを、ロンドン暮らしの胃は受け付けなかった（後のタラノアでは、この赤髪の白人が飲むカヴァには、ミネラルウォーターが使われるようになる）。

その夜は長老の家に泊まった。悪寒に震えて寝返りを打っていると、この青白い顔のうえを不気味に這い回っていたに違いない毒蜘蛛に、腕を嚙まれていた。嚙まれた場所は風船でつくった動物みたいに腫れている。寝汗をぐっしょりと掻いて目覚めた。僕はロンドンの安全な場所から外の世界に飛び出し、そして見事に打ちのめされていた。

ひどい気分を味わいながら、前の晩に招待されたことを思い出し、砂利道を歩いてレブカの北に向かった。目的地のセントジョンズ・カレッジは七キロ先だ。僕がはるか昔に卒業したイギリスの母校と同じくらい古いカトリックの学校で、海を見下ろす高台にある芝生のラグビーグラウンドが細長い木造の寮で取り囲まれている。背の高い教会は、白漆喰の珊瑚石でできていることを除けば、フランスの片田舎から運んできたみたいに見えた。

生徒たちのプレーは見事で、ラグビーの話をさせると西側諸国の酒場にいる大人みたいに詳しい。一年半後、この学校に通う女子選手五人を含む大勢の若者が、コモンウェルスユース競技大会のフィジー代表に選ばれることになる。みな、良く鍛えられていた。コーチを務める教師はジョンという司祭で、毎学期、全員を険しい山道の先にある島の最高峰スポットまで連れて行った。誰もが、コーチである僕よりもフィジー代表のことを気にしていた。それもあって、僕は一二カ月後に代表チームのトレーニング地にこの場所を選ぶことになる。スター選手と草の根の選手たちを、他の国のトップチームでは想像もできない形で交流させたいと思ったからだ。

僕は一〇代のとき、世界を旅したりはしなかった。高校を卒業してから大学入学までのあいだにギャップイヤーと呼ばれる一年間の猶予期間を利用できたが、ラグビーの練習中に足首を骨折してしまい、バックパックを背負う代わりにロンドンのトゥイックケム地区でアルバイトをした。二〇代前半にはヨーロッパの鉄道パス「インターレイル」でしばらく旅をしたこともあるし、タンザニアのザンジバルを数カ月間旅行したこともある。イングランド代表コーチになってからはシドニーから香港、ドバイと世界を飛び回ったが、いつも滞在は短く、泊まる場所も一流ホテルだった。

だからこそ、こうしてフィジーという地球の裏側にあるような場所にやって来た僕にとって大切なのは、ここで体験する驚きに満ちた新鮮な出来事に心を開くことだった。フィジーに来た一週間目に地元の部族と同じタトゥーを全身に入れ、その一年後はすっかりそんなことも忘れてロンドンの金融街で働いているような調子のいい輩にはなりたくない。その一方で、同郷人の輪に取り込まれていくのも嫌だった。パスポートを持っていること以外に共通点のない人間たちと夜な夜なカクテルパーティーを繰り返し、せっかく興味深い異国の地にいながら、イギリスやオーストラリアにいたとしてもとりわけ退屈な時間の過ごし方を再現するといったことはしたくなかった。

コーチである僕がフィジーの習慣に馴染めなければ、チームを変えることなどできない。白いパンとマグロの缶詰の朝食をとるセントジョンズ・カレッジ校の生徒たちに向かって、自分は精白された炭水化物は食べないと言っても話は通じない。差し出されたインスタントコーヒーを断って、ダブルエスプレッソが飲みたいと無理を言うのも野暮だ。初めのうち、料理は不衛生な手で調理されたものに思え、頻繁に握手を求めてくる人々の手も汚く感じたので、ポケットにはチューブ入りの抗菌ハンドジェルをしのばせていた。でもすぐに、挨拶の直後にジェルで手を擦り合わせるのは、相手に裸の尻を見せるくらい失礼なことだと気づいた。

　田舎ではシャワーの湯が出ず、トイレもできるだけ用を済ませて早く出て行きたくなるような代物だった。ゲストハウスの扇風機は故障が日常茶飯事。だけど不満を言うわけにはいかなかった。行く先々で、誰もが精一杯にもてなしてくれたからだ。食事はいつも〝フィジータイム〟で振る舞われた。ホストの知人や親戚に取り囲まれながら、メンバー選考や戦術の話を二時間、三時間と続けていても、いっこうに皿は運ばれてこない。どこかに消えた空腹感が、次の食事のために戻ってきた頃、ようやく食事が始まる。食べたい料理や調理方法を注文する者はいない。みんな、出された料理をありがたく食べる。コーチとしてまだ冴えない出来の大会を一つ戦っただけで、指導力も未知数だと思われていた僕にとって、身に余るもてなしだった。

　オバラウ島を初めて訪れたとき、僕の鞄にはモノが詰まっていた。ノートパソコン（映画を何本かダウンロードしていた）、ソーラー充電器、スマートフォン。でも、携帯電話《スマートフォン》はちっともスマートに使えなかった。データ転送のスピードが鈍く、無線ＬＡＮもないので、テキストメッセージをかろうじて送受信する以外には何もできなかったからだ。ノートパソコンも鞄に入れっぱなし。誰もが僕と話したがっていたし、長い食事の時間も待っていた。翌年に代表チームと一緒にオバラウに戻ってきたときは、鞄のサイズは三分の一になっていた。前回は白いパンプスを履いていたが、それも止めた。サンダル履きのほうが簡単に足を洗えるし、乾かしやすい。日焼け止めだけは前回と同じだった（姉が大量に送ってきたものが残っていたからだ）。この国で日焼け止めを塗るのは、有名な〝フォース橋にペンキを塗る〟のたとえ話を地で行くみたいなものだった。身体の半分に塗り終え、もう半分を塗ろうとしたときには、最初の半分はもう解け始めている。

今できることに集中する

本島に戻ると、ワールドシリーズの次戦が五週間先に迫っていた。まずは軍の視線を浴びない場所でトレーニングをして、選手の体調を限界まで押し上げたい。そう思っていたところ、うってつけの場所が見つかった。

スバから海岸沿いを車で四〇分、リゾートエリアのパシフィックハーバーの主要道路からほど近い場所に、アップライジングという小さなリゾート施設がある。オーナーのレネは、この施設の建設地に大量に栽培されていたマリファナを警察の指示で燃やしたとき、風下にちょうど地元民が大勢集まっていたという話を聞かせてくれた。僕は大笑いし、すぐに意気投合した。グラウンドの状態は十分ではない。ゴールポストにはクッションがなく、コーナーフラッグもなく、ピッチも凸凹だ。でも、レネは環境を改善することに意欲的だった。僕が宿泊できるコテージもあった。もうノボテルホテルには泊まらない。海と山もすぐ近くだ。

まともなトレーニング用具や給水施設もなく、ボールも二個しかなかったが、ウィリアムと一緒に選手たちを徹底的にしごいた。圧倒的な得点差をつけられたわけではなかったが、ゴールドコーストでイングランドに敗れてからというもの、このままずっと勝てないのではないかという嫌な予感がした。自分たちの得点も、個人のひらめきの力でとったもので、チームとして安定して発揮できる独創性や連携の賜物ではない。

次の大会では、グループステージで再びイングランドと対戦する。場所がドバイなのも最悪だった。僕はイングランド代表を率いて、この大会を二度制したことがあった。ロンドンからだとドバイへはフライト時間も短く、時差ボケにも悩まされない。選手はプレシーズンのトレーニングを終えてコンディションも良く、スタジアムには現地に在留する大勢のイングランド人が応援に駆けつけてくれた。対照的に、フィジーはこの大会ではいつも低迷していた。毎回、一番安いフライトに乗って最後に現地入りし、選手は夏のあいだに就く、低賃金の労働を終えたばかりで、まともに練習もしていない。メンバーも短期間の契約で就任した新任コーチが、コネや好みで選んだ選手を率いていた。

新任コーチの僕は、現時点で自分にできる数少ないことに集中した。まずは、選手の体力を上げること。それから、オバラウ島への短い視察旅行で見つけた才能ある若手選手、なかでもコーラルコースト・トーナメントで活躍していた巨漢のセミ・クナタニをチームに溶け込ませること。キックオフも簡単に修正できた。試合開始時や得点後に、グラウンド中央からボールを蹴り上げてプレーが再開される。このとき、各選手が何も考えずに適当なポジションをとるのではなく、キッカーはセミをターゲットにボールを蹴り、味方もそれに合わせた動きをとるようにさせる。それまで、このチームはこうした意図的なキックオフをしていなかった。

一番単純な守備戦術にも取り組んだ。すなわち、一時退場《シンビン》や退場にならず、七人全員で守ること。敵の頭を狙ってタックルをしたり、相手の首がどれくらい柔らかいかを試したりしてはいけない。〝太平洋諸島の選手は荒っぽい〟というステレオタイプな考えを持つ審判は、フィジーの白いユニフォームに向かって簡単にイエローカードを出してくる。だからこそ、十分な注意が必要だ。今は創造性よりも、こうした規律を重視すべきときだった。

原点回帰したコーチング

アブダビに、ハーレクインというラグビークラブのオーナーをしているアンディという友人がいた。アンディは僕のことを気に入っていて、フィジー代表も大好きだったので、チームが大会の一週間前に現地入りして調整するための経費を私費から出してくれた。おかげで、例年のように大会直前にドバイに到着するといった事態を避けられた。

アンディが見返りに求めたのは、フィジーの選手たちがクラブを訪れて子供たちを指導し、ノーコンタクトのゲームをすることだった。もしこれがイングランド代表なら、選手は嫌がっただろう。みんな自尊心が高く、子供たちとじゃれあうのは恥ずかしいと思っている。でも、フィジーのチームにとってはお安い御用だった。いつも村で子供たちとラグビーをしていたし、遊び心を持ちながらあらゆる年代の選手といろんな機会にプレーするのが日常茶飯事だったからだ。フィジーの選手は、こうした例外的な活動を敬遠しない。むしろ次はいつ子供たちの指導ができるのかと僕に尋ねてきたくらいである。

フィジー代表への愛はどこに行ってもあった。どの都市にも、チームを熱心に支援してくれる人たちがいた。数カ月後、フィジーの選手が協会からまだ報酬を受けとっていないことを知ったエミレーツ航空のパイロットたちは、仲間内でカンパをして選手一人ひとりに数百ドルを寄付してくれた。

こうした支援はおおいに役立った。資金不足だとトレーニングキャンプも短くなり、選手は大会直前まで村での貧しい食生活でトレーニングをしなければならない。一日一食しかとれないこともある。朝食もとれず、昼食時にパンに余分に塗った糖分を午後の猛練習のエネルギー源にするといった有様だ。二四時間何も口に入れていない状態で練習場に現れる若者もいた。

ドバイセブンズの開幕数日前、軽めの調整に入ったとき、選手に染みついた悪しき習慣が顔を出し始めた。ホテルのビュッフェ形式の朝食では、イギリス人家族の一週間分ほどもある大きな精白されたパンを縦にスライスし、バターをたっぷりつけて食べる。ソーセージはココナッツオイルで炒めたものが好物で、ディスペンサーの抽出口の下にはマグカップではなく建設現場の作業員全員で飲み回せるほど大きなボウルを置いて、たっぷりと紅茶を注ぐ。

目玉焼きがトッピングされたパン・オ・ショコラを一〇個もトレイに積み上げてテーブルに戻ってきた新加入選手のモーゼス・マワルに声をかけると、大きな笑顔を浮かべてこう言った。

「卵は身体にいいだろ？　パンもだ！」

僕はシンプルに伝えた。皿がカラフルになるようなものを食べること。オレンジにバナナ、アボカド、甘ったるいペストリーの上に乗っていない卵料理。新鮮な身体の状態で試合に臨めるように、トレーニングの強度を徐々に落として休養を与え、栄養吸収と疲労回復を促した。大会運営者から提供された無料のスポーツドリンクを飲むことも禁止。みんなスポーツドリンクは身体にいいものだと思っていて、夜遅くに冷蔵庫から取り出しては、もともとたっぷり糖分が含まれているこの飲み物に、さらに砂糖を加えて飲んでいたためだ。

チームは新たな試みに結果で応えてくれた。フィジーはこれまで、二〇年近く参加してきたドバイセブンズで一度も優勝したことがなかった。だが今回は違う。まず予選では、トライ一つの差ではあるがイングランドを破った。準決勝では現役世界チャンピオンのニュージーランドを相手に、美しく意外性のあるプレーを連発。一四分間、怒濤の攻撃を繰り広げた。

僕は試合前の控え室ではまだ確信が持てなかった。選手たちは歌い、踊っている。イングランドの選手なら、クリスマスパーティーでしかしないような騒ぎだ。冗談を言い合い、リラックスし、対戦相手のことなどまったく考えていない。選手たちにレッドブルを初めて与えたのもこのときだ。それは、母親にこのドリンク剤を飲ませるのと似ていた――何が起こるかはわからないが、とにかく面白いことが起こるはずだと思ったのだ。

試合は圧勝。繰り出すプレーがことごとくうまくいった。ワールドシリーズ史上最高の成績を収めてきたニュージーランドは思わぬ展開に茫然とし、ピッチ上で味方同士が罵り合い始め、間違って八人をピッチに送り込む始末だった。

スコアは四四対〇。ニュージーランド代表《キウィ》がこれほどの大敗を喫したことはない。フィジーはトライを八度決め、一度も許さなかった。オセアとセミが得点を重ね、激怒した相手コーチのサー・ゴードン・ティッチェンは試合後の僕との握手を拒絶した。

決勝では南アフリカに二九対一七で勝利。相手のトライのうち二つは、フィジーが大量リードを奪って勝負を決めた後にとられたものだ。優勝にも価値はあったが、何よりニュージーランドに勝てたことに大きな意味があった。フィジーが常に意識するのはこの国だ。ワールドカップやコモンウェルスで何度も金メダルを獲得したラグビー大国。フィジー人選手の多くが仕事を探す場所。若く優秀なフィジー人選手はこの国に誘われ、帰化し、白ではなく黒のジャージに身を包む。

僕は選手たちに、フィジー代表としてプレーを続けることに希望を持たせなければならなかった。どの選手もまだチームと契約を結んでいなかったので、他国のチームに奪われてしまう可能性はおおいにあった。チームにはスポンサーがなく、グラウンドや用具も満足に用意できず、他のセブンズの大会に出場する遠征費もない。僕は、勝利を祝う選手や興奮したジャーナリストに向かって、いつもこんなふうにうまくいくとは限らないと言った。晴れの日ばかりではなく、雨の日もある。でも今回、わずかな準備をしただけで、どれだけチームが能力を発揮できるかがわかったはずだ。これまで不足していたものを身につけていけば、チームがどれだけのことができるか想像してみてほしい、と。

スポーツの世界には〝勝利よりも敗北から多くを学べる〟という格言がある。だけど僕はこのときの小さな成功から多くを学んだ。フィジーの選手はリラックスして楽しむときに最高のプレーをする。食事のときは甘い食べ物に近づかないように誘導しなければならない。試合後はミネラルウォーターのボトルを手渡さなければならない（そうしなければ、身体に悪いことなどおかまいなしに好きなものを飲むので、次の試合が始まる頃には手遅れになっている）。

コーチは準備をしすぎてしまうものだ。ミーティングルームに選手を二時間も閉じ込め、相手チームの映像をこれでもかというくらいに見せる。過去の試合のプレーをスローモーションで再生し、あらゆる角度から映し出す。要点を絞り込まず、大量の情報を吹雪のように選手に浴びせかける。コーチの気分はいい。仕事をしている実感や、選手を支配下に置いているという安心感が得られるからだ。チームの幹部も気分がいいだろう。アナリストやノートパソコン、カメラ、ドローンといった投資に見合うだけの成果が得られていると思えるからだ。そこには引き算の発想などない。すべては多ければ多いほどいい。

でも、それは間違っている。セブンズの試合時間は七分ハーフ、合計一四分しかない（大きな大会の決勝では一〇分ハーフ）。あれこれ詰め込もうとしてはいけない。同じ指示を繰り返さなければ、選手の頭には叩き込めない。ポイントを三つ、四つに絞り込まなければ、道筋を示す明かりではなく、選手を迷わせる霧をつくってしまうことになる。

僕はイングランド代表のときとは違う、フィジーの選手に合った方法で、シンプルな指示を出さなければならなかった。試合前の指示は四つに絞った。ラインアウトとキックオフ、ディフェンスについての戦術と、注意すべき相手のスター選手の名前を一人挙げること。ホワイトボードや大画面の前に選手を座らせるのではなく、戦術を書いた紙を持って一人ひとりの隣に座って指示を伝えた。キックオフの方法や、相手ディフェンスの特徴、付け入る隙がどこにあるか——。それが終わると、次の選手の隣に座って同じことをする。しばらくすると、信頼関係が深まってきたキャプテンのオセアにまず指示を伝えるようにした。オセアがそれを他の選手に伝えてくれるので、手分けして全員に指示を与えられるからだ。

それでも、うまく伝わりきらないこともある。特に若手選手には、試合の直前にもう一度指示を確認する必要もあった。そんなときは選手に指示が何だったかを尋ね、答えてもらうようにした。ハーフタイムで水を持って行く選手にも、指示をもう一度伝えてもらう。簡単に実行できる戦術を、数を絞って指示した。

これまでのフィジーのコーチは、過去の試合映像を選手に見せていなかった。選手が見たがらなかったのもあるし、そもそも見る意味を理解していなかったからだ。僕はある大会の遠征時、初めて試してみた。ディナーホールの画面に過去の試合の映像を流して、別の部屋にコーヒーをとりに行った。戻ってみたら、選手たちは映画を観るみたいに楽しんでいた。眉をしかめて問題点を指摘し合うのではなく、誰かがミスをすると大笑いし、トライを決めると立ち上がってやんやの喝采を浴びせる。タックルやオーバーラップを失敗した選手を真似してからかった。同じホテルに宿泊していたニュージーランドやイングランドの選手が、何の騒ぎだと様子を見に来るくらいの盛り上がりだった。

僕は感銘を受けた。心のどこかでは、楽しむだけではなく、少しは学ぼうとしてほしいとも思ってはいた。でもすぐに、選手は多かれ少なかれ笑いながらも何かをつかみとっているのだと思った。娯楽としておおいに楽しめるものを、眉間に皺を寄せて見る必要などない。

決まり切ったルーチンは、ラグビーの喜びを簡単に消し去ってしまう。試合が終われば、さあアイスバスに入れ、リカバリータイツに着替えろ、プロテインを飲め、これを食べろと指示される。息つく暇もなくミーティングルームに押し込められ、前の試合と次の試合の映像を延々と見せられ、コーチの長々とした解説を聴かされる。選手やコーチが燃え尽きるのも無理はない。僕がラグビーの純粋な喜びを忘れていたのも当然かもしれなかった。

ラグビー・フットボール・ユニオンのような大組織のやり方に慣れてしまうと、いつしかロボットのように考え、行動するようになっていく。僕は現役時代、ケンブリッジやノッティンガム、ウエストハートリプールのスクラムハーフとして、即興性に溢れたプレーをするのが大好きだった。若くしてコーチになり、バースやアイルランド、イングランドのコーチを歴任したブライアン・アシュトンの指導を受けたときも、プログラム通りの方法ではなく、創造性を発揮しながらチームを導く方法にやりがいを覚えた。僕は選手に要点を伝えるために物語を使った。行動の結果として何が起こるかを理解させるために、『スター・ウォーズ』や『セブン』などの映画のシーンやストーリーに喩えて説明をした。個性豊かな選手たちがそれぞれの力を発揮できるように、意外性のある方法でコーチの仕事をするのが好きだったからだ。

僕は気づいた。フィジー代表のコーチになったことは、新しい発見をするだけではなく、忘れかけていた古い自分を取り戻すためのチャンスなのだ、と。

第三章

ノエルと出会ったのは九歳のときだ。学校で同じクラスになった。僕のほうが少し背が高かったが、目立っていたのはノエルのほうだ。黒人の子供は、ノエルを含めて学年で三人しかいなかったからだ。ストランド・オン・ザ・グリーン地区の小学校の記念写真を見れば、西ロンドンに多様な人種が暮らしていることがわかる。でも僕が進学したのは、白人だけの厳格な学校だった。奨学金で入学した僕は、場違いなところに来てしまったような居心地の悪さを覚えていた。ザンビアの親元を離れてロンドンの学校に入学したノエルも同じような気分を味わっていた。ノエルは、学校近くのアパートに住む、独身の中年男と一緒に暮らしていた。アフリカにいるときにノエルの父親とビジネスを通じて知り合ったというこの男は、父親から送られるわずかな金でノエルの面倒を見ていた。

ノエルにとってその男との暮らしはあまり楽しいものではなかったようだ。だから、いつも僕の家族と一緒にいた。ラグビーでもハーフバックとしてコンビを組んだ。スクラムハーフの僕がつないだボールを、スタンドオフのノエルが操った。学校には絵に描いたような典型的な体育教師がいた。ウェールズ出身、スポーツマン特有の口ひげ、常に上下のジャージ。指導がうまく、普段から仲の良い子はスポーツでもいいコンビになるし、それがさらなる友情を育くむ、と考えていた。

ノエルは僕の家を自宅代わりにしていた。放課後には紅茶を飲み、日曜日は午前中にリッチモンドミニスのクラブでラグビーをし、急いで昼食をとり、庭でスクリューパスをしたり、サッカーボールをボレーキックでフェンスに当てたりした。学校の中休みの週末には僕の家族と一緒にブリストルのフィッシュポンズに行ったし、夏休みも一緒にウェストンスーパーメアのビーチで過ごした。干潮時の広々とした砂浜は、サッカーやラグビー、テニス、かけっこに最適だった。

僕たちはいつも一緒だった。離ればなれになるなんて想像もできなかった。


二〇一三年のクリスマスが近づいていた。リッチモンド・グリーンの電話を受けてから三カ月、初めてフィジーを訪れてから二カ月が経過し、パシフィックハーバーのアップライジングリゾートにある小さなキャビンでの少しばかり不便な暮らしにも少しずつ慣れ始めていた。

イングランドにいる妻のナタリーとは毎晩、電話をしようとするのだが、時差に悩まされた。どちらかは目を覚まして話をしたがっているのに、もう片方は起きたばかりか眠りかけている。周りには話をする人もいない。リゾートのオーナーで自身もセブンズのコーチをしているレネか、ホテルの支配人のジェームズ、あとはたまにリゾートの宿泊客と言葉を交わすくらいだ。

正直なことを言えば、ロンドンの暮らしが恋しかった。エスプレッソ、都会の喧騒、めまぐるしく起こる刺激的な出来事、気兼ねなく飲みに誘える仲間たち。自分が直接関わっているわけではなくても、世界の中心にいるような感覚。新しい音楽やファッション、アイデアが、何もしなくても目の前に飛び込んでくる世界――。

フィジーでは日中の仕事が長く、あっという間に夜が来るので、携帯電話にダウンロードした音楽にも、持参した本にも手を付けられなかった。夜のとばりが降りると、マングローブの木々の上の夜空に、高速で移動する凧のようなコウモリの黒影が飛び交う。日が沈んだ後、ホットチョコレートを片手に外に出てしばし寛ぎ、夜九時には眠りについた。昼間の暑さと日中に頭を使いすぎたせいで、ぐったりと疲れていた。

朝は、動物たちが奏でる天然のアラームと明るい日差しで目覚める。五時には表に出て、伸びやあくびをし、ロンドン南部のバラ・マーケットで買った豆を挽いて淹れたコーヒーを手に、ココナッツの木の幹を背もたれにして砂浜に座った。

ビーチは左右にそれぞれ数キロ広がっていた。キャビン前の草地と砂地はゆるやかに傾斜して海につながり、ロボッドラウ湾の沖にある珊瑚礁まで穏やかな水面が続いていた。晴れた朝には一二キロ先にあるベンガ島が見えた。地元でダク（サメ）島と呼ばれ、広いラグーンの外の水底が深くなっている辺りには、イタチザメやメジロザメ、シルバーチップシャークやテンジクザメがうろついている。島の丘には、白く燃える炭火の上を歩く儀式をすることで知られるサワウ族が暮らしている。その西側のヤヌサ島はフリゲート海峡の波を求めるサーファーのたまり場だ。

周りはココナッツの木だらけで、時折、実が地面に落ちる鈍い音や、朝食用の実をとりに木に登った村人が鉈を振り下ろすリズミカルな音が聞こえてきた。行き交う車はないが、小屋で暮らす人々が目を覚ます頃になると、辺りはにわかに賑やかになり、あちこちで「ブラ！」という挨拶が交わされる。リゾート施設のダイニングルームまでの短い道のりを歩くあいだに、コックや洗濯係、バーの従業員などと二〇人以上は会う。みんな立ち止まって挨拶をし、調子はどうだと尋ねてくる。ジョーン

（ボクシングの元世界チャンピオン、マービン・ハグラーにそっくりだった）にナンシー、ミア。

　ゴールドコーストで初めて大会に出場したとき、協会から派遣されたチームマネージャーがいた。過去にこの仕事をしたことがない、物腰の柔らかい年配の男で、マネージャーとして仕事をするというより、給料をもらいながら休暇旅行を楽しもうという雰囲気だった。地元のラグビー界の重鎮で、新しいフィジーラグビー協会の役員選挙に投票したことで、報酬代わりにセブンズ代表のチームマネージャーの仕事を与えられたらしい。とにかくまったく仕事をしないので、飛行機やバスの予約も、宿泊の手配も、すべて誰かが代わりを務めなければならなかった。地元にいるときと同じく、このチームでも村長のような立場にいると思っているようだった。自分が働く必要などないと考えていた。

　次にチームマネージャーとして送り込まれてきたのは、ポーラ・ビュウという、元フィジー代表でプロップを務めたという男だった。気さくで僕にもナタリーにも親切にしてくれたが、キャンプに知人を連れてくるのには閉口した。そもそもセブンズの裏方に徹するよりも一五人制ラグビーの選手でいるほうが相応しいタイプで、この仕事には向いていない。しばらくマネージャーを務めてもらったが、頃合いを見て契約を打ち切った。

　そして三人目が、この職に自ら応募してきた唯一の人物、ロパティ・カウベシだった。気持ちのいい大男で、ベンチプレスで一八〇キロを上げる、丸太のような二の腕と前腕をしていた。クマにそっくりなので、僕は自然にベアレブ（ビッグベア）と呼ぶようになった。父親はスバの元市長だが、失敗したクーデターを支援したことで出国禁止処分を受け、市長職も解任されていた。ロパティはスバの治安の悪いライワンガ地区で育ち、現在もこの町のガラの悪いエリアに住んでいた。

経歴も変わっていた。若い頃はスバのラグビー強豪校ラトゥ・カダヴェレブ・スクールのスタープレーヤーとして全国大会に出場。バックロー・フォワードとしてオーストラリア遠征のメンバーにも選抜された。ラグビー奨学生としてニュージーランド、ウェリントンのスコット・カレッジに進学すると、機動力のあるモバイルローにポジションをコンバートされ、将来のオールブラックスも嘱望されるほど活躍した。だがそのまま勉学を続け、卒業後は昼間は銀行で、夜は体格を活かしてウェリントンのバーで用心棒として働いた。

ロパティが初めてキャンプにやって来たとき、僕はまた政府から送り込まれてきた人間かと思った。新任イギリス人コーチのベン・ライアンの見張り役を務め、あとは適当に現場で楽しむつもりなのだろう、と。

ところがロパティは遠征にきちんと同行し、素晴らしい仕事をしてくれた。選手ともすぐに打ち解けた。気さくで愉快で、驚くほど有能だった。空港に着くとチェックインカウンターのスタッフとにこやかに談笑し、あっという間に選手の座席がビジネスクラスにアップグレードされていた。後日、ロパティが前日に手土産を持って空港を訪れ、根回しをしてくれていたことがわかった。ロパティはその後も、夜遅くまでエクセルシートとにらめっこをして、ホテルからスタジアムまでのルートを最悪の場合も想定しながら検討していた。練習場ではウォーミングアップに参加し、コミカルでスローモーな動きから繰り出す妙技で全員を笑い転がせた。

ロパティは誰とでも友達になった。紹介されて五分でも話をした人は、翌年の大会で再会すると、真っ先に「ロパティはどうしてる?」と尋ねてきた。僕は一緒に朝食をとったり、自宅での夕食に招かれたとき、ミロのミルクセーキを飲みながら、ロパティの冗談や面白おかしい話にいつまでも耳を傾けていられた。その頃には僕もわかるようになっていた——フィジー人はとにかく話し好きなのだ。ゴシップや噂は、尾ひれをつけてたちまち島中を駆け巡る。この高速で伝わる風の噂は、フィジーでは〝ココナッツワイヤレス〟と冗談めかして名付けられていた。ロパティは歩く放送局であり、スピーカーだった。

ともあれ、ロパティとはすぐに打ち解けた。ある夜、ロパティが僕の部屋のドアをノックした。

「ベン、喉が痛いだろう？　昼間の練習のときに気づいたんだ」

「痛くないよ。大丈夫さ」

「いや、君は病気だ。薬を持ってきたから、毎日飲んでほしい」

ロパティはウインクし、六本入りの大きなチョコレートバーを差し出してにっこりと笑った。

大会期間中、ロパティはしょっちゅうフィジカルトレーナーのウィリアムと一緒に夕食後に宿舎から抜け出し、フィッシュ・アンド・チップスやケンタッキー・フライドチキンのにおいを漂わせて戻ってきた。二人は馬が合い、時間の経過と共に仲良くなっていった。翌朝のジムでは、選手たちがとぼけて二人に質問した。「ロパティ、昨夜はどこに行ってたんだ？　寂しかったよ」「ウィリアム、この町においしいフライドチキンの店はあるかな？」ロパティは選手からこんなふうにからかわれるのが大好きだった。選手も堅物のマネージャーではなく、親しみやすい叔父さんのような存在だったロパティのことを愛していて、言うことには素直に従った。

ロパティはストレスも無縁のようだった。遅れやキャンセルに出くわしても、肩をすくめて笑えばそれで終わりだった。見ているこっちまで、イライラするのが馬鹿らしくなってくる。僕はもともと人と身体を触れ合わせるのはあまり得意ではないが、ロパティとは会う度にハグをしたくなった。

ピッチの外側でチームを仕切ってくれたのがロパティなら、内側で仕切ってくれたのはキャプテンのオセアだった。オセアは僕の宿泊先から見てロパティの家とは反対の方向に車で一時間のところに、母親と、牧師の父親と一緒に住んでいた。待遇改善を求めたことでフィジーのラグビー協会からは目を付けられていたにもかかわらず、毎日のトレーニングで高い目標に挑み、他の選手のお手本になるような態度を示してくれていることに、僕はとても感謝していた。フィールドの真ん中でプレーさせたくて、ポジションもウイングからスタンドオフに変えた。僕と選手とのあいだの橋渡し役になるだけではなく、フォワードとバックスとをつなぐチームの支柱になってくれることを期待していた。

オセアとは、ロパティとは違う形の絆で結ばれていた。僕は、オセアはもちろん、他の選手とも一緒にビールを飲んだりはしなかった。選手とのあいだには一線を引いておきたかったからだ――たとえそれがラグビーとは無縁の場所で知り合っても親友になれそうな相手だったとしても、だ。それでも、オセアとのあいだには互いに心を開き、深いところで通じ合っているような感覚があった。それは僕にとって、何年も忘れていた誰かとの熱いつながり方だった。

「ロトゥ」と愛すべき一体感

〝ロトゥ〟が何かを説明するのは難しい。キリスト教に由来するのは間違いないが、フィジー流のアレンジが加えられているからだ。祈りでもあるが、神に特別な恩恵を求め、周囲と希望をわかち合うという性質もある。賛美歌でもあるが、神妙に道徳的寓話を歌い上げるというよりも、美しいハーモニーを持つ力強い男声合唱という趣が強い。

選手はみな何らかの宗教の信者だ。それは土着の神話や外国の教義が混じり合ったものであり、一九世紀後半の植民地支配のなかで最初に村に到着した宣教師が持ち込んだものだった。カトリック、アングリカン、メソジスト、セブンスデー・アドベンティスト、モルモン。また、インド系のフィジー人のほとんどはヒンズー教徒だ。

チームでは毎朝のトレーニング前や大会期間中には必ず、トレーニングの後にも頻繁にロトゥをした。全員で座り、牧師や年長の選手が導き、賛美歌の本が回され、旋律的で情感に溢れた歌をうたう。進行の決まりは少なく、二〇分以内に自然に終わる。激しく身体を動かした日は、歌よりも深呼吸と瞑想を中心にし、チームの結束を強める言葉で締めくくった。

僕はカトリック教徒の家庭で育った。父と祖父はマンチェスターの労働者階級で、アイルランドからの移民が多く住む工業地区の出身だ。祖母は土曜の夜になるとアイリッシュクラブで歌とビールを堪能していた。宗教は世代を通して祖先から受け継がれていた。僕が通っていたのはイエズス会系の中等学校で、レポートを書くときにページの冒頭に記さなければならなかった「AMDG」（神の栄光のために）という頭文字を、大学のエッセイでも使ってしまうことがあった。でも成長するにすれ、宗教は重苦しく感じられるようになった。毎週日曜日には教会で、水曜日にも学校でミサがある。一〇代後半になると、父親に「日曜日の最後のミサに行く」と伝えて家を出た（退屈な時間をできるだけ先送りしたかったからだ）。教会に着いても中に入る気になれず、前を通り過ぎてミサが終わる時間まで時間を潰したこともあった。帰宅したときに父に尋ねられても答えられるように、ミサを司っていた神父の名前を何度も心のなかでつぶやきながら。

だからロトゥを苦手だと感じてもおかしくはなかったが、そうはならなかった。朝は屋外に敷いたマットに座り、良い一日を過ごせますように、互いに助け合えますようにと祈り、歌をうたい、ハグをして朝食をとる。夕方にも、共に過ごした一日に感謝する。ラグビーの言葉も語られる。チームに言いたいことがある選手は起立して発言する。「今日の練習ではいい動きができなくて申し訳なかった」「練習の最後に水を用意してくれてありがとう」。チームミーティングのような意味合いもあり、連絡事項も伝えられる。「みんな、明日は午前一〇時から練習、八時に朝食、七時半にロトゥだ」。最後に誰かがギターを弾き、他の選手が手拍子をとりながら三部合唱をすることもある。

僕も一緒に歌った。代表的な三曲は「オウ・レイ・ヴェイ・ケームニー」「トウゥ・チャカチャカ・ティコ・ガー」「イズント・ザ・ラブ・オブ・ゴッド・サムシング」。オセアが渡してくれた古い歌の本を見ながら、わからない言葉はごまかし、隣にいる人に囁き声で尋ねた。

「この言葉の意味は？」

「〝愛〟さ」

僕が拙いフィジー語で歌い始めたり、言葉が間違ったりすると、みんなが笑った。こんな体験を通じて、チームの仲間たちとの距離は縮まっていった。僕がロトゥに参加しているという噂は、ココナッツワイヤレスで広がっていった。なぜか話が膨らみ、僕が何曲も歌詞を暗記していることになっていて、余計に驚きや尊敬のまなざしで見られるようにもなった。

オフの日曜日には、僕が住んでいた家の大家の母親と一緒に何度か教会に行った。歌をうたい、フィジー人の暮らしを垣間見ることができた一〇年前の香港セブンズの優勝メンバーを今も記憶しているという六〇歳の女性から、どの選手を選ぶべきかについての話をされたりした。ミサが終わると教会の建物の装飾が外され、モルモン教の礼拝の準備が始まることもあった。

コーチ就任一年目の僕は、フィジーの文化をできる限り学ぼうとすると同時に、チームにとって何が有効で何がそうでないかを見極めようともしていた。チームの結束を強めてくれるロトゥは、いいものだった。だが、選手の地元の村人がトレーニングキャンプや大会開催中の宿泊施設に大挙して押し寄せ、夜通し騒がれると、チームの崩壊につながりかねない。

村人のリーダーがロトゥを導こうとすると、チームの一日の予定はすべて一時間遅れになる。大会中の宿泊先のホテルに親類が知人を引き連れてやって来て、選手の部屋の床で雑魚寝をする。必然的に、フィジー人の生活の一部であるカヴァの儀式も始まる。フィジーでやるならいいだろう。だがそこはケープタウンのホテルだし、翌日に試合を控えた選手が深夜二時にすべきことではない。〝ハイタイド〟や〝ツナミ〟の杯を飲み干すと、バーで買い、スーツケースで持参したアルコール類をタノアに注ぎ、空になるまでビロで飲み続ける。

フィジー人は年長者が勧める酒を断らない。昼間の激しい練習でたっぷりと汗を掻いた選手がカヴァや酒を大量に飲めば、当然ながら問題が起こる。ゴミ箱や廊下の床にはファストフードの包み紙が散らばり、あちこちで口論が起こり、妻やパートナーではない女がホテルのロビーをうろつき、バーの設備が壊される。

フィジーの文化がチームに悪影響をもたらすのは珍しくなかった。チームを激励したいとキャンプを訪れた牧師が、夜中に選手たちを叩き起こして全員での祈りの時間を始める。チームを応援したいというのは表向きの理由で、本当はただ自分がセブンズ代表と一緒に写っている写真を、地元の仲間に見せて自慢したいだけなのだ。だから僕は事前の断りなく宿舎を訪れる者との面会を断った。それに対しては少なからぬ抵抗があった。どこに行っても丁重にもてなされることが当たり前だと思っている大使や島の大物に、ノーというのは簡単ではない。

ただ、僕自身のフィジー暮らしには、魔法のような瞬間が溢れていた。練習を終え、ピッチの周りの逞しい熱帯の草むらに座っていると、地元の人たちが新鮮な緑色のココナッツを大袋に入れて持ってきてくれる。マチェーテと呼ばれる鉈で三回切り目を入れ、頭を切り落とされたココナッツから溢れてくる甘くて冷たい果汁で喉を潤す。選手たちと冗談を言いながら笑い合う。みんな猛練習で疲れ切っていても、幸福感でいっぱいだった。

チームにはまだ改善すべきところも、足りないところもたくさんある。でも、こんなふうに選手たちと一体感を味わっていると、この挑戦には価値があると思えた。コーチとしての報酬はまだ受けとっていなかったから、自腹でラグビーボールを買い、チームバスのガソリン代を払った。協会への不満が募り、政府にどう思われているか不安だった。妻のナタリーは数千キロも離れた場所にいて、実際の距離以上に心が遠く感じる日もある。それでも椰子の木の下でラグーンから吹き寄せるそよ風に当たり、汗で胸に張り付いたシャツを着てみんなの笑顔を見ていると、嫌なことも忘れられた。

面白いトレーニングをしているときも同じだった。サッカークラブのバルセロナFCが実践していることで有名な、「ロンド」と呼ばれる練習方法がある。五、六人の選手が輪をつくり、なかの二人にボールを奪われないようにしてワンタッチでパスをつないでいくというものだ。僕はこれをラグビー風にアレンジし、小さな四角いエリアでオフェンス三人がディフェンス二人に対してトライを狙うという練習方法を考案した。巧みなボールさばきや豊かな独創性、小刻みなステップ、素早い身のこなしを高めるのが狙いだ。この練習では、フィジーラグビーの良さが如実に表れた。ゆっくりとした動きから急にギアが上がり、想像もできないパスが繰り出される。見事なオフロードパスが決まったかと思えば、すぐにそれを上回るパスが展開されていく。

一対一の練習も魅惑的だった。一人がボールを蹴り、それをキャッチしたもう一人がそのまま突進して相手をかわして前に進む。ディフェンダーの背後を突くサイドステップが決まると、選手たちの喚声や笑い声が上がる。誰かが、新しいステップを思いつく。選手たちは互いにしのぎを削りながら、さまざまな技を学んでいく。そこは常に楽しい雰囲気があった。

ピッチ外の戦い

チームのワールドシリーズでの戦いぶりには浮き沈みがあった。南アフリカのポートエリザベスでは準々決勝でサモアに惨敗。アメリカのラスベガスではグループステージでニュージーランドとオーストラリアに敗れた。練習では修正に取り組んだが、別の問題にも直面した。大会が終わる度に、育てた選手が海外クラブに引き抜かれていくのだ。フィジーのラグビー協会からココナッツ以外の報酬を与えてもらっていなかった選手たちが、家族が裕福に暮らせる金額での契約をクラブからオファーされる。チームに留まった選手も警察や軍隊、看守のチームに呼び寄せられて地元の大会に出場し、負傷や疲労を抱えて帰ってくる。

軍の最高司令官フランク・バイニマラマと会う機会が次第に増え、その度に穏やかではない気分を味わった。フランクはすべての試合を見ていた。〝新しいイギリス人コーチが、田舎の埋もれた才能を発掘するというピント外れの方法でメンバーを選ぼうとしている〟という噂も耳にしているはずだった。スバの公有地にある、国会議事堂や外国大使館の間近に構えられたフランクの邸宅に招かれたときには、無礼な振る舞いをしないように厳密な作法に従わなければならなかった。フランクが話をしているときは目を合わせてはいけない。入室時には靴を脱いで裸足になり、挨拶されたら「またお目にかかれて光栄です。閣下」と返す。握手のときはフランクの手が上になるようにし、こちらから強く握ったりしてはいけないし、フランクよりも目線を高くしてもいけない――フランクがまだマットの上に座っているときにその場を立ち去ろうとするときは、「トロウ、トロウ……」(語源は英語の「too low」だ)と小さく囁かなければならない。

そんな努力を重ねた甲斐もあり、時間はかかったものの、私的な会話をするときにはファーストネームで呼び合えるようになった。はっきりと伝わってきたのは、僕が他の大臣と同じように、任せられた分野の仕事を首尾良くこなしている限りはおとがめはない、ということだった。それはある意味当然かもしれなかった。フランクは明確なリーダーシップを示し、厳しく部下を支配するという現実を生きている。代表コーチの僕は、名目上、フィジースポーツ審議会に自由に予算の交渉を試みることができることになっていた。だがそこには危険な落とし穴があった。スポーツ審議会の代表を務めていたのはフランクの娘、リティアナだったからだ。

リティアナは気立てのいい女性で、仕事も良くできた。その右腕のピーター・マゼイというニュージーランド人も、僕の意見に理解を示してくれた。とはいえ、給料が未払いだと不満をぶちまけ、ラグビー協会の幹部を務めるフランクの義理の兄弟が厄介だと愚痴をこぼす前に、リティアナが誰の娘であるかを知ったのは幸運だった。フィジーでは、至るところに見えない罠が仕掛けられている。誰かにふと漏らした言葉がどんな経路を辿ってココナッツワイヤレスに乗り、フランクに届くかはわからない。だから僕はいつも慎重になり、喋るより聞くことを心がけた。突然大きな役職に昇格した人がいたら、まずそれはコネか後の選挙での投票を期待されてのことだ。それでも、不満げな態度を露骨に示したり、公に体制を批判したりしても、何の得にもならないのはわかっていた。僕がどれだけ状況を憂いたところで、それがフィジーのラグビー界の現実だ。下手に批判的な立場をとれば、陰謀に巻き込まれて不毛な闘いを強いられるだけだろう。

僕は少なくとも、フランクとの関係がどんなものかは把握していた。若い頃、教師をしていた学校の校長は、強い権威で学校を統治する厳格な老人だった。フランクはその校長を巨大にしたようなものだった。校長室に呼び出されたときは、心拍数が上がった。壁に油絵が飾られた校長室で、ウィスキーの瓶を手に革張りの椅子に座っていた校長を見たときは、職員室で僕のどんな悪い噂を聞かされたのだろうかとハラハラしたものだ。教師の職が危ういとは直接言われなかったが、この学校で僕がコーチをしていた一五人制のチームを、週末の試合でライバルに勝たせるようにと念押しされた。もし負ければ失望する人が大勢いるぞ、と校長は言った。

フランクの周りに漂っている危険なにおいは、ラグビーの成績が悪いときにはさらに強力になる。逆にフィジー代表が勝ち続けさえすれば、フランクは僕のやることに手出しはしてこない。実際、イングランドに勝ったことで空気は少し変わった。ただ、人は足下が滑りやすくなるまでは、自分がどんな場所に立っているかに気づけないもの。安堵はできなかった。

そんなストレスはあったが、暖かい夜明けの光を浴びながら、ロパティと一緒に才能を発掘するために内陸地を移動しているとき、フィジーは楽園のように感じられた。ただ、太陽の次には暗闇が待っていることを忘れるな、と自分に言い聞かせなければならない。実際、それは欧州でも同じだった。イギリスでは、裕福だったり幸運だったり世間知らずだったりすれば、暗い別世界を無視して生きていける。細かく社会が区切られているので、社会の端で起きている醜い現実とは無縁の普通の暮らしを送れる。でもフィジーにはそんな区切りも、秘密もない。無線はココナッツでできているかもしれないが、それは高速のブロードバンドのように噂を運ぶ。話はタラノアの時間にカヴァを飲み交わしながら、隅々まで知れ渡っていく。陰口もあれば、まったくのでっち上げの話もある。本当の話もある――無害なもの、不思議なもの、恐ろしいもの。

ワールドシリーズで世界各地の都市を訪れているとき、現地で働くフィジー人に会う機会があった。経済的な理由で出稼ぎをしている者もいたが、クーデターをきっかけにフィジーに住みづらくなって外国に移住した者もいた。僕はフィジーで起きている暗い腐敗の話を聞いた。電球が外され、窓も閉められた刑務所の独房に閉じ込められている政治家の噂も聞いた。ウェブサイトの「フィジーリークス」には、こうした現実を物語る写真や文書が掲載されている。

この混沌とした世界を不完全な知識で渡っていくのは、不可能に等しい。スバの更生施設では、模範的な行動で絵を描くことが許された囚人の作品を展示するタガモシア・アートギャラリーという慈善活動が行われていた。僕は囚人が描く肖像画のモデルになることを依頼された。その囚人は、優しく聡明な一八歳の少年だった。頭に血が上り、若気の至りで喧嘩の相手を殺してしまった。これから先どれだけ更生しても、終身刑の受刑者としてずっと刑務所で生きていかなければならない。

イギリスの高等弁務官の妻を通して、若いインド人女性も紹介された。一キロのコカインをフィジーからニュージーランドに密輸しようとして捕まったのだ。犯罪組織に指示され、拒否すればインドの家族を殺すと脅されたのだという。成功すれば、看護師や医師になるという夢を叶えるための教育費や生活費も払ってもらえることになっていた。彼女はフィジーでももっとも厳しい刑務所で一二年間服役しなければならない。刑務所を訪れる度に話をした。静かな一角に座ることができたときは、心の内を打ち明けてくれた。囚人になったことが恥ずかしく、インドの家族には何も知らせていないこと、出所した後にどんなふうに生きていけばいいのかわからないこと。

僕は選手に、人は何かを見て見ぬふりをすれば、それが自分にとっての善悪の基準になると言った。それが僕の信念だった。もしフィジー代表のコーチである自分の目の前で許しがたい不正や悪が行われていて、そのことに対して人として正しい行動がとれないのなら、僕がここにいる意味はない。それは海に浮かぶガラクタみたいなものだ。

スポーツに熱中していると、一日の始まりは早い。夜はすぐに外に出られる恰好をして眠り、朝、目を覚ますと、黒、白、シルバーのローリーの五段変速自転車に跨がり、ノースフィールズに友人のダレン・フェントンを迎えに行き、それからイーリングの学校に向かう。午前七時半、自転車を駐輪場に置いて校庭に向かうと、四台の卓球台で近所の子供たちがもうプレーを始めている。僕たちはランキングを上げるために、上のランクの相手に勝つことを狙った。学校のチームに入れば、遠征や冒険の旅に出かけられた。ノエルと僕は、道具や飲み物、食べ物を賭けて勝負した。

学校のアスファルトのグラウンドは、各種競技のコートやフィールドを意味するカラフルな線やマークで塗られていた。早朝は朝焼けを、夕方は夕日を浴びてプレーした。帰宅時には辺りは真っ暗だった。サッカーゴールがなければ金属メッシュのある二本のフェンスポストのあいだをゴールに見立て、赤い六角形パネルが特徴のソンディコの白いサッカーボールを蹴った。他の場所でサッカーをするときは、近くにあるものがなんでもゴールになった。階段、ベンチ、ゴミ箱、通学鞄。

それがノエルと僕の月曜から金曜までの過ごし方だった。日曜の朝はラグビーをして、一緒に僕の家でたっぷりの昼食をとる。たまに来ることがあったノエルの保護者を、父は好きではなかった。僕には何年もそのことがわからなかった。

ザンビアの首都ルサカで写真家をしていたノエルの父親は、ノエルにイギリスで教育を受けさせるために、保護者に学費と生活費を毎月送金することになっていた。だがその約束は次第に崩れていった。父親の送金が滞るようになり、保護者の金の使途もうやむやになった。ノエルは変わり始めた。学校にもラグビーにもあまり顔を出さなくなった。僕は不安にかられた。友情がゆっくりと形を変えていった。

イングランド代表のコーチをしていたとき、ワールドシリーズの大会に向けて出発することは、何のドラマもない、単なる移動に過ぎなかった。ヒースロー空港から三〇分のところにあるホテルに前泊し、チームロゴ入りのトレーニング用具を持ってバスで空港に向かい、チェックインして出発するだけ。ファンファーレも鳴り響かないし、見送りもない。

でもフィジーでは、選手全員の家族が空港に駆けつける。親、きょうだい、妻、ガールフレンド。晴れて代表デビューする選手がいれば、遠い親戚までやって来る。みんな、その後で日曜の教会に行くときみたいに精一杯に着飾っている。フィジータイムズ紙やフィジーサン紙の記者が、選手の両親にインタビューをする。

身内に支えられていることを実感している選手たちは、恩返しをしようとする。ラグビーができるのは、家族が食べさせ、生活の面倒を見てくれたおかげだ。大人になったら、その恩を返さなければならない、と。クラブから報酬を受けとるようになると、選手は一週間分をまとめてもらい、金はすべて家に入れ、自分は必要最低限の生活費しか手にしない。

だがこのときのセブンズの選手たちは、まだ協会から金をもらっていなかった。空港まで見送りにきた家族も、手ぶらで帰るしかない。僕が秋に協会と交わした漠然とした約束も、反故にされたままだった。チームから受けとるべき報酬を手にしていないのは僕だけではなかった。ロパティの前任者のチームマネージャーは、全員で昼食をとると、ウェイターに「請求はラグビー協会《FRU》に」と言っていたが、店を出た後で、協会は金を払わないだろうと笑っていた。ホテルでも同じようなものだった。請求は協会に、とウインクをしてそれで終わり。支払いをしない協会に腹を立てている人間は大勢いた。

コーチ就任後の初めてのクリスマス、僕は妻のナタリーに会い、フィジーに衣類を持ち帰るためにロンドンに戻った。フィジーラグビー協会はスバを去る僕に、ヒースロー空港に着く頃には契約書をつくっておくと約束したが、それは守られなかった。ラグビーユニオンの国際統括団体であるワールドラグビーに相談したところ、フィジーラグビー協会が契約の準備を整えるまでのあいだ、三カ月間のコンサルタント料として僕に報酬を支払うことが可能かもしれないと提案してくれた。

僕がパシフィックハーバーで借りていた家には、請求書が次々と送られてきた。状況は改善するどころか、さらに悪化した。業を煮やしたワールドラグビーが、金銭問題を頻発するフィジーラグビー協会への年間一五〇万ポンドの分配金給付を延期すると発表したのだ。

給料も、スポンサーも、チームに契約した選手も、ボールも、アシスタントコーチも、ウェリントンでの次大会の遠征費（年間の日程のなかでも一番距離が近く、旅費が安い場所だ）もない。一五人制ラグビーのフィジー代表コーチを務めていたイノケ・マレはその職を失った。

一方、クリスマスに、ロンドン、テディントン地区の自宅を売却したとき、僕たち夫婦は解放感を味わった（これで自由だ、どこにでも移動できる！）。同時に、合理的な判断をしたとも思っていた。家は一ベッドルームから二ベッドルームにリフォームしたばかりだったし、ロンドンの不動産市場はこれ以上は上がらないだろうと踏んでいたからだ。でも実際には、相場は上がり続けた。新しい所有者は、家の資産価値が高まったおかげで、購入からわずか数カ月で僕のフィジーでの一年間の賃料分くらいは儲けただろう。その頃、フィジーの僕のもとにイングランドの友人からのメールが届いた。イングランド・ラグビーユニオンのトップリーグ、プレミアシップのクラブに僕を推薦してみるから、許可してほしいという内容だった。

思わず、ロンドンに舞い戻ってプレミアシップのクラブのコーチになり、フィジーのセブンズ代表のコーチには副業として関わることができないかという突拍子もないアイデアが浮かんだ。だがもしそうなれば、とんでもなく高い飛行機代を払って、とんでもなく疲れる移動を年間に何度も繰り返さなければならなくなる。

イングランドなら、選手は豪華なラグビー専用ジムを利用できる。チームにはストレングス＆コンディショニングコーチや栄養士、心理学者、フィジカルトレーナーもいて、ＭＲＩスキャンやＧＰＳトラッカー、一人一台のｉＰａｄが使える。宿泊するテムズ川沿いのホテルの敷地内にはラグビーグラウンドや二五メートルのスイミングプールがあり、バーやミニゴルフも楽しめる。だがフィジーでは、ヘッドコーチである僕自らが必死になってボールやグラウンドを用意するところから始めなければならない。

雲行きはますます怪しくなってきた。イングランドにいるベテランのコーチたちからは、僕の力量ではこの波のあるチームのパフォーマンスは安定させられない、だから自分たちをコーチ陣に入閣させろ、というメールが送られてきた。ジャーナリストたちも、ベテランコーチが僕を批判するコメントを引用して、これにどう反応するかとメールで尋ねてきた。ココナッツワイヤレスが運んできた噂によれば、フィジーラグビー協会の幹部は、外国人をコーチにしたのは間違いだったと思っているらしい。フィジー流の物事の進め方に馴染めそうもないし、英語で複雑な戦術的指示を出しても選手は理解できないというのだ。

そんななかフィジーラグビー協会は、ボーダフォンの合併企業と五年間一二五〇万ポンドのスポンサー契約を結んだと大々的に発表した。協会はこれで問題をすべて解決できると意気揚々としていたが、実際には、それはフィジー式の取り引きだった。取り引き内容の大半は現金ではなく、ＳＩＭカードやネットワークの無料利用という形で支払われる。つまり、フィジーのラグビー界の経費をまかなうだけの金は手に入らない。結局このスポンサー契約は、ワールドラグビーに〝もうフィジーラグビー協会を助ける必要はなくなった〟という誤解を招いたという意味で、逆効果を生んでしまった。

転戦・ワールドシリーズ

僕は、なんとかこの四面楚歌の状況を打破したかった。フィジーはそれまで、ワールドシリーズのグループステージ三試合のうち二試合を落としたことはなかった。だがラスベガスでは、混乱したチーム状況のなかで初めて二敗を喫してしまった。オーストラリア戦では、リードして迎えた終了間際、スクラムハーフの選手がボールをタッチラインの外に手で投げ出してしまった。僕は練習のときに、それは反則だということを教えるべきだったのかもしれない。だけどその選手は幼い頃からずっとセブンズをプレーしていた、テストマッチに出場しているスクラムハーフなのだ（それとも僕は、楕円のボールはまっすぐには転がらないということから教えるべきだったのだろうか）。オーストラリアはこの反則で得たペナルティキックを決め、僕たちは敗れた。

アメリカ、ネバダ州にあるサム・ボイド・スタジアムの赤い観客席が、フィールドを馬蹄形に取り囲んでいた。スローンキャニオン国立保護区やバレー・オブ・ファイアー州立公園から吹き抜ける砂漠の熱風を、紺碧の空と夜の涼しさが和らげている。対戦相手のニュージーランドは、野生のボブキャットのように獰猛に襲いかかってきた。このチームにはフィジー生まれの選手が二人いたが、自軍の容赦ないゲームプランに嫌悪感を覚え、事前に内容をオセアに知らせてきた。それは、僕たちのプレーメーカーのピオ・トゥワイを標的にして、負傷退場に追い込もうとするものだった。実際、ピオはレイトタックル（パスやキックし終えた選手へタックルをする反則）や汚いプレーを嵐のように浴び、怪我でピッチを去った。審判はニュージーランドのヒットマンにやりたい放題を許した。

試合後、相手選手の一人は目つぶし行為で九試合、一人は反則のスピアータックルで、フィジーの選手をぶつかると同時に担ぎ上げ、硬いネバダの芝生の上に頭から叩きつけたことにより、二試合の出場停止処分が下された。僕たちにはもう大会を勝ち抜く戦力は残っていなかった。フィジー国内では怒りの声が湧き上がった。コーチはなぜ選手を守れなかったのか、フィジーの選手がまた相手にやられたのは、あのイギリス人のせいだ、と。

フィジーの選手たちは、ラグビーの技術とは関係ない、歴史的な背景からくる不安を抱えていた。地図では豆粒のように見える小さな島々の出身の選手たちは、世界の大都市を舞台に戦うとき、自分たちの文化に劣等感を覚えてしまう。世界を支配する白人に対するコンプレックスは、反動も生む。自分たちのセブンズのチームを率いるのが白人ではあってはならない。プライドや喜びが失われてしまう。これは大英帝国の再来だ。ホイッスルと日焼け止めの植民地主義だ、と。

僕にはフィジーの人たちの思いがよくわかった。でも、僕自身が疑心暗鬼になってしまえば、自信のなさにつけ込まれてさらに批判されてしまうだろう。コーチが毅然としていなければ、嵐から選手たちを守れない。

世界の大会のなかでも、フィジー人にとって香港セブンズほど特別なものはない。フィジーでラグビーが始まったのは一九〇〇年代初頭。スバのグランドパシフィックホテルに働きに来たニュージーランド人の配管工が持ち込んだのが始まりだった。だが国内でのセブンズ人気が爆発したきっかけは、一九七六年に開催された香港セブンズの第一回大会だった。国内のスターたちが世界で活躍し、フィジーで初の正式なセブンズの大会、マリストセブンズの設立につながった。

フィジーは香港セブンズで一九七七年、一九七八年、一九八〇年、一九八四年に優勝。ちょうどその頃、フィジーに全国放送のテレビ局が開設したこともあり、島々で試合が中継された。ワイサレ・セレヴィという絶対的なスターも登場した。身長一七〇センチの小兵ながら、巧みなサイドステップと圧倒的なスピード、大胆なプレーは群を抜き、三人がかりで止めに来る相手ディフェンスをものともせず、四〇メートルのロングパスをつないだ。チームにこんな選手がいれば何でもできる。セレヴィを擁したフィジー代表は香港セブンズで一九九〇年から一九九二年、一九九七年から一九九九年と二度の三連覇を飾った。

数年前に引退し、四〇代半ばになったセレヴィは、香港セブンズに出場している僕たちに何かと関わってきた。セレヴィのことは人としては好きだったし、選手としても尊敬していた。だがチームに良くない影響を及ぼすのは困った。

現役時代、セレヴィは大会前の調整でよく断食をした。本人には効き目があったようだが、選手はそれを真似ようとした。僕の心配の種は選手が食べ過ぎることではなく、何も食べようとしないことに変わった。宿初先のダイニングルームでは、選手が全員食事をとりにきているか確認した。二日間も何も食べていない選手もいた。理由を尋ねると、白い歯を見せて「セレヴィ！」と笑う。胃に食べ物がないから身体が軽いと言い張っていたが、練習での動きは鈍く、すぐに疲れてしまう。

チームの成績がいいと、セレヴィが顔を出した。トロフィーがチームの誰かに手渡されるとき、必ず近くにその姿があった。「選手に手招きされて呼ばれたからさ」と言いながら、自分は勝利に何も貢献してはいないのに、トロフィーを掲げる。セレヴィはそんな特別扱いを受けるのに慣れていて、選手も何も口出しはできない。僕もそのこと自体は気にしていなかった。チームと一緒にいると楽しそうだったし、何よりセレヴィはフィジーラグビー界の伝説なのだ。

だが厄介なのは、セレヴィの周りにいる取り巻き連中だった。香港では中国在住のフィジー人高等弁務官がホテルに押しかけてきて、自らの権威を誇示したいがために午前二時に選手を集めてロトゥを始めた。これでは選手は断食をしていなくても、睡眠不足でコンディションを崩してしまう。

果たして、最終日の結果は散々だった。アメリカとの準々決勝には辛勝したものの、準決勝のイングランド戦では無残に敗れた。香港セブンズの観客は、思い思いの仮装をしてビールを飲みながら観戦を楽しむ。ミニオンズやヴィレッジ・ピープル、判事やエルヴィス・プレスリーの恰好をした大勢のファンに囲まれて、存在感のない僕たちはかすんでしまった。まるで「ウォーリーをさがせ！」の世界だ。

これほどひどい戦いぶりをするフィジーは見たことがなかった。有名な湾曲した観客席の下で、フィジーセブンズにとって神聖なグラウンドで戦っていながら、選手たちは幽霊みたいに覇気がない。足も動かず、気力も感じられず、相手に簡単に置き去りにされる。心臓に電気ショックでも与えなければ身体が動かないのではないかとすら思った。

フィジー人はセレヴィを愛していた。それはいつまでも変わらないだろう。だけど、フィジーにとってセブンズ代表が成功することには大きな意味があった。オリンピックでの金メダルは、香港セブンズでの優勝では届かなかった大きな何かを国にもたらしてくれるはずだ。僕はやむなくセレヴィと話し会いの場を持ち、こう伝えた。君のことはみんな大好きだ。もし一〇歳若ければ、僕だって君をメンバーに選んでいる。だけど今はチームから離れてほしい。すべてが終わったら、会いに来てくれ。そのほうが、チームは大きな目標に向けて集中しやすくなる。

僕は全員にチャンスを与えた。香港の高等弁務官にも、来年はホテルに来ないでくれと告げた。アメリカでは、フィジー大使が到着した僕を夕食に連れ出し、何かできることはないかと言ってくれた。チームの事情を知っていて、家族のためにも、と選手にポケットマネーから金を渡してくれた。在留フィジー人のコミュニティにはチームを支援はさせるが、選手が泊まるホテルに押しかけたり、床で雑魚寝したりしないようにするとも約束してくれた。それ以来、この大使は何年にもわたって僕たちの味方になってくれた。ベガスを訪れる度に、心強い気持ちになったものだ。

二〇一四年三月末の東京セブンズでは、気を散らすものもなく、調子を取り戻せた。この大会で優勝して得た二万五〇〇〇フィジードル（約八〇〇〇ポンド）の勝利ボーナスは、選手一二人とロパティ、FRUで分け合ったが、たいした額とは言えなかった。大会で好成績を収めてフィジーに帰国すると、空港には賞金金額が記された特大のボール紙の小切手が用意されているのが常だった。だがきまって数週間後、選手からまだ口座に金が振り込まれていないというぼやきを聞かされることになる。

勝つことで僕が手にした最大のものは、コーチとしての首がつながり、しばらく仕事を続けられるという猶予だった。その時点で六戦が終了したワールドシリーズで二度優勝。宿敵のニュージーランドにも二度勝ち、有望な若手も何人も発掘した。金もなく、支援も少ない状況のなかで、だ。僕にはまだ刃が向けられていたが、それはこちらに迫ってきてはいなかった。

二〇一三／一四年ワールドシリーズを締めくくる、スコットランドとロンドンでの大会では、どちらも準決勝で敗れた。仲間や家族と再会し、久しぶりに体験するロンドン南西部の喧騒に驚いた。二大会とも僕たちの行く手を阻んだのはニュージーランドで、どちらもラストプレーで試合を決められた。その結果、ニュージーランドはフィジーがもう一〇年近くも遠ざかっていた総合優勝を四年連続で獲得する。でも、僕たちはまだ諦めてはいなかった。

オセアの成長

その夏、僕は夜明けや夕暮れにパシフィックハーバーのビーチ沿いを独りで散歩しながら、これまでに手にしたものと足りないものが何かを考えた。シーズンが終わると、すぐに選手を七人失った。オフロードパスの名手ピオ・トゥワイは、四人のチームメイトと共にスリランカ軍のチームからオファーされた好条件の短期間契約を受け入れた。オーストラリアのラグビーリーグのクラブもめぼしい選手を探し回っていたし、裕福なフランスのチームも豪華なラインナップに快足ウインガーを加えようとしていた。ひどい悪循環だった。発掘し、鍛えた選手が、試合で活躍するようになったとたんに引き抜かれていく。

でも、僕にはロパティがいた。ウィリアムも、オセアもいる。ファストフードを断ってコンディションを上げ、このシーズンのワールドシリーズで二位に一九もの差をつけて最多トライ数を獲得したサミ・ヴィリヴィリもいる。これまでと同様、遠く離れた島に選手を探しにいく計画もあった。なんとしてでも、まだ埋もれているダイヤの原石を発掘したい。

当然、最大の目標はオリンピックだ。だがそのために、僕は一見矛盾する目標を立てていた。それは、僕がいなくても成り立つチームをつくること。

コーチとは、すべてを細かく管理しないと気がすまないものだ。とにかく自分の意のままに全員を動かそうとし、それ以外にチームを指揮する方法を想像できない。ボスは自分であり、そのビジョンにみんなが従うべきだと考えている。だけど僕は、自立したチームをつくりたかった。選手には自ら問題を解決し、目標を設定できるようになってほしかった。メンバー同士で相談してチームの規律を定め、コンディションを整えるために何が必要かを考える。そして、全員でそれを守るために努力する。コーチの指示を待つのではなく、どうすれば敵のディフェンスを突破できるかを自分たちで分析し、話し合う。それができるのが一流選手であり、世界一を目指せるチームである。

だからこそ僕にはオセアが必要だった。オセアはチームの兄貴分のような存在に成長していた。他の選手から気軽に肩に手を置かれるくらいに親しい関係をつくっていながら、一声かければ全員が整列するほど尊敬されていた。オセアは、集団の中心にいながらにして、同時に外敵から集団を守ることができる男だった。家族の一員でありながら、長としての役割も担える人間だった。

僕にもバランスが求められた。選手とは親しくなりすぎないように一線を引いた。コーチである以上、「次の遠征メンバーから外す」「今日のプレーは良くなかった」といった厳しい言葉を伝えなければならない。だが、それを冷たく言い放つのではなく、共感を持って伝えられるだけの親密さも保っていなければならない。感情に任せて態度を変えないようにも気をつけた。選手の調子が良いときにはニコニコして、調子が悪いときには黙って側を通り過ぎるようなことをしてはいけない。コーチには一貫した基準が必要だ。それはその様子を観察している他の選手にとって、僕と接するための物差しになる。

僕がコーチに就任する数年前、オセアはフランスのプロクラブリーグ「トップ14」のアジェンとプロ契約を結んでいた。欧州に移籍した太平洋諸島の選手は誰でも、異国の地で成功をつかみ、大金を故郷の家族に送ろうと意気込む。だが現実は甘くはない。オセアの場合は、新しく就任したコーチが、自らの息のかかった選手をチームに連れて来た。オセアは活躍の場を与えられなくなり、外国の町の狭いアパートで、話し相手もなく、辛い時間を過ごさなければならなかった。

失意のままフィジーに帰国したとき、ラグビーへの情熱すらも薄れていた。僕がコーチ就任後の最初の大会で口説き落としてチームに呼び込まなければ、引退していたかもしれない。その後、ワールドシリーズ九戦に出場して活躍したオセアは当然のようにビッグクラブの注目を浴び、フランスのトップ4に君臨するクラブから三年契約のオファーが舞い込んだ。契約書には、家族が一生楽に生活していけるだけの金額が書き込まれていた。

オセアは僕のところに相談をしに来た。こんな内容のオファーがあった。意見を聞かせてほしい、と。

間違いなく、オセアは僕に人生を懸けていた。そして、僕にもオセアに人生を懸けてほしがっていた。僕は言った。

「このままチームに留まってほしい。そうすればオリンピックに行けるし、金メダルを獲れる。君はチームのキャプテンとしてフィジーの歴史をつくることになる。君はそれに値する選手だ。信じてくれ。チームは君と契約を結ぶ。他の主力選手ともだ。あと少し我慢してくれないか。必ず問題は解決するから」

オセアが〝白人は信頼しない〟と考えてもおかしくはなかった。フィジーの選手を引き抜こうとする代理人にはまともな人間もいたが、あくどい手段を使うハゲタカのような輩もいたからだ。契約時には高い額を見せておきながら、支払い段階になると所得税や代理人の手数料、詳細不明の項目などで大幅に減らした額しか振り込まない。選手を食事に誘い、酒で酔わせてその場で不利な条件の契約書にサインをさせようとする極悪非道な代理人もいた。

そのシーズンに五二回のトライを決めたサミ・ヴィリヴィリも、自分の価値に見合わない不利な条件で契約を結ばされそうになった。サミには金が必要だった。母親のヴィカはシングルマザーで、六人の息子と三人の娘を食べさせるためにナンディのシェラトンホテルにあるフライングフィッシュ・レストランで身を粉にして働いている。僕はサミを通じて何度か会ったことのあるヴィカのことを尊敬していた。契約の内容を伝えたときのヴィカの反応はお見事だった。契約書を破り捨て、訴えたいならそうすればいい、息子を買い叩くような真似はしないで、と代理人やクラブに啖呵を切ったのだ。

その結果、僕はサミをもう一年、手元に置けることになった。その分、責任も増した。一年後、サミはモンペリエと妥当な契約を結んだ。その契約には、リオオリンピックへの出場権を獲得したら、一時的にサミとフィジーセブンズ代表に貸し出すという条項が含まれていた。サミはこの契約で手にした金で、村に家族全員のための家を建てた。

サミの家庭の事情を僕に教えてくれたのはオセアだった。フィジーでは、目の見えている現実の背後で、他人には預かり知らない別の現実が進行していることがよくある。僕には、実際に何が起こっているのかを解読できなかった。ある選手が電話で誰かと口論している。僕にはその理由や相手はまったく想像もつかない。そんな選手はたいてい、その後の数日間は練習で精彩を欠くようになる。突然、練習に顔を出さなくなる選手もいた。そんな選手を見限ろうという気持ちにもなった。でも、目にしているのは砂浜に打ち上げられた難破船であり、船が激突した岩や珊瑚礁は見えていないのだと自分に言い聞かせた。どんな事情があって練習に身が入っていないのかはわからない。

僕がこんなふうに選手の異変を感じたときは、オセアが探偵の役割を担ってくれた。「最近、ピオは集中力を欠いているように見える」「ヴィリアメ・マタに真剣味が感じられない」と僕が気になる点を告げると、オセアがさりげなく探りを入れて、選手が私生活で抱えている問題を突き止めてくれる。

これには細かな気配りが必要だった。選手たちから、〝オセアにプライベートを詮索されている〟〝コーチがオセアを操って根掘り葉掘り聞き出そうとしている〟と反感を買われるような事態になるのは避けたかったからだ。ヴィチレブや他の島々への視察旅行を繰り返すことで得た友人や知人たちも、僕が選手たちの事情を少しでも理解するのを助けてくれた。だが、一番頼りになったのはオセアだった。オセアほどオリンピックという目標に向かって努力を重ねている選手はいなかったし、あれほどの好条件の契約を断ってまでこのチームに留まった選手もいなかった。だからみんな、オセアには本当のことを話してくれたのだ。

僕はオセアの力を借りて、選手一人ひとりについて学んでいった。たとえば、サミが週の前半に練習に参加できないと言う。シャイな性格なので、僕には理由を説明してくれない。結局、オセアを通じて、家族の集まりがあるからだと知った。フィジーでは家族の行事は何よりも優先される。僕には、期待する選手に対しては、練習への取り組みが不十分だと感じてもしばらく我慢して様子を見ようとする傾向があった。でもオセアは違った。思い切ってその選手をメンバーから外すべきだ、そうすれば次にチームに戻ってきたときには暴走列車のように必死にプレーするようになる、と。

ある朝、アップライジングでいつものように練習を始めようとしたとき、僕が初めてフィジーを訪れた週にコーラルコーストセブンズで発見して以来目覚ましい活躍を続けてくれていたセミ・クナタニが、二日酔いでグラウンドに姿を見せた。酒の臭いを漂わせ、しんどそうな声を漏らしながら、ピッチを力なく歩いている。後になってわかったのだが、前日、セミに契約書にサインをさせようとするエージェントにスバに連れて行かれ、そこでしこたま酒を飲まされたらしい。

その日、ピッチの周りには一〇〇人ほどのフィジー人が集まっていた。全員、若い選手たちから尊敬されている年長のラグビー関係者だ。新しいコーチとチームのお手並みを拝見しようと鋭い視線を向けている。オセアが周りを見回し、うなずいて言った。「セミにはお仕置きが必要だ」

オセアは全員に二〇〇メートルのスプリント走をさせた。スタート地点に戻り、何度も全力疾走を繰り返した。セミはグラウンドに膝をつき、吐いた。キャプテンのオセアが、静かに言葉をかけた。セミ、お前はたしかに有能だ。だが、何をしてもチームに居続けられると思っているなら大きな間違いだ。才能を持っていながら、自己管理ができずにつぶれていった選手は大勢いる。お前にはそんなふうになってほしくはないんだ。

チームには、反則である危険なハイタックルを仕掛けてしまうという悪癖が残っていた。僕は数カ月前のオバラウへの視察で、いかにこのプレースタイルがフィジーの島々に深く根付いているかを思い知らされていた。フィジーの選手にとって、相手の首や肩を狙うハイタックルは、己の強さや攻撃性を誇示する手段だった。これがイングランドなら、僕は選手をミーティングルームに集め、プレーの映像を見せながら、どこが間違っていて、どう改善していけばいいかを説明するところだ。

だがオセアは僕の意図を汲んだうえで、フィジー流の改革に取り組んだ。誰かが危険なタックルをする度に、チーム全員に四〇〇メートル走を課したのだ。所定の時間内に全員が走り終えるまで、何度も全体で四〇〇メートル走を繰り返す。誰かの悪い行動の結果として、全員が罰を受ける。

このように連帯責任を負わせるのは厳しい方法だと思うかもしれない。イングランドでもそう受け止められるだろう。でもフィジーでは誰か一人だけをやり玉に挙げて懲らしめるような方法は好まれない。イングランドのプレミアシップのコーチのように、ミスをした選手を容赦なく罵倒したりもしない。個人を責めるのではなく行動に意識を向けるこのオセアの方法は、数カ月後、肝心な場面でチームに大きな見返りをもたらしてくれることになる。

チームメイトは、オセアの人間性を理解するようになるにつれ、信頼を深めていった。親身に相談に乗ってくれるから、心配事があると真っ先にオセアに話をする。携帯電話が夜中に鳴ることもあったが、オセアは嫌がったりしなかった。

ロパティもチームの問題を見つけ、解決するのに力を発揮してくれた。誰もがロパティを信頼し、胸の内を打ち明けた。ロパティは選手が特に用も無く部屋に立ち寄ると、雑用を手伝わせながら話をした。選手は洗濯物を畳み、ボールに空気を入れながら本音を漏らした。ロパティはこうした会話を通じて、脈をとるように選手やチームの状態を把握していた。

ロパティ、僕、オセアの三人は、性格も専門分野もまったく違う、見た目からして凸凹なトリオだ。体重一三〇キロの陽気な人気者。日焼け止めを絶え間なく肌に塗りたくっている青白い顔の赤毛。意表を突くサイドステップで敵の裏をとるのが好きな牧師の息子。だが不思議と馬が合い、小さいながらも強力なチームをつくった。

僕たちは信頼で結ばれ、互いを尊敬するようになっていた。僕は良い結果が得られるのなら喜んで二人に仕事を任せた。ある夜、オセアの携帯に、ある選手から叔父の葬儀に出席しなければならないというメールが届いた。ロパティはその選手と練習後にココナッツを飲みながら、叔父の死について話した。そして、その選手が葬儀の費用がなくて困っていることを知った。僕が自腹を切り、ロパティが選手に金の出所を気にしないようにと言付けて葬儀代を渡した。オセアは葬儀が終わり、キャンプに戻ってきたその選手をホットチョコレートで迎え入れた。

もちろん、オセアも完璧ではなかった。フィジーには完璧なものなどない。美しい青空が広がっていると思っていたのに、突然、雨雲が覆い、嵐のような豪雨がロボッドラウ湾を襲う。僕たちが拠点とするアップライジングの近くでも椰子の木が激しく揺さぶられ、砂が風を舞い、水平線に浮かぶベンガ島も雨で霞んで見えなくなる。オセアにとってのそれは、「敗北」であった。

オセアにとって負けは受け入れがたかった。敗北がフィジーの村々や島々に何を意味するかをよく理解していたからだ。試合に敗れると、チームの脆弱さが露呈される。オセアは殻に閉じこもり、無言になって隅で気配を消すことがあった。

僕にはオセアの気持ちがよくわかった。だけど、ここはコーチとして厳しく接しなければならない場面でもある。だからこう伝えた
「五分間、黙って落ち込むのはかまわない。でも君にはチームの手本になってほしいんだ。負けた悔しさを、みんなと分かち合ってほしい。そうすれば、チームを強くするための新しいヒントが見つか

るかもしれない。僕は選手への気配りを何よりも大切にしている。選手たちを助けるために全力を尽くしたいと思っている。だけど、良くない行動が招いた結果から選手を守ることはできない。君は、選手を気遣い、チームに忠誠を尽くし、常にみんなの規範になる振る舞いができる人間だ。君の行動がぶれていると、みんなを惑わせることになってしまう」

オセアはキャプテンとしての重圧を背負い、難題に取り組んでくれた。その過程で軋みが生じることもあった。たとえば、周りからの嫉妬だ。それはキャンプでよりも、フィジーのコミュニティで生じていた。東京の大会で勝利してナンディ空港に帰着し、スバで公式のセレモニーに出席したとき、オセアはスタンディングオベーションで歓迎された。フィジーラグビー協会の幹部も拍手喝采だった。フィジーではすべては政治と派閥と水面下の力学で動く。僕はオセアに注意を促した。国民は僕たちの成功を望んでいる。だけど、なかには自分の利益のことだけしか考えない人間もいる。

オセアがキャプテンとして成長していく姿を見ることほど、コーチ一年目の僕にとって満足感が得られるものはなかった。シーズンオフに体力テストを行ったとき、シーズン前と違い、一番速かったのはコーチの僕ではなくキャプテンのオセアだった。俊足の若手がキャンプにやって来たときも、オセアは嬉しそうに笑い、スプリント走で勝ちを譲らなかった。

二〇一四年のドバイでのニュージーランドとの三位決定戦、オセアは全力を出し尽くし、試合後には控え室で意識を失った。オーストラリアとの準決勝で大量リードを逆転されて敗れた段階で、僕たちにとってのこの大会は半分終わったようなものだ。三位決定戦は概してモチベーションを保ちにくい。だがワールドシリーズで総合優勝をするには、わずかなポイントもおろそかにできない。オセアは自らの全力プレーでチームにそのことを伝えたのだ。以前なら試合に負けてふくれっ面をしていたオセアが、気持ちを切り替えて次の試合で終了後に倒れ込むほど頑張るようになった。コーチとして長年、世界各地の選手のスピードや耐久力を鍛えてきた僕も、これほどの選手の変化はそう体験したことがない。

オセアは、僕がいなければやっていけなかっただろう。僕も、オセアがいなければやっていけなかった。互いにそれを知っていたが、あえて言葉にする必要はないと感じていた。そんな選手に巡り会えて、僕はとても幸運だったと思う。

家族

フィジーでは一番目に大切なのは家族で、二番目に大切なのも家族で、どこまでいっても大切なのは家族だ。イングランドでは、コーチが選手の素行の問題を親に相談することは決してない。それは選手にとっても親にとっても越えるべきではない一線だと思われている。問題は外に出さず、チーム内で解決する。たとえば僕は、イングランド代表のコーチ時代にジェームス・ロッドウェルを五年間指導してきたが、両親のことはほとんど知らない。

フィジーでは、家族の協力を仰がずに若手の素行を改善させようとするのは、片足だけウエイトトレーニングをして足を速くしようとするのと同じくらい無意味だ。コーチ一年目、僕はオフロードパスの天才ピオ・トゥワイが怪我で抜けた穴を埋めるために、ウェリントンでの大会を前に、若いヴィリアメ・マタを抜擢した。ヴィリアメは素晴らしい才能の持ち主だった。身長一九八センチ、体重一一五キロ。プレーにはピオほどの派手さはなかったが、敵のディフェンスラインを切り裂き、タックルされてもオフロードパスで確実にチームメイトにパスをつなぐ技術は見事なものだった。オリンピックの金メダルを目指すチームの一翼を担える逸材だ。だが、これほどの才能に恵まれていながら、ラグビーに対する姿勢は甘かった。練習への意欲も低く、代表に選ばれているという自覚もなく、真剣にトレーニングをする意味を見いだせていなかった。

ロパティの運転で、オセアとヴィリアメの故郷の家族に会いに行った。ナウルバタウは、特別な用事がなければ絶対に行かないような場所だった。ゾロ・イ・スヴァ国立公園を横切り、ワイディナ川を渡り、村までのどん詰まりの砂利道をひたすらに走る。

村に到着すると、タイムスリップしたような感覚に襲われた。世界から隔離されたようなところで、子供たちは竹の筏で川を渡って学校に通っていた。ゆっくりとした水の流れを二〇〇メートル弱進むのに、三〇分もかかる。三〇〇人の村人は、すべて自給自足の農家だ。四年前に一五馬力の船外機付きの八人乗りボートが政府から村に与えられたときには、フィジーサン紙に数ページの特集記事が組まれたという。

僕たちはまず、ヴィリアメの家族に良い知らせを伝えた。

「あなたの息子さんには、リオオリンピックに行けるだけの才能があります」

次に、現実を伝えた。

「でも今と同じような姿勢でラグビーに取り組んでいる限り、せっかくのこのチャンスを無駄にしてしまうでしょう」

村人たちは、これからはみんなで、ヴィリアメが真面目に練習し、チームのために行動するように言い聞かせると約束してくれた。

僕のほうから出向くばかりではなく、向こうから招待されることもあった。

練習場に二日酔いで現れ、戒めのために全員でのスプリント走をさせられたセミ・クナタニも、家族に会ってほしいと恥ずかしそうに言った。ナヴィアンコ村までは、アップライジングから車で一日の距離だ。海岸沿いのクイーンズロードを西に数時間、その後は内陸に向かって北上し、風上の湿気の多いヴィチレブ側と雨量の少ない側に分かれる山岳地帯に入っていく。村を貫く一本の未舗装路の両脇には、薄青色のトタン屋根と赤土色の木枠で造られた背の低い家屋が点在していた。その先の丘陵地帯には幾筋かの小川が流れ、畑では根菜類が栽培されている。

女性が一人、出迎えてくれた。セミの母親だと思ったのだが、もう一人、さらに一人と女性が出てきた。村の五人の女性が、幼い頃に生みの親を亡くしたセミの食事をつくり、洗濯し、服を着せ、学校に送ってきたのだった。彼女たちはセミが村に帰ってくると涙を流し、村を去るときにはきつく抱きしめる。僕は後に、選手たちに近い将来、フィジーラグビー協会と適切な契約が結べ、十分な報酬が得られると約束した。そのときに浮かんでいたのが、この五人の女性の顔だった。

フィジーの家族の中心にいるのは女性たちだった。息子に一番大きな影響を与えているのは母親だった。そして、家庭内で暴力が起きたときに犠牲になりやすいのも女性だった。

島の村々を旅していると、「ここは家庭内暴力のない村です」という手書きの看板を見かけることがあった。オセアやロパティからは「あの選手は、妻に暴力を振るっているらしい。メンバーから落とすべきだ」と助言されたこともあった。

見て見ぬふりをしてしまえば、それが基準になってしまう。暴力は看過できない。そのような選手はチームに置いておけない。希ではあったが、その類いの事件はあった。僕がコーチに就任する前、イサケ・カトニンバウが試合後にドーピング検査員の胸ぐらをつかんで壁に押しつけ、二年間の出場停止処分を受けていた。僕は処分が解けたイサケにチャンスを与えたが、結局はうまくいかなかった。

選手の家族との対話《タラノア》が増えるにつれ、自然と自分の家族のことが思い浮かぶようになった。ナヴィアンコ村のセミの素晴らしい育ての親たちと別れ、長いドライブで帰路についているときも、僕は母のダイアンが自分に及ぼした影響について考えていた。母は長年、特別支援学校で教師をしていた。スポーツ好きで、幼い頃に父親からクリケットを教わり、グロスターシャー州でホッケーをしていた。僕も若い頃に教師をしていて、今はスポーツを職業にしている。

家の一番の稼ぎ手は母だった。父親のデニスは、イギリス空軍で整備士をしていたこともあったが、基本的に自由気ままな人間で、いくつもの職を転々としていた。父はマンチェスターの路地裏にいる悪ガキだった少年時代、悪戯をして怒らせた店主や大人に追いかけられるようにして家に帰ってきた。売り物の牛乳を入れたボトルの栓を開けて道路に溢れさせたこともあった。幼くして母親を失ったいとこのポールとは兄弟同然に育ち、一緒に線路に物を載せて車輪で潰されるのを見たり、鉄橋の下を通り過ぎる列車の煙突に唾を落としたり、線路下の排水管を四〇〇メートルも這って通り抜けたりした。家の裏手にある鉄橋の外側を歩いていて、向こうから年上の少年が来るのを見て足下を踏み外し、顎の骨を折り、喉元に大きな切り傷をつくって帰宅して、その姿を見て驚いた母親をショック死させかけたこともある。

僕はロンドンに寄る度に、一二年前に他界した父の墓参りをした。ガンナーズベリー墓地は高速道路M4とノースサーキュラーが交差する場所の少し北にある。父の墓石はキャシーの森で死んだポーランド人捕虜の墓の隣に立っている。天国の父は、ロンドン西部の運動場や道端でスクリューパスやプレースキックの手ほどきをした自分の息子が、遠く離れた南の島にいることをどう思っているのだろう。

フィジーには妻のナタリーと一緒に戻ったので、生活感を取り戻し、この国に自分たちの居場所があるという感覚も持てそうだった。もともとフィジーで住む家は自分で決めたいと言っていたナタリーだが、先にこの国で暮らし始めた都合上、僕が選ぶことになったパシフィックハーバーの住居を気に入ってくれた。賃貸だったが、持ち家のように感じた。家にはプールもあったし、リゾートのスタッフは僕たちとフィジー社会とのクッションのような役割を果たしてくれる。ボクサーのマービン・ハグラーにそっくりなジョーンと、ラッパーのクィーン・ラティファを彷彿とさせるミアは、ロパティのホットチョコレートがなくなりかけていると、どこからともなく現れてカップに注ぎ足してくれた。

ナタリーは周りに人がいるのが好きだった。夜の外出の計画を立てたり、何かをきちんと準備したりするのも好む。でも、僕との出会いはわりと行き当たりばったりである。

二〇〇六年の夏、僕はお見合いパーティーに参加した。一緒に来ていた友人が緊張のあまり汗だくになったので、途中で一緒に抜け出し、ビールを飲んだ。それでもパーティーの企画会社は、女性を何人か紹介してくれた。ナタリーはそのなかの一人だった。数日後に一緒に酒を飲み、好感触だったので、日を改めてデートした。ウィンザー・グレート・パークをゆっくりと散歩した。

数日後、僕はイングランドの一八歳以下の代表チームを引率してオーストラリアへの遠征旅行に向かい、ナタリーは大人数でのヨーロッパ旅行に出かけた。途中で声が聞きたくなり、スカイプで話をした。そろそろ旅も終わりだというナタリーに土曜日はどこにいるのかと尋ねると、ローマだという。僕は遠征を終えるとイギリスに戻らず、そのままローマに飛んだ。落ち合ったナタリーと、永遠の愛を象徴する都市で、大きなグラスに注いだモヒートを飲んだ。ロマンチックな雰囲気は最高潮に達し、僕たちは将来を誓い合った。半年もしないうちに、テディントンで一緒に暮らし始めた。

フィジーでの僕は、大会や島々への視察旅行で一度に数日間も家を空けることが多かった。練習が本格化すると、朝早く出かけて夜遅く帰宅することになる。夜は、ロパティやオセアとチームのマネジメントについて話し込む。ラグビーの話ばかりをする僕たちの隣にナタリーを置いておくのは申し訳ない気がした。ナタリーがフィジーで仕事をすれば、自立した感覚を持てるだろうし、ラグビーとは別の世界で人間関係を築けるだろう。でもナタリーは家で僕の帰りを待つのを苦にしてはいなかった。ロンドンでの仕事を辞めた後、しばらくはゆっくりとしたいと思っているようだった。大会に遠征するチームに同行するのも楽しみにしていたし、クリスマスには二週間程度、夏はそれ以上イングランドに戻り、バッキンガムシャー州の郊外にある実家で過ごした。

そんなふうに生き方を大きく変えるのは簡単ではなかったはずだ。仮に僕がナタリーの仕事の関係で、それまで一度も訪れたいと思わなかった場所に移住しなければならなくなり、仕事を辞め、荷物をまとめて一緒にその地に向かうことになったと想像すれば、その大変さは容易に想像できる。しかもフィジーでは、夫がセブンズ代表のコーチをしているともなれば、妻はどうしてもその影に隠れてしまう。実際、ナタリーが就労ビザを得るには、フィジーラグビー協会で働きでもしない限りは難しかっただろう。でも、すでに僕を困惑させてばかりのあの協会で妻が働くことになるのは、悪夢みたいなものだった。

結局、ナタリーは馴染みのある世界に落ち着いた。スバのイギリス人コミュニティだ。頻繁に昼食会に参加しては、そのままその人たちと時間を持て余すような午後を過ごした。夕食会やカクテルパーティーの招待状が次々と舞い込んできた。

僕も時間があるときは、ナタリーと一緒に社交場に出かけた。この手の席では、お愛想の笑顔を保たなければならない。見ず知らずの人が話す興味の持てない不満話を、頷きながら聞いているふりをする。上の空になり、ロパティとの会話の内容や、知り合いから練習用のビブスを安く買えるかもしれないという話を思い出していると、突然、同じテーブルに座る人から意見を求められ、沈黙したみんなの視線が自分に集まっていることに気づき、狼狽した。

朝の出社時にタイムカードを押し、八時間後に退社すれば、その後は仕事のことはきれいさっぱり忘れられるような職業もあるだろう。仕事用のスマートフォンでメールをチェックしたり、週末に緊急の電話を受けたりはするかもしれないけれど。イングランド代表のコーチをしていたときは、仕事後に希に携帯電話が鳴るのは、たいてい事務的な問題で急な確認が必要になったときだった。フライトの時刻の確認とか、プレミアシップのコーチが僕の選手選考に不満を抱いているとか。

でも、フィジーでは仕事とプライベートの区別はなかった。僕はコーチであるだけではなく、政治家であり、人類学者であり、人生相談窓口だった。選手と別れたというガールフレンドがキャンプに来て、僕に会いたいと言ってくるのは珍しいことではなかった。僕は紅茶を淹れ、何が起こったのかを尋ねる。選手のところに行って話を聞き、再び彼女のところに戻ってその内容を伝え、練習は途中では切り上げられないから、今は選手とは面会できないと丁寧に伝えると、それからフロントデスクに連れて行ってタクシーを呼び、運転手に十分な金を渡して家まで送ってもらう。練習が終わると、選手の地元の年長者が待ち構えていて、来るシーズンのその選手の将来についてカヴァを酌み交わしながら話《タラノア》し合いがしたいと待ち構えている。

息抜きの時間は予期せぬところにあった。僕たちの家の隣には、六〇代前半のオーストラリア人カップル、ダグとロビンが住んでいた。オーストラリアンフットボールの大ファンで、数年前から一年の半分をメルボルンで、もう半分をフィジーで過ごしているという二人のこだわりの家には、故障していないエスプレッソマシンと冷たいフィジーゴールドビールでいっぱいの冷蔵庫があり、グルテンと砂糖が入っていない手作り料理をたっぷりの赤ワインと一緒に振る舞ってくれた。

木曜日の夜は、僕たちが借りていた家の大家であるナタリア・ラーセンの家でカレーをご馳走になった。彼女は夫のアメリカ人、ジェフとスバにある「トラップス《罠》」というナイトクラブで出会ったそうだ。いつもナタリアの四人のきょうだいとその子供たち、母親のソフィー（週末に僕を教会に連れて行ってくれた女性だ）もやって来ていて、鶏肉を煮込んだカレーが入った大鍋を囲み、みんなで手をつないで歌をうたい、感謝の祈りを捧げてから鍋に手を入れた。白人の僕は、骨付き肉入りのカレーをうまく食べられずにみんなに笑われ、フィジー風の発音で〝ペニ・ライヤニ〟と呼ばれた。そんなふうに気兼ねなく接してくれることが嬉しく、喜びが顔に出すぎないように気をつけた。ナタリアの妹のジャニスが経営する「スキニービーンカフェ」も、まともなエスプレッソが飲め、目玉焼きを乗せた自家製の穀物パンやフルーツスムージーが味わえる、不慣れな世界に住む僕にとってのオアシスだった。

自宅から小道を通ってダグの家に歩いていくと、小さな桟橋につなげられたダグのボートが穏やかな海に停泊しているのが見えた。よく、このボートに乗せてもらい、珊瑚礁のあいだを抜けて、干潮時にできる砂洲に行った。海で泳ぎ、砂浜で拾った流木で火を焚いてバーベキューをした。ダグが簡単な釣りをすることもあった。ビールを飲んでいるだけで満足だった僕は、揺れ動く釣り糸や、水平線に浮かぶ太陽がオレンジがかった赤雲に沈んでいくのをじっと見ていた。

同じ頃、フランク・バイニマラマがフィジーラグビー協会の会長に任命された。青空に雨雲が垂れ込め、急な嵐が吹き荒れようとしていた。

第五章

ノエルとは教室でもいつも隣同士だった。木製の机は古くて傷だらけで、何年も使われていないインク壺が付いた蓋を開けると中はカビ臭く、チューインガムの食べかすがこびりついていた。週末の友達の誕生日パーティーが楽しみで、午後の最高の楽しみ方は屋内のサッカー場で五対五のゲームを延々と続けることだった。叔父が映画『E．T．』の擦り切れたVHSテープを持っていたショーン・スタッフォードのウェンブリーの家は僕たちの溜まり場だった。画質はひどく、科白もろくに聞きとれなかったが、誰も気にしなかった。主人公のエリオットが乗っていたBMXは、僕たちのあいだでもブームになった。僕は家族で夏休みに訪れたフランスの大型スーパーマーケットで売っていた九九フランのBMXを買ってもらい、夏のあいだじゅう乗り回した。

学校での一日のハイライトは体育の授業だった。体育館の両端に木製のベンチを置き、一チーム二人でダッシュを繰り返す。数年後に体育教師になったときも、僕は雨の日や時間がないときに生徒によくこの運動をさせた。子供たちにとって、体育教師は教師の中で一番恰好良い存在だった。ナイキのトレーナーを着ていて、若く、他の教師みたいに口うるさくない。ホプキンスという男の体育教師がノエルと僕に陸上競技の才能を見いだし、それを活かせる種目を指導してくれた。僕は高跳びと八〇〇メートル、一五〇〇メートル、後に四〇〇メートルハードル。瞬発力のあったノエルは短距離走と走り幅跳び。ホプキンスはストップウォッチを片手に、僕に一一歳以下の八〇〇メートルの学校記録を破らせようと意気込んだ。残り一周のベルが鳴るとラップタイムを大声で叫び、フィールド内を斜めに横切って残り二〇〇メートル地点まで先回りしてラップタイムを教えてくれた。最後はノエルが僕に併走して励ましてくれた。

そのときの僕には、自分をどんなトラブルが待っているか、想像もできなかった。ノエルと最後に一緒にいたのがいつかを覚えていない瞬間が来るなんて、思いもよらなかった。


大人になった僕がそうなるように、父もスポーツが大好きで、ヒーローや伝説的選手の話をよく聞かせてくれた。お気に入りは、一五〇〇メートル走と一マイル走で世界新記録を打ち立て、一九六〇年のローマオリンピックで金メダルを獲得したオーストラリアの中距離走の偉人ハーブ・エリオットと、そのコーチで独自の手法で知られたパーシー・セラティーだった。

セラティーの指導方法は独特だった。レアのステーキが好まれるオーストラリアで、選手に大量の生野菜をとらせた。勝利を一服して祝うアスリートが多かった時代に、酒も煙草も禁じた。雄大な景色に囲まれて練習をすれば高い理想を掲げながら努力できると信じ、メルボルンの一〇〇キロ南のポートシーでトレーニングキャンプを張った。セラティーは、選手たちに裸足になり、両手を砂につけながら険しい斜面を駆け上がるトレーニングを命じた。エリオットたちは黄色のシダと緑色の茂みを抜け、眼下で砕ける荒波を見下ろしながら、何度も昇降を繰り返したという。

僕は一〇代の夏休みに訪れたウェストンスーパーメアで、この砂丘登りを試してみたことがある。

だけどロンドン南西部でイングランドのセブンズ代表のコーチをしていたときは、贅沢すぎるほどのトレーニング設備に恵まれていたので、砂丘で練習を実施するのはあまりに原始的に思えた。

ここヴィチレブには、イングランドとは違い、栄養士も、心理学者も、MRIスキャナーも、GPSトラッカーも、一人一台のiPadもなかった。でもスバから海岸線を西に二時間、ナンディから南西に一時間のところに、シンガトガ国立公園がある。この公園にはバラエティに富んだ砂丘があった。浅く滑りやすい斜面、吹きさらしの壁のような斜面。公園内を流れる川は太平洋に流れ込み、山側には緑豊かな茂みや森が広がっていた。

二〇一四／一五年のワールドシリーズは一〇月上旬にオーストラリアのゴールドコーストで始まる。去年、この大会に参加する前に一回だけ行った合宿で持久走テストをしたとき、一番タイムが良かったのはコーチである僕だった。それだけに今年は、この大会前に選手たちを限界まで追い込む練習がしたかった。自然が美しく、過酷な環境で身体を鍛えられるシンガトガはその舞台としてうってつけだ。故郷の村々からは遠く離れてはいるが、ここでチーム一丸となって汗を流し、肺と脚を鍛えれば、それはフィジーの選手が世界で戦うための大きな武器になるだろう。

ナドローガは独特の雰囲気のある土地だ。イングランド南西部のディーンの森やコーンウォールの北海岸のような野性味が感じられる。スバよりも空気は熱く乾燥し、森は濃く、人々のタイプも違う。一九世紀に宣教師がこの地に到着する前は、ラトゥ・ユーダー・ユーダーという人食いの王がいたという。一〇〇〇人の肉を食べれば不死の身体が手に入ると信じていた王は、今はもういない。信じていたことが間違っていたか、計算を間違ったかのどちらかなのだろう。僕がフィジーにいるあいだに、ラ・ネーションと呼ばれるキリスト教集団が（フランクに目を付けられるまでは）、この土地に独立国家を設立しようと試み、武力で周囲を封鎖し、元の首長を追い出した。内陸地には野生の馬がいて、この州の出身の選手はみな乗馬が得意だった。ワールドシリーズでドバイを訪れたときも、巨漢フォワードのアピザイ・ドモライライはオフの日はずっと馬小屋にいた。賞金を獲得したらドバイで革の鞍を買い、フィジカルトレーナーのウィリアムに頼んで、何でも入る魔法の金属製のトランクに入れてもらい、大切に持ち帰ろうとした。

ナドローガはラグビーが特に盛んで、地域の代表チームはフィジー諸島の他のどの州よりも多くの国内大会のトロフィーを獲得していた。ナドローガの人間が都会人と見なしていたスバとは大きなライバル関係にあった。若い才能が多く、フランスのラグビークラブ、クレルモンが、一〇代の選手を対象にしたアカデミーをこの地に設立していたくらいだ。

シンガトガは訓練の場所として完璧だった。三〇から四〇もの砂丘があり、角度や傾斜も千差万別だ。熱い砂の斜面がなだらかに四〇〇メートルも続くかと思えば、両手と両足を砂地につけて常に動かしていなければ前進できず、少しでも呼吸を整えようとして立ち止まると容赦なく後ろにずり下がってしまうほど険しい斜面もある。海から陸に風が吹くと砂地は硬くなり、夜の海霧に覆われると表面が薄皮のように固まった。大嵐に襲われると砂の奥から古代の陶器や石器の破片が見つかることもあった。

朝、パシフィックハーバーの拠点からシンガトガに向かうため、日の出前に選手たちを起こし、午前五時半には全員で砂丘に登り始める。寝ぼけ眼の選手たちが、トレーニング用具を引きずるように歩く。小さな村から煙が立ちのぼり始める。森で切った木を焼いて朝食をつくっているのだ。時折、村の子供たちの笑い声や叫び声を、風が運んできた。胸を蛇腹みたいに収縮させながら、頂上に立つと、南太平洋の巨大な青いうねりが、広大な砂浜に沿って白波を立てて砕け、その合間に鮫の背びれが浮かんでいるのが見えた。北には森が起伏のある丘や山々へと広がっている。

初めて砂丘に登ろうとしたとき、ロパティが心臓発作を起こさないか心配になった。とはいえ、僕自身も自信はなかった。ゆっくりとしたペースで登っても、一日の体力を使い果たしてしまいそうなほどきつい。体調など関係なかった。毎回、一本目ですべての体力を奪われた。次第に、身体が砂の上を滑っていく感覚や、何度も登り切るために必要な労力やテクニックを覚えていった。潮風で汗が乾けば、もう一本登ろうという気持ちになれた。

目印のために、砂の上にプラスチックのマーカーを置いた。それはゴルフコースに似ていた。一番ホールは二〇〇メートルの上り坂。二番ホールは恐怖の急斜面。三番ホールに向かう頃には手が震え、心臓が胸から飛び出しそうになっている。

ラグビーボールを片脇や両脇に抱えて走る選手もいれば、競争したり腕を組んだりしながら走る者もいた。パーシー・セラティーは、ハーブ・エリオットがポートシーの砂丘で七〇メートルもの斜面を一一秒で登ったと誇らしげに語った。だがシンガトガには、そんな古き良き時代の光景が可愛く見えてしまうくらいのモンスター級の急斜面があった。日焼けした砂の表面には、選手が駆け上がった跡で焦げ茶色の道ができ、ナスカの地上絵のような不思議な図形や記号を砂上に刻んでいった。汗まみれの黒シャツは腕や背中の部分に砂粒がまとわりついて白くなり、激しい運動を繰り返した選手たちは目を血走らせながら、冥界を彷徨うゾンビのようにマーカーからマーカーへとよろめきながら移動していく。

それは最高のトレーニングだった。砂の上で素早く動き続けるには、短距離走者のように膝を高く上げ、腕を大きく振らなければならない。同じ動きを平地の芝生の上ですれば、飛ぶように速く走れる。柔らかい砂の上では脚や腰や背中への影響も少なく怪我もしにくい。裸足になり、どれだけ肺が痛み、太ももやふくらはぎに乳酸が溢れていても、柔らかい砂の上で全身のバランスをとり続けなければならないので、本能的な感覚も研ぎ澄まされる。砂丘の訓練は二時間半も続くこともあった。最後のほうになると、疲労困憊になった選手たちは、スキー板を履いたまま転んだみたいにうつぶせのまま手足を広げ、砂の上を力なく滑り落ちていった。こんな過酷なトレーニングは他にない。

過酷なトレーニングを乗り越え

セラティーは毎朝、オート麦とナッツの朝食をとり、H・G・ウェルズの一二〇〇ページの大著『世界史概観』を五ページを読み、選手にスパルタとストイックを組み合わせた「ストタン《stotan》」と呼ばれる犠牲と自立の精神を説いたという。しかし、僕は同じような言葉を選手に伝える必要はなかった。それは現実のものとして、毎日のトレーニングのなかに息づいていたから。夜明け前の暗い砂丘にミニバスが近づくにつれ、絞首台に立つ前の人間が発するようなユーモアが車内から聞こえてくる。「歌をうたっているときに怪我をしたので、今朝は砂丘を登れないよ」「今日は午前一時に起きて、月明かりの下でみんなより一足早くセッションを終わらせてきたんだ」――。でも、全員がこのトレーニングをしなければならないのを知っていた。チームにとって必要なものだと理解していた。負傷中の選手たちも砂丘についてきて、他のメンバーに水を渡し、砂をクッションにして怪我をしている足や太ももをかばいながら、何百回も腹筋を繰り返した。

砂丘で選手に具体的な指示を出し、発破をかけていたのは、僕たちマネジメントチームに加わった新顔、ストレングス&コンディショニングコーチのナザ・カワニブカだった。それまでの数年間、一五人制ラグビーのフィジー代表でコーチを務め、自身もセンタープレーヤーとして代表歴があるナザは、スポーツ科学の最新の論文を読みこみ、それを現場に活かそうという意欲を持っていた。だが、それまでの現場ではその知識や熱意を十分に発揮させてはもらえなかった。

空飛ぶフィジー人の異名を持つ一五人制の代表チームが、秋の北半球ツアーや夏のオーストラリアやニュージーランドでの連戦、ワールドカップに出場するときは、海外から名だたるストレングス&コンディション・コーチが招聘され、アシスタント的な役割を担わされるナザは、選手に水のボトルを渡すといった雑用に追われた。外国人コーチからは、フィジーの各選手とってどんな筋力トレーニングや食事が効果的かといった、この国の出身者であるナザでしか知り得ないような質問をされることもなかった。優しく人がいいナザは不満を募らせたりはしなかった。これほどの優秀な人材の力が十分に活用されないのは、チームにとって宝の持ち腐れというほかない。

ナザには変わったところもあった。とても宗教的な人間で、近い将来にキリストが再臨すると真剣に信じていた。それは洪水に関連しているらしかった。いつも嬉しそうにその話をしていた。

ナザは物事を順序立てて進め、限られたもので創意工夫をするのも得意だった。僕はナザをシンガトガに連れて行き、三週間後の試合までに高めてほしい選手のコンディションのレベルを伝えると、あとはすべて任せた。

この砂丘の訓練はうまくいき始めた。どれだけ脚や肺がきつくても、隣でチームメイトが頑張っている姿を見たら、途中では投げ出せない。僕は命令するのではなく励ました。悪態をつくのではなくサポートをする。セッションが終わると、選手たちは身動きもとれずに砂地に横たわる。その身体にエンドルフィンと疲労、満足感が充満しているのが伝わってきた。

「パーシー［セラティー］にとって何より重要だったのは――」ハーブ・エリオットは、かつて記者にこう語った。「選手の精神を鍛えることなんだ。身体の状態は、二カ月もトレーニングをすれば仕上がる。残りの期間は心を磨くためにある。それは根性や、内なる力と呼べるものだ。そうすることで、試合では平常心で持てる力を発揮できるようになる」

シンガトガの砂丘を二〇〇回も昇降することから一日を始めると、根性が鍛えられていくのが否応なしに実感できる。練習の最後にはご褒美も待っていた。一週間の練習の区切りとなる金曜日の朝、僕たちが砂丘を登り始めているとき、ロパティが運転手に頼んで町の肉屋で鶏肉やステーキ肉をたっぷりと買い、村でバーベキューの準備をするよう手配してくれているのだ。村人はヒーローたちが地元に来てくれると喜んで料理をしてくれた。当初は村の長老たちがカヴァを手にして現れ、タラノアをしたいと言い出したりもしたが、ロパティが事前にしっかりと断りを入れるようになり、そうした面倒も起こらなくなった。

この金曜日の朝のバーベキューは、充実感に満ちていたシンガトガのトレーニングセッションの美しい締めくくりになった。砂丘の気候にも、思わぬトレーニング効果があった。太陽が丘の上に昇ると、砂の上は灼熱の暑さになる。選手はセッションの前に水を飲むと、すべてが終わるまで喉を潤さなかった。実際の試合では、試合前とハーフタイムに水分を補給するが、日頃から砂丘で喉の渇きに慣れている選手の身体は水を素早く吸収できた。砂丘で辛いトレーニングに励んだチームは深い絆で結ばれ、他のチームなら空気を悪くしてしまうようなトラブルでも、ごく些細なものに感じられるようになった。

シンガトガで、丸一日洗濯していない練習着を着てトレーニングし、合宿所の大部屋で二〇人で寝るのに慣れていると、ラスベガスの大会で宿舎の夕食でメインディッシュが一種類しかなくても、オリンピックの選手村の部屋がホテルに比べると窮屈でも、気にならなくなる。二一世紀のスポーツ界では、勝つためにはできる限り金をかけ、完璧な設備や環境を整えるべきだと考えられている。だけど僕はこの砂丘での体験を通じて、それまでの考えを改めることになった。選手たちは砂の上で忍耐力や団結力を高め、屈強になっていった。コーチと選手のあいだに信頼が生まれ、チームの統率がとれるようになった。

イングランド代表のコーチをしていたときは、選手の疲労回復のためにアイスバスや圧縮タイツ、深部組織マッサージなどを用いた。シンガトガでは、早朝の砂丘での練習を終えて朝食をとると、シンガトガ川の滝に向かった。一車線の道の脇にミニバスを停め、岩の上で素足になる。一人が滝下の流れの緩い水に飛び込むと、水面が凹み、大きな飛沫が立ち上がる。もう一人がさらに急な角度からダイブする。全員、頭の部分をカットした青いココナッツで喉を潤しながら、パンツ一丁になり、歌をうたった。石けんで身体を洗い、泡を滝の真下に立って流す。ロパティが裸になって水に飛び込むと、みんな涙を流して笑った。僕は木陰に座り、水から上がった選手たちが急な岩場を登り、濡れた足跡を残しながらバンに戻っていくのを見ていた。チームは温かい雰囲気で満ちている。みんな、共に成し遂げたことへの誇りを感じていた。

ドライバー、ベラ

僕たちのミニバスは、ロンドン、トゥイッケナムの通りを走るにはみすぼらしい代物だった。でも、ドライバーのベラには、世界のどんな場所にいてもうまくハンドルを切れるだろうと思えるほどの腕前があった。

毎週、週初めに選手を拾い、金曜日に滝で水浴びをした後にそれぞれの家に送り届けてくれたのはベラだった。ヴィチレブは移動するのに時間がかかり、選手たちの住居も点在していたので、簡単な仕事ではない。まず、午前五時にコロヤニトゥ国立公園の北のサトウキビ畑でラウトカのピオ・トゥワイを拾う。次にクイーンズロードで南下してナンディや小さな村々の脇道や砂利道を走り、各選手の家に近づいたら四五分前に携帯電話にメールを送って近くの交差点で待ってもらうようにする。アップライジングのトレーニング拠点を通り過ぎ、東のスバに向かう。午前九時前にフィジー・ラグビー・ハウスに到着すると、朝の紅茶が用意されている。僕が見ていないと、マグカップには山盛りの砂糖が入れられる。箱入りのドーナッツを持って歩く選手もいる。僕はやれやれと頭を振り、選手たちに二階のスタッフのオフィスに向かうよう指示する。

あらゆる道路を知り尽くしていたベラは、警官とも顔見知りだった。どれほどスピードを出していても、どんなに荒い運転をしていても、切符を切られたりはしない。バスはベラの縄張りだった。駐車時にはクッションの厚い大型シートを回転させて車内側を向かせ、擦り切れたケーブルで携帯電話を音割れのするスピーカーにつなぎ、フィジー音楽を大音量で流した。

イギリスのエリート選手なら、狭い道を走るバスに四時間も身体を揺られ続けるのは苦痛だと思うだろう。でもフィジーの選手たちにとっては、それは社交場であり、非公式のチームミーティングだった。選手たちはスポーツバッグが転がった車内のあちこちに寝そべっていた。ベラはバスを巧みに操り、警官に手を振りながら猛スピードで道路を突っ走る。ベラが酔っ払い運転をしない人間だったのは、僕たちにとって幸運だった。その仕事が終わると、ベラは女子のセブンズ代表のために同じ行程を繰り返した。一五ポンドの日当で、一日一五時間も運転をする。病院への選手の送迎や用具や水の運搬なども、ベラの仕事だった。

ロパティやオセア、ウィリアムと同じく、ベラもチームとコーチをつなぐ潤滑油のような役割を担い始めた。バスに乗せた選手と雑談をし、行く先々の村の様子を観察していたベラには、情報も自然と集まってくる。金曜の夜遅くに村まで送った選手の家に、夕食が残っていないこともあった。その選手が末っ子である場合は、年上のきょうだいたちが夕食をたいらげてしまっていることも多かった。選手には金もなく、店も遠い。ベラからそんな事情を知らされ、僕は一緒にバスに乗せてもらってその選手の家族と話をしに行ったり、シンガトガでのバーベキューの残りをその選手に渡したりした。チームの団結力が強まっていくにつれ、みんな、その大切なメンバーの一人であるベラにも何かと気を配るようになった。ベラの家が洪水で被害に遭い、生活を立て直すために一五〇ポンドが必要になったときも、僕は迷わず金を渡した。

ベラが金曜の午後に西に向かっている頃、僕はよくロパティと一緒に東に向かい、ボトゥアという小さな村にあるエコカフェという店に行った。店構えは質素で、藁葺きの小屋に木製の長椅子が置いてあるだけ。両側は竹の葉で覆われていて、子供の頃に友達とこっそりつくって遊んだ秘密基地のような雰囲気があった。すぐ外のビーチでは、馬が走っていた。オーナーはファビというイタリア人女性で、フィジー人のパートナー、デゲイと一緒に店を切り盛りしていた。名物料理は薪をくべたオーブンで焼く特大サイズのピザ。選手のように砂丘をクタクタになるまで走っていなくても、朝に食べたバーベキューでまだゲップが出そうでも、この美味しいピザにならいつでも食欲が湧いた。それは、疲れた一週間の最後のご褒美であり、ロパティとじっくりと話をする良い機会でもあった。飲むのは酒でも砂糖がたっぷり入ったジュースでもなく、天然のレモン汁とマンゴーのスムージー。ロパティに早食い競争を挑んではいけない。ミニバスのタイヤみたいに大きなピザをロパティが巨大な両手で持ってかぶりつく様は見物で、ちょっとばかりゾッとするような光景でもあった。

それはチームの問題点について熟考し、対策を練るためのいい時間だった。ナドローガでの合宿は、砂丘での訓練が充実していたこともあって満足してくれたが、同時に個々の選手が抱えている問題点も浮き彫りになった。たとえば、アピザイ・ドモライライの問題をどうすれば解決できるかを考えるだけでも、ロパティと僕にはピザが何枚も必要だった。

アピザイの婚約者は気が強く、結婚したら自分の村で暮らしたいと希望していた。だがアピザイも簡単には引き下がらない男で、自分の家族や馬がいる故郷の村に住み続けたいと言い張っていた。アピザイはリゾート施設やホテルでポーターとして働いていた経験もあるからか、世慣れたところもある。そこが人間的な魅力でもあった。僕の目を盗んでこっそりビールを飲むこともあった。クラブの試合に出場しているとき、控え室の外で煙草を吸っているのを僕に見つかったときは、身長一九〇センチ、体重九五キロの大男とは思えないくらいしおらしくなっていた。

当初、アピザイは僕をどこまで信用していいのかわからず、戸惑っているようだった。僕が酒と煙草に厳しいことも、ピッチでのプレーを高く評価されていることも知っていた。僕は二人きりのときに、できるだけポジティブな言い方で注意をした。あるトレーニングを終え、次のメニューを行うためにピッチの別の場所に移動しているときに、隣を歩きながら伝える。「みんなの前で叱ったりはしない。だけど、これからは遅刻するときは事前に連絡するんだ」。無闇に叱責せず、なぜ遅刻したのか、今後はどうすれば同じ過ちを繰り返さずにすむか、本人が自分で考えて答えられるような尋ね方を心がけた。

時間はかかったが、僕たちのあいだには徐々に信頼が生まれていった。アピザイから、「機嫌を損ねて家の物を外に放り投げているガールフレンドに会うために、今夜は合宿所に泊まらずに村に帰りたい。ベラに送ってほしい」と頼まれることもあれば、「土曜の夜に隣の村に行って朝帰りをしたことを知っているぞ。起きたことはしかたがない。練習には真剣に取り組み、チームのためにベストを尽くしてくれ」と伝えることもあった。

アピザイは酒に強く、どれだけ飲んでいても体力テストの数字は常に良かった。とはいえ、特例を許すわけにはいかない。僕はアピザイから目を離さないようにし、チームのみんなと協力して問題解決に努めた。一緒に教会に行き、婚約者とも話をした。アピザイがドバイで買った大切な鞄を、フィジーに持ち帰る途中で壊れないように気をつけたこともある。

でも、ロパティと僕がどれだけピザを食べながら話し合っても答えが見つからないような、手に負えない選手もいる。たとえばピオ・トゥワイだ。三一歳のベテランで、大砲のように破壊力のあるプレーをする。身長一九五センチ、体重一一〇キロ。一緒にいると楽しいが、暗い側面も感じた。夜に僕を起こして金を無心したこともある。

最初は不審に思わなかった。ピオはたとえば、いとこの葬儀で五〇〇フィジードルが必要になったと言う。僕はロパティやオセアに相談した。オセアは自分の意見は言わず、事実だけを答えた。「たしかに、ピオのいとこは亡くなった」あるいは「いや、ただ酒が飲みたいだけさ」というふうに。

ピオの故郷ナブカベシは豊かな村ではなかった。赤土の道が数本と、モルモン教の教会が一軒、トタン屋根の木造小屋、古いソフトドリンクの瓶に紐を通してつくった塀。道端には手書きの看板が立てられている。「神はすべてを造りたもうた。汝のことも」

僕がコーチに就任したとき、ピオはしばらくチームから干されていた。行動にムラがあり、一貫しているのは集合時間に遅れることくらいだったからだ。僕はすぐにピオをチームに呼び戻した。大柄なのに手足は柔らかく動き、軽やかにステップを刻み、ボールを意のままに操れる。その頭抜けた才能を使わない手はないと思ったからだ。

ピオのオフロードパスは次元が違った。タックルされ、倒れ込む寸前になってから、ようやくボールは予想できない方向に解き放たれる。まるで手首の関節が二段階になっていて、指先にバネが仕込まれているみたいに。ピオの能力を知る味方の選手たちは、芸術的なパスを受けるために背後から走り寄った。ピオは巨漢にもかかわらずスピードがあり、常に相手の守備陣に突撃する。僕はピオに、漁師が撒き餌で魚をおびき寄せるように、もっと間をつくってみてはどうかとアドバイスした。相手は飛び込む間合いがつかめなくなり、「タメ」をつくってから繰り出されるピオのオフロードパスはさらに威力を増した。ピオは、オリンピックに出場できたとしたら、スタメンの七人に必ず固定しておきたいと思わせる選手だった。

ただ、ピオにもネックはある。僕が密かに〝F・A・T〟グループと名付けていた、体力テストで常に基準以下《Fail All the Time》だった選手の一人だった。四〇メートル走はチーム内で一番遅かった。チームから離れて家にいるときは、フィジー代表としての自覚などどこ吹く風で、好きなように行動していた。

僕はピオを守りたかった。ピオの能力は天からの贈り物であり、僕にはそれを活かす責任があった。

そして、予期せぬ嵐が僕たちを襲う。ピオの妻が出産後の血液検査の結果、乳癌の初期段階にあることが明らかになったのだ。医師は入院を勧めたが、妻はマッサージで腫瘍を取り除くことのできる霊能力者がいるから村に帰る、と言い張った。

この状況下でも、ピオは練習に顔を出していた。だが一番必要なときに、僕に助けを求めなかった。僕もどう対処していいかわからなかった。

第六章

僕は一三歳になり、日曜の朝はまだリッチモンドでラグビーをしていた。グラウンドには、もうノエルの姿はなかった。理由はわからない。ノエルと一緒に過ごすスポーツの時間は、ウィンドウショッピングになっていた。ブレントフォード・ハイストリートを歩いたり、地下鉄のセントラル線で終点のイーリングブロードウェイから一一個先の駅のオックスフォードサーカスに向かって、リージェント・ストリートからピカデリー・サーカスの近くにあるスポーツ店、リリーホワイツに行ったりした。ボリス・ベッカーがウィンブルドンで振り回していたヘッドの大きな新型のテニスラケットを、目を皿のようにして眺めた。ポロシャツやトラックスーツは値段が高くて手には届かなかったので、貯めた小遣いでセルジオ・タッキーニやフィラ（ジョン・マッケンローやベッカーが身につけていた）のリストバンドなんかを買った。

一年後、ノエルは学校にめったに来なくなり、それからさらに一年以上が経過すると、完全に姿を見せなくなった。保護者の男からも見放されていたようだった。どうやら、アフリカの父親からの送金が途絶えたらしい。ノエルは身の回りの荷物を持って家を出て、東の地区に住む何年も前に学校を中退した年上の子供たちとつるむようになっていた。

ノエルを見つけるのは難しかった。父の車で保護者のアパートに行ってみたこともあるが、呼び鈴を鳴らしても出てこない。夜遅くにアーリングをぶらつくノエルを見かけたという友達はいた。

僕も同じ時間帯にその辺りを歩いていて、ノエルに出くわしたことがある。久しぶりに会ったノエルは雰囲気が変わっていた。表情は険しくなり、態度もよそよそしい。僕たちにはまだ友情はあったが、弱まっていた。気まずい空気が流れた。

またラグビーをしたいかと尋ね、時間と場所を教えたが、ノエルは来なかった。スポーツの才能を認めていた僕の父から地元のノン・リーグのサッカークラブのトライアルを受けることを勧められても、ノエルはグラウンドに現れなかった。

再び、年上の子供たちとつるむノエルを見つけた。僕は不良ではなかったし、度胸もなかった。でも、そこで良くないことが起きているのはわかった。暴力を振るったり、他人の財布を盗んだりするような悪い連中だった。

それは僕の住む世界ではなかった。自分には理解できない場所だった。僕たちの友情はますます悪いほうに向かっていた。

二〇一四年九月。友人からフィジーセブンズ代表のコーチ募集のツイートを教えられて慌てて応募し、午前四時にスカイプでフィジーラグビー協会の幹部たちと面接し、怒濤の日々が始まってから、一年が経過していた。一年前、イタリアンレストランで妻のナタリーとヴァルポリチェッラのワインボトルを空にして食事をしていたときには、遠い先の話だと思えた二〇一六年のリオオリンピックのことで、いま僕の頭のなかはいっぱいだった。

ワールドラグビーと、その敏腕のセブンズ担当者ベス・コールターは、リオの出場資格を決定していた。二〇一四／一五年のワールドシリーズの上位四チームは自動的に出場権を獲得。オリンピック本戦の組み合わせも、このワールドシリーズの最終順位が高いほど有利になる。

ある日曜日、フィジーのホテルでナタリーとブランチをとっていた。心にはたくさんのことが浮かんでいた。選手の契約問題を解決するためにロンドンから一週間の予定で訪れ、ベスと何度も連絡をとり、パシフィックハーバーからスバまで何度も車で往復し、あれこれ手を尽くしていた。協会は一年遅れでようやく資金繰りをし、僕自身の報酬にはめどが立っていた。でも、選手たちは依然としてアマチュアとしてプレーしている。僕は疲れで神経が張り詰め、身体の節々が痛かった。

そして、デザートをとろうとして立ち上がった瞬間、全身を締め付けられるような感覚に襲われ、地面にうずくまった。腰と心臓に激しい痛みを感じて身動きがとれない。驚いた人たちが周りを取り囲み、心臓発作だ！　心臓発作を起こしているぞ！　と叫んでいる。スタッフが救急用具の入った箱を持って駆け寄ってくる。

昔から腰痛持ちだった。二〇年前、ウエストハートトリプールのスクラムハーフとしてバース戦に出場したプロ・デビューの日、ウォーミングアップでボールを拾ったときに腰に激痛が走った。旧東独出身のチームドクター、エックハルト・アルベイトは、ベルリンの壁が崩壊する前の前近代的なスポーツ医学の教育を受けてきた高齢の医師で、僕の背骨を治療しようとしてくれたが、結果として悪化させただけだった。僕は注射を打たれ、試合に出場し、車で帰路についた。ところが、車から降りようとすると、腰の痛みで動けない。運転席から電話をかけてガールフレンドに自宅まで来てもらい、肩を借りて車の外に出してもらわなければならなかった。現役を引退してからも、手術を避けるためにごまかしながら腰痛とつき合ってきた。

レストランにいた四人の手でホテルの空き室に運び込まれ、ベッドに寝かせてもらう。フィジカルトレーナーのウィリアムが、後にも先にも見たことがないくらいに血相を変えて飛び込んできた。誰かが心臓発作で倒れたという電話を受けたとき、人はこんなふうに反応するのだ。

椎間板が三箇所突出していた。ウィリアムが圧迫された神経を鎮めようと努力してくれたが、僕はトイレにも行けず、頭も腕も持ち上げることすらできず、ずっとそのホテルのベッドに横たわっていた。

医者に腰の牽引治療をしてもらった。別の人がやって来て、村にいる腕のいい霊能力者を紹介すると言ってくれた。だが僕は一年前、ケレピ・ナモアが脚を骨折したときに霊能力者がしたことを目にしていたし、ピオの妻にも乳癌の治療を霊能力者のマッサージに頼らないようにと説得していた。正直、頼む気にはなれない。

結局、オーストラリア・ラグビーユニオンの好意のおかげで、オーストラリアの整形外科医に診てもらうことになった。一人に身体を支えられ、もう一人に足を抱えられるようにして飛行機に乗る。その間、痛み止めを飲み、激痛に耐え、ロパティにあちこちで担いでもらい、ナタリーにはウェディングドレス姿の新婦だったときには想像もしていなかったであろうような世話をしてもらった。

フィジー人の伝統医学への信奉は時として滑稽に感じられた。コーチ就任直後の体力テストでは、茂みに隠れ、〝足が呪われているから走れない〟と言い張る選手がいたほどである。でも、選手は真剣だった。フィジーには、古代の神話的思考とキリスト教の精神が混在していた。キリストの再臨が間近に迫っていると信じつつ、ダクウェカというサメの神の存在も認めている。そんな国では、脛骨骨折をカワカワラウの葉で治そうとしたり、帝王切開をワルソの薬草で治療しようとしたりするのもおかしな話ではなかった。僕はフィジーの人たちの考えを尊重しつつ、できる限りそれを避けて通る方法を考えた。

ヴァテモの病気から学ぶべきこと

初めてヴァテモ・ラヴォウヴォウのプレーを見たのは地方のセブンズの大会だ。トカトカ・ウエストフィールド・バーバリアンズというチームに所属していたヴァテモは二〇歳でまだ荒削りだったが、チームの創造性の源であるスタンドオフのポジションで、両手でパスを繰り出し、両足でボールを蹴ることのできる天性のプレーメーカーとして希有な才能を輝かせていた。ラガーマンだった父親がプレーしていたクラブチームのあったオーストラリアで生まれ、幼い頃に父の故郷フィジーのサウナカ村に戻って来た。

この村がナンディ国際空港に隣接していることが、厄介な状況を生み出していた。空港側は滑走路の土地の所有者である村に対し年に二回、賃料としてかなりの額を渡すことになっていた。ヴァテモの一族は村に大勢いたので、分け前としてもらう金も大きかった。フィジーには〝一寸先は闇だから、宵越しの金など持たないほうがいい〟という考えがある。だから空港からの金が入ると、それから二週間、ありったけの金で酒やファストフードを買い込み、どんちゃん騒ぎが続く。ヴァテモもこの二週間、チームの練習に参加せず、金が尽きたときにキャンプに姿を現した。

チームにも、似たような分け前の伝統があった。セブンズ代表の常連になり、フィジータイムズ紙やフィジーサン紙に頻繁に写真が載るようになった選手は、スバの大手スポーツ店で、新しいトレーニングシューズを買ってもらえるのだ。

それは典型的なフィジーラグビーの取り引きだった。選手は無料でシューズを提供される。その代わりに、スポーツ店のJ・R・ホワイツは選手を宣伝に使う。でも、物事は決して意図した通りには進まない。選手は壁に飾られたトレーニングシューズのなかから好みのものを入念に選び、サイズを指定する。インド系の家族が営むこの店のオーナー、アビナシが選手の写真を撮り、手を振って「シューズは後日、ラグビー協会の事務所に送る」と伝える。数日後、選手が指定したのとは別物のシューズが到着する。アビナシにクレームの電話をすると、指定されたサイズのものがなかったから、とトボけられる。よく見ると、そのシューズの古いモデルだ。こうして選手たちは、希望したのとは違う旧型モデルのシューズを履いて、アップライジングのグラウンドを走ることになる。

僕はJ・R・ホワイツが大好きだったし、商売人に徹していたアビナシのことも憎めなかった。この店は、幼馴染みのノエルと一緒に羨望のまなざしで覗き込んだ、ウエストロンドンの高級街にある品揃えが豊富なスポーツ店を思い起こさせた。卓球のラケットとカバー、屋外スポーツ用のスパイクとスタッド、テニスラケットのグリップ。回転式の展示棚に飾られた、マンチェスター・ユナイテッドのドリンクコースターやリバプールのステッカー。

ヴァテモが突然、発作を起こして倒れたのは、この店で一緒にトレーニングシューズを物色していたときだった。

ウェンブリーの学校で臨時教師として働いていたときにてんかんを起こした生徒を見たことがあったし、教員資格を取得する課程で発作の兆候の見分け方や発症後の対処方法などについても学んでいた。

それでも恐ろしかった。ヴァテモの激しい発作は三〇秒ほど続いた。一緒にその様子を見ていたフィジカルトレーナーのウィリアムも、どう対処すべきかを知っているように思えた。

意識を取り戻したヴァテモと、そこから徒歩二分ほどの距離にある、ゴードンストリートのフィジーラグビー協会までゆっくりと歩いた。オフィスは二級建造物に指定されているほど古い建物にあり、正面がレセプションエリアで、一方にはCEOのオフィス、もう一方に会議室がある。雑然としていてプライバシーはあまりない。奥の小庭を抜けてウィリアムの治療室に行き、ヴァテモに話を聞いた。

一八歳以下のチームでも練習中に発作を起こしたことがあったが、コーチはそれが何かを理解せず、面倒な選手は要らないとチームから外された。病院での診察も勧められず、チームに呼び戻されることもなかった。

イングランドのセブンズ代表コーチ時代にチームの主任フィジカルトレーナーだった、南アフリカのスポーツ医、ブレット・デイヴィスンに電話をした。思っていた通り、まずは脳スキャンをすべきだと指示された。何かがてんかんを引き起こしている可能性がある。何年も発作を経験していたのなら、ヴァテモは脳に問題があるのを知っているかもしれない。

ヴァテモは何も知らなかった。CTスキャンの結果、腫瘍は確認されなかった。良い知らせだった。てんかんは投薬でコントロールできる。投薬を続け、発作なしで三カ月が経過したら、プレーを再開してもいい。

時として、選手は英語がうまくしゃべれないことを隠れ蓑に使うことがある。ヴァテモは、錠剤に即効性はない、三カ月が経過したら再びチームに呼び戻す、という僕の話を理解しているようではあった。「薬をきちんと飲めば大丈夫だ。選手生活が終わったんじゃない。発作は恥ずかしいことではない。再発を防ぐためにできることをしよう」と僕は言った。

でも、それからしばらくして、ヴァテモがまだ発作に襲われているというココナッツワイヤレスの噂を、ウィリアムが耳にした。それは練習中ではなく、ヴァテモが島を旅行しているときだったという。フィジーでは一番大切なのは家族で、二番目に大切なのも家族だ。ロパティと一緒に、パシフィックハーバーから海岸線を車で二時間半のところにあるサウナカ村を訪れ、ヴァテモの親と話をした。タラノアの時間が始まった。ロパティがヴァテモの両親に、息子が薬を常用しなければならない理由を説明した。父親は首を横に振った。

「薬は役に立たない」

「どうして?」

「ヴァテモは呪われているからだ」

「呪われている?」

「そう、誰かが呪いをかけている。村にいるときには発作なんて起こさなかった。ヴァテモが代表チームにいることを嫉妬している者がいる。実力以上に評価されていると嫉んでいて、発作を起こすように呪いをかけた」

僕はもう、こんなときに相手の話を頭ごなしに否定してはいけないことがわかるくらいには、フィジーのことを理解できるようになっていた。ロパティも僕を一瞥して無言の合図を出してきた。話を続けさせろ、反論はするな——。

話を最後まで聞き終えてから尋ねた。どうすれば、その呪いを解けるのか？

「祈るしかない」

「いいでしょう。では、祈りを続けながら、ヴァテモに薬を飲ませることはできますか？」

「かまわないさ。効果はないだろうがね」

僕たちは一緒にヴァテモの呪いが解けるように祈った。ヴァテモの家族とサウナカの村人は祈り続け、薬を飲み続けたヴァテモは三カ月後にチームに復帰し、リオでも、それ以降もチームで活躍した。てんかんの発作は一度も起こしていない。

僕は、ヴァテモがテレビ中継されるワールドシリーズの試合中に発作を起こす可能性があるということはなるべく考えないようにした。ラグビーの代表選手として、あるいは一人の人間として、そんな持病を抱えて生きることがどんなに大変なのか、僕には想像もできない。でもそんな僕の不安をよそに、ヴァテモはチームにとって不可欠の存在に成長してくれた。ピッチでは目覚ましいプレーを見せ、ピッチを離れてもチームに忠誠を尽くした。アピザイと同じく、ヴァテモは常に目をかけていなければならない選手だった。週末の行動は把握しておかなければならなかったし、ロパティはいつでも連絡できるようにヴァテモの叔父の携帯電話の番号を控えていた。苦労はあったが、その分、努力が実ったときの喜びは格別である。それは、試合後にバーでビールを飲むといったレベルの行動で築ける関係ではなかった。

僕はイングランドでのコーチ時代、テディントンのハイストリートに選手たちとコーヒーを飲みに行き、それぞれがどんなことに関心を持っているか、何を大切にしているかを理解しようとした。フィジーでは選手との結びつきはさらに濃く、深いものになった。それは僕が長いあいだ考え続けてきた持論の正しさを証明してくれた。すなわち、〝選手と誠実に向き合えば、コーチとして技術面で少々のミスをしても十分に挽回できる。だが選手をおろそかに扱い、一貫した態度を示さず、信頼を築けなければ、チームを長期的な成功には導けない〟。

僕はイギリス人だから、自画自賛の言葉を口にするのには抵抗がある。でも正直に言えば、自分には古いタイプのラグビーコーチにはないような、選手の心を読む繊細さがあるのではないかと思っている。フィジーのコーチになったとき、その募集情報との出会い方や、採用の経緯などには、単なる偶然とは思えない運命の導きのようなものを感じた。そしていま、僕は選手との関わりのなかに、運命的な何かを感じ取っていた。フィジーの選手たちは、屈強であると同時に脆い。スポーツ選手としての天性の才能に恵まれていながら、同時に生まれ持った人間的な弱さも抱えている。そんな選手たちと、一人ひとりの心の動きを理解しようとする僕のコーチスタイルはぴったりと合っていた。それは僕が最初に教師になりたいと思ったとき、大切にしたかったことでもある。その選手がどこで生まれ、どんな育ち方をしてきたかにかかわらず、最大限のものを引き出してあげたいこと。選手を子供扱いしないこと。同じ言葉を与えても、反応は一人ひとり違うと理解すること。

大半が一五歳で学業を終えていた選手たちには、知性についてのコンプレックスがあった。イングランド人の白人は賢いはずだから、俺たちは黙って言うことを聞いていればいい、と。僕はそんな空気にいちはやく気づき、練習を通じてそうではないと伝えようとした。君たちほど頭の良いラグビー選手はいない。試合の流れを読めるし、不可能に思える角度からパスをつなげる。不規則に跳ねるボールの行方も予測できるし、複雑な瞬時の動作のなかからわずかな空間を見つけ出せる。

それでも、選手たちのナイーブさには驚くこともあった。ピオの妻の病気の件がチームに知れ渡ったときも、みな、たいしたことはないという反応を示した。ああ、癌なんだろう？　きっと大丈夫さ。オセアでさえ、彼女が医療を拒否して霊能力者の治療を受けようとしていると伝えても、問題ないよ、と楽観視していた。ピオとその話題について笑い合う者もいた。最悪の結果が待ち構えていることなど、微塵も想像していないかのように。僕には、それが純真な無邪気さから来るものなのか、恐ろしい事態が起こり得ることを心の底で拒否しようとしていることの現れなのか、よくわからなかった。

おそらく彼らにとって、笑いは困難な現実に対処するための方法だったのだろう。プロチームでは、冗談を装ったイジメは珍しくない。僕はそれを軽蔑していた。だけど、このフィジーのチームでは、嘲りは常に自分に向けられていて、若い者や気弱な者、他人とは何かが違っているものを馬鹿にしたりすることはない。笑いはいつでも友好的で楽しく、チームを幸せな気分にした。コーチもその輪に含まれていた。〝いい人たちのチームで勝利する〟——そんな言葉をモットーにしていると言えば、他のチームのコーチや、僕が以前所属していた組織の人間には笑われるかもしれない。フランクも、そんな言葉を入れ墨に彫っていたりはしないだろう。でも、それは僕たちのチームには有効だった。

強くなるチーム、変わらぬ環境

ゴールドコーストでワールドシリーズが始まる前に、チームを連れて行きたい場所がもう一つあった。一年前、僕にとって本当のフィジーを知るための旅の端緒になったオバラウ島とセントジョンズ・カレッジである。狙いは自分の選手たちを、フィジーのセブンズへの情熱を草の根レベルで体験させること。同校のラグビーコーチを務めるジョン司祭や生徒たちとの再会の約束も果たしたかった。

前回と同じフェリーに乗った。旅費はフィジーセブンズの熱烈な支援者で、チームのためならいつでも喜んで金を出してくれる、ジョージ・パターソンという人物が払ってくれた。港に降り立つと、懐かしい光景が待っていた。埃っぽい通りを歩き、島の中心都市レブカから七キロ先の学校に向かう。遠くの木立の上に白いサンゴ石の教会がそびえ立ち、缶詰工場から漂ってくるにおいが鼻孔に飛び込んでくる。

セントジョンズ・カレッジは僕たちに寮を一棟提供してくれた。選手は生徒が日頃使っている小さなベッドと古びたシーツで眠り、同じトイレを使う。毎朝、ベッドで目を覚ました選手のところに、普段はそこで眠る生徒が紅茶と大きなパンを運んで来てくれた。「これは僕がいつも使っているベッドです。朝食をどうぞ」。選手たちは生徒たちとのタッチラグビーのゲームを企画した。ジョン司祭は目を細め、夢見心地といった表情を垣間見せながら、嬉しそうにその様子を眺めていた。

レブカのナサウ・パークでは、地元チームがこぞって出場するセブンズの大会が開かれた。ピッチは岩のように硬く、芝生はあちこちが禿げている。僕は連れて来た選手で二チームをつくって大会に参加させた。地元の選手には、代表チームを打ちのめしてやるという意気込みが感じられた。フィジーの島々には、僕がコネではなく実力で選手を選ぶコーチだという評判が知れ渡っていた。僕の目の前でいいところを見せれば、来年はフィジー代表のジャージを着てここでプレーできるかもしれないと、島の選手たちは目の色を変えている。僕はそんな状況を歓迎した。実際、この大会で発掘した何人かを、ワールドシリーズの直前にセブンズ代表に加えた。試合は激しいプレーの応酬になったが、最後には抱擁と尊敬で終わった。

腰痛は相変わらずで、痛み止めの薬のせいで頭がぼうっとする。オリンピックの予選がもうじき始まろうとしているのに、まだ誰もフィジーラグビー協会と契約を結んでいないという事実を、うっかりすると忘れてしまいそうになる。ゴールドコーストでのワールドシリーズ開幕戦の前週、オーストラリア、ヌーサでのオセアニアセブンズに出場させた若く経験の浅いセカンドチームは、エネルギーを爆発させた。準々決勝ではトンガを四九対七、準決勝ではサモアを二四対一二で破り、決勝では強敵のニュージーランドを二一対五で撃破。選手たちのコンディションは上々で、連係も良かった。

ニュージーランド代表のコーチ、ゴードン・ティッチェンは不安そうな顔をしていた。ゴードンは、選手に長くハードな練習を課すことで知られている。一方の僕は、セブンズで大切なのは爆発的な瞬発力だと考えていて、それを強化することを主眼に練習に取り組んでいた。ニュージーランドの選手は、試合が始まる前から疲弊しているように見えた。ゴードンは、予測不能なプレーをするフィジーを恐れてはいたが、強さやスタミナでは負けないと考えていた。だが、このときの僕のチームは、ニュージーランドの選手を上回るほどの体力があるように見えた。

ゴールドコーストでは、腰痛の僕は目の前で繰り広げられる素晴らしいプレーの数々に立ち上がって喜びを爆発させられなかったものの、チームは快進撃を続けた。準々決勝ではウェールズを三一対一〇で、準決勝ではイングランドを四八点差で破った。決勝でもサモアを一時は二八対〇と圧倒し、最後に手綱を緩めたあとで反撃されたものの、無事に勝利した。

チームはオリンピックに向けて最高のスタート。だが、いつものフィジーらしい結末が待っていた。その後の四カ月間に、スリランカのクラブチームに七人もの選手が引き抜かれたのだ。ピオ・トゥワイ、ステファノ・カカウ、アピザイ・ナクァリバ、サニヴァラティ・ラムワイ、ジョエリ・ルトゥマイラギ、サム・サキワ、レオネ・ナカラワ。

そのうちの三人、つまりチームの約半分の選手が、ゴールドコーストでの決勝のスタメンだ。

オバラウ島への遠征で、チームを格段に強化できた実感はあった。また、ヌーサで二軍のチームが優勝したことは、チーム層の厚さを高める念願が叶いつつある手応えを得た。でも、選手が大会で活躍したとたんに他のチームに引き抜かれてしまう状況が続けば、すべてが水の泡になる。

僕はフィジータイムズやフィジーサンの取材に対し、問題を強く提起した。選手はいまだに契約をしてもらえていない。だからすぐに他のチームにとられてしまう。選手がいなければ、ゴールドコーストと同じようにワールドシリーズで優勝はできないし、香港セブンズでの連覇もできない。オリンピックにも出場できず、当然メダルもとれないだろう。

この二紙はフィジーの世論に大きな影響力を持っている。紙面には、読者からの投書が掲載されるようになった。ラグビー協会は何をしているのか、問題を解決できなければ幹部は即刻クビにすべきだ、と。僕は残ったメンバーでチームの立て直しを図ったが、ワールドシリーズでは、ドバイでは準決勝で、ポートエリザベスでは準々決勝でオーストラリアに敗れた。それはある意味でチームにはプラスに作用した。新しい選手は経験を積めたし、負けたことで協会の幹部には圧力が強まったからだ。

協会も反撃してきた。新聞には両方の意見が載る。往年のコーチたちが僕を批判する記事が何ページも掲載され、協会幹部も僕のいないところで取材に応じ、自分たちは精一杯のことをしていると主張した。

協会のチェアマンは元フィジーの学生選抜のスタンドオフとして鳴らしたフィリモニ・ワカヴァカだった。フィジーの財務大臣でもあるフィリモニはCEOのラドロドロ・タブアレブと共に僕を守る立場だったが、急進的な僕のやり方に及び腰になっていた。

パシフィックハーバーのレストランでナタリーと夕食をとりながら、僕は思わず漏らした。

「こんな状況はこれまでに体験したことがない。ずっとこの国に留まれるかどうか、自信がなくなってきたよ」

愚痴や噂はすぐに広まる。ある晩、オーストラリアのラグビーユニオンのゼネラル・マネージャーから携帯電話に連絡があり、同国でコーチをすることに興味はないかと尋ねられた。フィジーでの僕の一年間の仕事ぶりを見てきて、オリンピック選手が常に手厚く保護される国の、組織だったラグビー協会のもとでなら、コーチとしてさらに力を発揮できるのではないかと考え、打診をしてきたのだ。

翌朝、ロパティはラグビー・ハウスに乗り込み、幹部に不満をぶつけた。なぜベンがオーストラリアに行かなきゃいけない？　いつになったらベンの期待に応えてくれるんだ？

僕が、携帯電話が盗聴されていたのではないかという不安に襲われたのはそのときだ。通話も留守番電話もメールも、フィジーラグビー協会のアカウントを使った電子メールも、すべて筒抜けだったのではないか？

驚くべきことではなかったのかもしれない。この国では、明るい晴天の直後に黒い雨雲が訪れる。暗闇は突然姿を現す。でも、もしそれが事実なら、いったいいつから盗聴されていたのだろう？

対策が必要だった。プリペイド式のＳＩＭカードが使える安物の携帯電話を自分とロパティ用に買った。新しい電子メールアドレスをつくり、フィジーラグビー協会から支給された携帯電話でロパティやウィリアム、オセアと話をしなければならないときには、ちょっとした暗号を使った。それは一種のゲームだった。協会も、僕らが勘づいていることを知っていた。

フィジーの最高権力者、フランク・バイニマラマは忙しそうだった。九月には、二〇〇六年一二月のクーデター以来、フィジーの初の総選挙が行われることになっていた。それは、クーデターの一年以内に、遅くとも二〇〇九年三月までには実施されると約束されていた選挙だった。

二〇一〇年三月、フランクはフィジーが新たなスタートを切るために、一九八七年以降に政治に関与した政治家は立候補できないことを定め、二〇一四年三月にはフィジーファーストという新政党を立ち上げた。フィジーで政党を登録するには五〇〇〇人の署名が必要だ。フランクはキャンペーンバスで国を巡り、あっという間に四万人の署名を集めた。

結果は大成功だった。フィジーファーストは二位の政党に二倍以上の得票差をつけて圧勝。フランクは首相に選出された。外国のオブザーバーも選挙の手続きが公正なものだったと認めた。

こうした政治的な動きの余波は、時々僕のところにもやってきた。数カ月後、政府の要職に就いている知人から電話があった。簡潔なメッセージだった。迎えの車をやっている、今夜はクーデターになるだろう――。

嵐が吹き荒れ、そして雨雲は消えた。緊急の政治的要件でヴィチレブ島を離れていたフランクが戻ってきたとき、反乱は収まっていた。フィジーの人は、悪天候でも車に乗って外出する。豪雨のすぐ後に、太陽が顔を見せるのを知っているからだ。

同じような態度はあらゆる物事に見られた。テーブルの上の食べ物は、すべて胃の中に入れてしまったほうがいい。明日もそこにあるかどうかはわからないからだ。バーに着いたら、ありったけの酒を飲み尽くそうと考える。もう一度訪れるチャンスがあるかどうかはわからないからだ。フィジーでは給料日は金曜日に設定されていることが多い。良い職は二週間に一度だが、たいていは毎週支払いがある。それはフィジー人にとって助かることでもあるが、問題でもある。来週また給料がもらえると思うと、手渡されたその日のうちに使ってしまおうという考えに拍車がかかってしまうのだ。

こうした国民性は、ラグビーにも良くも悪くも影響していた。フィジーの選手にはリスクの概念が希薄で、後先構わず大胆なプレーをする。信じられないようなタイミングと方向からオフロードパスを繰り出し、受け手も一か八かの角度に走り込んでいく。その一方で、タックルをミスしたりして不利な状況に陥ると、とたんに足が止まってしまう。こうした負の感情を断ち切るために、僕はもっと頑張ろう、という意味の〝カカカカ〟を合い言葉にした。とはいえ、恐れを知らないプレーは強力な武器でもある。誰かが素晴らしいトライを決めれば、他の選手もそれに乗せられるように見事なプレーをする。僅差のリードを許したまま試合が終了しようとしていても、大丈夫、また空は晴れるさ、と楽観的になって最後まで勝負を諦めない。

シンガポールでの準決勝、試合終了の笛が鳴る直前、南アフリカに四ポイントのリードを許していた。保持しているボールを失ったり、何らかのミスをしたりすれば試合は終わり。最後のワンプレーで、トライを決めなければならない。

その少し前、選手たちは、不安気な僕の姿を見ていた。僕は心のなかで叫んでいた。ヴァテモ！フォワードは一人しかいない。空いているスペースにボールを蹴るんだ。ジェサ・ヴェレマルーアがキャッチして自分で行くか、パスを戻してくれるはずだ。もうそれしか打つ手はないぞ――。

ヴァテモは僕の心配そうな顔に気づくと肩をすくめた。オーケー、問題ないさ。選手たちは、一瞬でも勝つことを疑ったイギリスの白人を見て笑っていた。

ここしかない、というスペースにボールを蹴ったヴァテモが、ジェサからキャッチしたボールを戻され、相手の必死のディフェンスをかわしてパス。それを受けたアリベレティ・ヴァイトカーニがトライを決め、試合に勝った。試合後、選手たちは僕の背中を叩いた。ほら、心配しなくても俺たちは望み通りのプレーをやってのけただろう、とでもいうように。

奇跡が起こるとき、選手の指先には魔法が宿る。すべてがうまくいけば、その神の配剤はチームを無敵にする。一つでも材料を入れ忘れたり、タイミングを間違えたりすれば、すべてが台無しになる。

コーチが選手にかけた不用意な言葉の一つに、全員が影響されてしまう。

だからこそ、僕は選手との人間関係に最大限の注意を払った。たとえばコンディショニングコーチのナザのような裏方のスタッフにどれだけ感謝しているか、フィジーが大きな夢を実現するのに不可欠な存在かを、何度もメディアに語った。十分な報酬を得ていないナザやウィリアム、ロパティには週に一度は夕食をご馳走し、クリスマスには銀行口座に金を振り込んだ。自分のほうがはるかに給料を多くもらっていたのを知っていたからだ。それは日頃から言葉にしていることを具体的な形として示すための、僕なりの方法だった。みんなには感謝している。君たちがいなければ僕はコーチの仕事を成し遂げられない。これからも一緒に頑張ろう。本当にありがとう――。

第七章

学校には、近寄りたくない悪い奴らがいる。恐ろしい雰囲気を漂わせ、ちょっとでもこっちが気に障ることをすれば、何をされるかわからない。そんな不良たちだ。

ノエルは違ったが、一緒にいるのはそんな連中だった。ノエルの姿はもう学校ではめったに見かけなくなっていた。一六歳のノエルは不良グループのなかでは一番年下だったので、上は二〇歳になっていたリーダー格の仲間から使い走りのようなことを押しつけられていた。ノエルには金がなく、収入の当てもなかった。

ノエルに会うために、夜にリッチモンド駅の外の通りに行った。近くには不良たちがいた。僕は子供で、夜九時には家にいた。でもノエルはずっと外にいた。どこにいるか、いつ帰ってくるかを心配する人などいなかったからだ。

年上の不良たちは怖かった。何をされるかが予測できない。次は自分が標的になるかもしれないという気がした。いつもよからぬことを企んでいて、悪意に満ちた言葉を吐き、不敵な笑いを浮かべては、とんでもないことをやろうとする。突然、嫌なことをされたり、させられたりするかもしれない。そんな不安にかられた。

無茶なことをやらされるのは、不良グループに入るための通過儀礼のような意味合いもあった。僕には無理だった。だから自然と奴らとは距離を置くようになった。ノエルは留まり、夜遅くに駅付近にいる人たちを脅かすようになった。そして、グループから度胸試しに強盗をそそのかされた。金を奪ってくれば、リーダーに認めてもらえるはずだ。ちょっとした冗談がきっかけで、とんでもないことが始まろうとしていた。まだどこかジョークみたいなノリがあった。ノエルはモデルガンを渡され、偽物だから心配するなと言われた。そして、駅前の通りの反対側にある酒屋に向かった。

ノエルは店に入った。通報され、駆けつけた警察に捕まった。

二〇一五年二月。オリンピックの出場権もかけた、二〇一四／一五年のワールドラグビーセブンズシリーズ全九戦のうち、ここまで三戦を終え、フィジーはそれぞれ優勝、三位、予選敗退という成績だった。

ウェリントンのウォーターフロントにあるウェストパックスタジアムでの第四戦を前に、僕たちの総合順位は二位。南アフリカが五四ポイントとリード。フィジーが五二、ニュージーランドが四七、オーストラリアが四六、イングランドは三七。

このワールドシリーズの各大会で成績上位のチームに与えられるポイントは、優勝が二二、二位が一九、三位が一七、四位が一五。五月のシリーズ終了時点で総合四位に入ったチームは、リオオリンピックの出場権が得られる。また、その四位のなかで成績が上位であるほど優先的なシード権が与えられるため、オリンピック本戦でも有利な組み合わせで戦える。

グループステージでのオーストラリア戦は、ベストの布陣で臨めた。キャプテンはオセア。ウイングにはサヴェ・ラワザ。二日酔いでグラウンドに現れたこともあるセミ・クナタニもスタメンに名を連ねた——五人の育ての母たちも、誇りに思っていただろう。サミ・ヴィリヴィリも田舎の貧しい家族の後押しを受けてピッチに立ち、"カカカカ"の合い言葉の効果もあって怠慢プレーが減っていたヴィリアメ・マタもいた。

試合には勝ったが、代償もあった。試合後、オセアとセミがハイタックルで協議にかけられたのだ。危険なプレーだったという判定が下れば、準々決勝のイングランド戦には出場できなくなる。そのタックルは、特別に危なくはなかった。ニュージーランドがアメリカを相手に戦っているときなら流されるようなプレーだ。だが審判にはフィジーやサモア、トンガなどの太平洋諸島の選手は荒っぽいという先入観があるので、同じプレーに対してもイエローカードやレッドカードを出す。いつものパターンだった。ウェストパック・スタジアムは、映画『ロード・オブ・ザ・リング』の監督ピーター・ジャクソンが、恐ろしい戦士たちの戦闘シーンで使うために三万人のニュージーランドファンの歓声を録音したことで知られる場所だ。それから一三年後のこのときも、このスタジアムにいると、この映画に登場するオーク族の軍団の叫び声に包まれているような感覚に陥った。

僕はコーチとして、オフィシャルと共に試合後のヒアリングに参加した。すぐに、手続きに問題があると感じた。ニュージーランド人のオフィシャルは、二人の選手のケースを同時に扱うかどうかを尋ねてくる。試合の映像は古いVHSの録画装置で再生された。映像が不鮮明であるだけではなく、スロー再生での細かな検証もできない。手続きはすべてが杜撰で曖昧だった。僕はオセアとセミは別の選手であり、それぞれのプレーも別の状況で起こったものなので、個別に判定してくれと主張した。

だけど、それは徒労に終わった。結局、二人は次戦出場停止を食らった。僕たちはイングランドにロスタイムでやらなくてもいい点を取られ、二六対二一で逆転負けを喫した。もしオセアとセミがいれば、こんな展開にはならなかったはずだ。この明らかに不公平な反則の判定手続きは、僕たち関係者が異議を唱えたこともあって、翌年には変更された。

こうしてフィジーは順位を落とした。ワールドシリーズは半分の日程を消化し、南アフリカが七一ポイントで首位、続くニュージーランドは六九ポイント。僕たちは六五ポイントで、五八ポイントのイングランドとオーストラリアに追われていた。

良いチーム状態とは、絶妙に調理された料理みたいなものだ。少しでもバランスを崩せば、味が台無しになる。でも正しい材料を、適量だけ、順序を守って加えていけば、魔法は起こる。

チームは味わった落胆をすぐに忘れ、次戦のラスベガスでのUSAセブンズに向けて一丸となっていった。グループステージでは、サミやウインガーのサヴェ・ラワザのトライでニュージーランドを圧倒。準決勝では南アフリカを二四対一九で退けた。サム・ボイド・スタジアムには大勢の在留フィジー人が駆けつけた。親切なフィジー大使のウィンストン・トンプソンと妻のクイーニー夫妻は円滑な仕事ぶりでチームをサポートしてくれ、夕食時にはフィジーの歴史や民間伝承に関する話をたっぷりと聞かせてくれた。決勝ではゴードン・ティートンズ率いるニュージーランドと再び相見えた。ピッチの半分は日差しで、半分は日陰に覆われていたが、僕たちは常に青空のようにプレーした。サヴェがトライを重ね、セミも天性のパワーに練習で培ったフィットネスが加わり、敵の強力なタックルをものともせずに突進し、トライを二度決めた。

数週間後の香港セブンズでも、魔法はまだ僕たちの指先にあった。巨大な二つのスタンドに挟まれたピッチで花火が焚かれ、紙テープが舞う。満員の客席には派手な仮装をした観客で埋まっていて、試合前に演奏をしたヴィレッジ・ピープルの恰好をしている者もたくさんいた。控え室とピッチをつなぐトンネルを抜けると、香港の伝統的な太鼓奏者やチアガールが出迎えてくれる。青い巻き毛のかつらを被り、白いチームシャツを着て、特大のフィジー国旗を手にした大勢のフィジー人が熱狂的な声援を送る。胸に一文字ずつ「ＦＩＪＩ」の文字がプリントされたＴシャツの四人組がビールの紙コップを足下に置く度に、文字の並びが「Ｆ」「Ｊ」「Ｉ」「Ｉ」になったり「Ｉ」「Ｊ」「Ｉ」になったりする。

僕はイングランド代表のコーチ時代、ワールドシリーズのなかでもとりわけ色濃いドラマに彩られてきた香港セブンズで、準決勝に三度、決勝に一度チームを導いたものの、優勝は逃していた。ここ一番の大勝負で、フィジーには二度敗れている。でも今回、逆の立場でイングランドと対戦して、一四対一二と勝利したとき、選手たちに自信が満ちているのを感じたし、僕自身も慎重にはなりつつ楽観的でいられた。イングランドのコーチはサイモン・エイモア。僕のコーチ時代にチームの主将だったスクラムハーフだ。当時の僕たちは互いに敬意を抱いていたが、チームづくりや個々の選手へのケア、若手の育成方法、理想的なチーム戦術などについての考え方は根本的に違っていた。サイモンがイングランドのセブンズ代表のコーチに就任してからも、僕がそれまで築いてきたチームの土台には価値を見いだしていないように思えた。

準決勝ではその時点で総合ポイント首位の南アフリカを二一対一五で破り、決勝では再びニュージーランドと対戦。夜空の下、ライトに照らされたピッチの周りに光り輝く高層ビル群がそびえ立っている。選手たちの胸中には、歴代のフィジー代表の香港セブンズでの栄光の記憶や、英雄ワイサレ・セレヴィの活躍ぶりが蘇っていたはずだ。国歌の演奏が終わると、天を見上げ、涙を流して祈りの言葉を捧げていたオセアの周りに全員が集まり、人差し指を突き立てた右手を重ね合わせた。

　フィジーのセブンズは、自分たちにとって神聖なそのグラウンドで、魔法のようなプレーを展開した。聖霊のような素早さで二人、三人と連係し、凄まじいパワーと繊細なフェイント、狡猾なプレーを織り交ぜ、敵の守備網を切り裂く。

　ほぼ全員の手を渡ったように思えたボールを受けたサヴェ・ラワザが、トライを決めた。セミも、同じ背番号2の相手《キウイ》選手からボールを奪った。前半はトライを三度決め、ニュージーランドには一度しか許さなかった。後半も二度。最後の一つは、サヴェが相手のタックルをハンドオフでかわしながら左サイドを見事なスワーブ（相手をおびき寄せ、急にタッチライン側に方向を変える動き）で駆け抜け、ゴールラインを越えてインゴールに突入した後に、アピザイ・ドモライライに余裕のパス。アピザイは相手が詰めるのを見て、グラウンディングを決めた。シンガトガの若者は、チーム全員での砂丘の訓練で鍛えたスタミナを存分に発揮した。

　試合終了のホイッスルが鳴った瞬間、僕はタッチラインにいた選手と一人ひとり抱き合った。フィジーはもう真夜中だったが、国中がこの試合のテレビ中継を見ているのは間違いない。家族も、夜更かしを許された子供たちも、僕を疎んじていた協会の理事も、これからはもっと僕に近づこうと思ったはずの首相も。

選手たちが見せた輝きには感動した。でも、これこそがフィジーの真の実力だった。ディフェンスの統率もとれていたし、戦術も優れていた。いつ相手にぶつかるべきか、いつ空いたスペースを守るべきか、いつ餌を撒いて敵のディフェンダーをおびき寄せ、いつ釣り竿を引くかの見極めも冴えていた。交代出場した選手も、みんなベンチの期待に応えてくれた。

僕は選手と一緒に優勝トロフィーを掲げるのは好きではない。コーチがいると、チーム写真が台無しになるからだ。オセアがメンバーを率いてスタジアムの客席を登っていたときも、僕はピッチに留まっていた。だけど選手たちは僕が来るまでトロフィーを受けとらない。降りてきた二人の選手に両腕をつかまれて、優しく、だが強制的に連れて行かれた。セレヴィも現役時代さながらにちゃっかりとそこにいたが、そのときは気にならなかった。僕たちは一つのチームだった。

その夜、スバやナンディ、オバラウや他の島々でフィジー国民が勝利を祝った。僕はベス・コールターとワインを飲んだ。母国アイルランドに戻ってワールドラグビーで仕事をする前、香港セブンズの礎を築くために大きな貢献をした人物だ。秘書から昇格したトーナメントマネージャーを一九八七年から二〇〇五年まで務め、この一〇年間でセブンズをオリンピック種目にするために誰よりも尽力した。単に優秀なマネージャーだっただけではない。六〇歳の誕生日を迎えようとしていた彼女は穏やかで、母親のように周りの人々に気をかけてくれた。誰からも声がかからないようなときに様子を尋ねるメッセージをくれ、お節介なアドバイスなどせずに悩みに耳を傾けてくれる。ベスは誰かの成功を心から喜ぶ人だった。セミ・クナタニが活躍したときも、「きっとナヴィアンコの育ての母たちが大喜びしているはずよ、あなたはコーチとしてフィジーで辛い時期を過ごしたけど、セミを立派な選手に育てたし、その甲斐があったわね」とメッセージを送ってくれた。勝利を静かに祝うのに、ベスほど相応しい相手はいない。

ピオの悲劇

この国では、明るい太陽のすぐあとで、暗い雨雲が訪れる。フィジーに戻り、ピオ・トゥワイに電話で〝妻の治療のために何かできることはないか〟と尋ねると、ラウトカ郊外の母親の家を訪れてくれないかと頼まれた。

ピオは四年前、香港セブンズのあと妻に会った。二日酔いでひどい脱水症状になり、ヴィチレブに戻って入院した病院に、彼女がいたのだ。以来、二人は三人の子供に恵まれた。まだ幼い末っ子が生まれたとき、医師が母親の癌を発見した。

ナタリーも一緒に来てくれた。パシフィックハーバーから車で三時間。到着すると、家族全員が柵の外で出迎えてくれた。駆け寄って来た小さな子供を脚にまとわりつかせたまま、家のなかに入った。

ナタリー、ピオと一緒に、暗く息苦しいベッドルームに入る。彼女は床のマットレスに横たわり、涙を流していた。もう何も隠すことはなかった。癌は乳から骨に転移し、急激にやせ細って身動きもとれない。妹が赤ん坊を連れてきて、彼女の側に寝かせる。骨が弱り、自力では自分の子供も抱けないのだ。

彼女は死を予感していた。妹はそれを受け入れられず、家族もマットレスごと彼女をバンに乗せて霊能力者のもとへと連れて行っていた。その間も、骨は癌に侵され続けた。痛みを和らげる手段は何もなかった。

側に座り、必要なものはないかと尋ねた。彼女はしばらく考え、病院にあるようなキャスター付きのベッドがあれば、マットレスに寝たきりにならず、家のなかを移動できると言った。僕はスバにいるフィジーラグビー協会の元ＣＥＯの医師ベルリン・カポアに電話した。ベルリン、力を貸してくれ――。二日後、ナンディの病院からベッドが届いた。

ピオには、しばらく練習には来なくてもいい、そのことでポジションを失ったりはしないから、と伝えた。だが妻は、夫にトレーニングをさせてほしいと囁いた。それは自分や家族にとっての誇りだから、と。

彼女は気丈に振る舞っていた。無理して強がっていた。フィジー人の忍耐力は強い。この国で生きることは厳しい。人々は現実を受け入れ、どうしようもないことは諦めながら生きている。でも、ピオやその家族は妻の死を拒絶していた。僕たちが別れの言葉を告げたときも、彼女はきっと良くなる、霊能力者《ヒーラー》の魔法があるから、と言っていた。

ナタリーにはわかっていた。帰りの車内で、僕たちは涙を堪えきれなかった。ピオの妻はまだ若く、子供たちもまだ幼かった。でも、もう手立てはなかった。今から化学療法を受け入れたとしても、手遅れなほど進行している病は治せない。車がクイーンズロードに戻ったとき、ナタリーが僕を見てつぶやいた。きっと、もう長くはないわね。

ワールドシリーズ優勝

二〇一五年四月の東京セブンズでは三位。ワールドシリーズは残り二ラウンドとなり、いよいよオリンピックが現実のものとして視野に入ってきた。スコットランドとロンドンでの大会のために、早くイギリスで準備を始めたかった。僕は例のごとく知恵を絞って費用を安く抑えようとし、ウィンザー城の王室騎兵隊をしているいとこに兵舎に無料で泊まらせてほしいと頼んだ。だが直前になって物騒な事件が起こり、女王周りに厳重な警備体制が敷かれて、この話は立ち消えになってしまった。なんとか国際オリンピック協会とオリンピック・ソリダリティファンドに頼み込み、ホテルの費用を出してもらった。選手たちは次戦の開催地であるグラスゴーで休養をとり、準備をし、晩春の雨を眺めて心を落ち着かせた。

チームは香港で優勝したときの勢いを、世界のまったく異なる場所に運んでいた。スコッツタウン・スタジアムには極東の大会のような派手な雰囲気はなく、空はグラスゴーの舗装路と同じ灰色で、風は冬に逆戻りしたみたいに冷たい。

僕たちは決勝に進出し、ニュージーランドと激突した。試合前、ロパティ、ナザと一緒にスタジアムの裏手のトレーニングピッチで、選手たちがウォーミングアップをするために現れるのを待っていたが、選手たちがなかなか出てこない。メインスタジアムにはすでに相手コーチのゴードン・ティエッジュンズやスタッフがいて、五分後にはニュージーランドの選手たちも加わった。主審や副審もいた。音楽が鳴り始めた。僕は時計を見た。選手たちはどこにいる？

ようやくチームが姿を見せたときには、試合開始まで残り二分を切っていた。みんな、控え室でこの試合をどう戦うかについて話し合っていたのだった。

オセアも、チーム全員も、円陣を組み、このゲームは重要だ、オリンピックに出るためには絶対に勝たなければならないと、時間を忘れて夢中になって話していた。選手たちがピッチに姿を見せたとき、キックオフまで一分を切っていた。ウォーミングアップは、ダッシュ二本で終わり。審判の腕が上がり、ホイッスルが唇に当てられた。

前半はひどい出来だった。それでもハーフタイムの時点で五対一二と七点差に持ちこたえた。オセアがイエローカードをもらわなかっただけでも幸いだった。僕は選手を周りに集め、喝を入れた。

この二日間のプレーはどこにいった？　まるで別のチームじゃないか。これは恥だ。後半の一〇分で立て直せ。この試合にはチームの命運がかかってる。わかったな？

僕は場を外し、残りはオセアに任せた。

選手たちはこの喝に応えてくれた。後半開始早々、鋭いパスをつなぎ、最後はピオからのオフロードパスを受けたオセアがトライ。負傷したピオに交代したアピザイ・ドモライライも巧みなステップで相手ディフェンスをかいくぐり、トライを決めた。混乱したニュージーランドはやむを得ずの反則で一人がシンビンになり、アピサイは大好きな野生の馬のような迫力で黒いジャージにぶつかっていった。二四対一七とリードしたままタイムアップ。エクストラタイムで逆転を狙い最後の猛攻を仕掛けるニュージーランドからカウンターラックでボールを奪い、スタジアムの外に蹴り出した。僕たちは勝った。

試合後は、僕のハーフタイムの演説が話題になった。あの喝が逆転の決め手になったのか、前半の一〇分がウォーミングアップになって選手が後半に自力を出しただけなのかはわからない。いずれにしても、僕たちはワールドシリーズで八戦中四戦で優勝し、総合順位首位の状態で残り二戦を戦うためにロンドンに向かうことになった。このままトップの座を保てば、リオオリンピックの出場権と第一シードが得られるだけでなく、一〇年ぶりのワールドシリーズ総合優勝も手にできる。

ヒースロー空港では、ベス・コールターと居合わせた。車の手配がうまくいかなかったようだったので、チームバスで一緒にロンドンに行こうと誘った。ロンドン大会は、彼女にとってワールドラグビーでの最後の仕事になる。その後は、故郷のアイルランドでコンサルタントをしながら、夫のビルや彼女にとっての初孫を妊娠中の娘と多く時間を過ごすつもりなのだという。ベスの名前と全員の感謝のメッセージを書き添えたタノアの杯を、ロパティが手渡した。ロンドンに着くまでのあいだ、選手たちは彼女の歌をうたい、セレナーデを捧げた。ベスはそれだけのことをされるに値する人間だった。彼女は笑顔を浮かべ、選手たちと抱き合い、何度か涙を流した。

トゥイッケナムでの僕たちの目標はただ一つ。現在での総合二位の南アフリカより良い成績を収めること。そうすれば、フィジーはワールドシリーズの総合チャンピオンになる。スコットランド大会を終えた時点で、このロンドン大会の成績にかかわらず、総合三位のニュージーランドと四位のイングランドに逆転される可能性はなくなっていた。

南アフリカとは互いにトップシードだったので、順当ならば決勝で顔を合わせるはずだった。だが南アフリカがグループステージでアメリカに敗れたため、準々決勝で対戦することになった。日曜日の午前一一時。ウエストロンドン。数キロ先には、テディントンにある僕の実家があり、イングランド代表のコーチ時代の仕事場だったスタジアムがあり、僕をクビにした男がまだ働くオフィスがあった。この試合の勝者がワールドシリーズの王冠を手にし、敗者はそれを失う。

前の晩、寝付けずに馴染みのパブでビールを飲んだ。不安と興奮が絡み合っていた。今夜は無理でも、明日は昼間にいつも通りのプレーができれば、夜にぐっすりと眠れるだろうと思った。南アフリカにやられてしまうことを恐れたり、ましてやどの審判が笛を吹くかを気にしたりせず、自分たちの力を発揮することに集中すべきだと自分に言い聞かせた。

午後に数々の戦いが予定されているスタジアムの客席がゆっくりと埋まっていく。これから空席に座るのは、昨晩の飲み過ぎで二日酔いになり、遅れてスタジアムにやって来る客たちだろう。今や香港セブンズと同じくらい派手な仮装と観客の酔いっぷりで知られるようになったロンドンセブンズは、展開がめまぐるしく、点の取り合いになることが多いセブンズのラグビーが好きなイングランド人の週末の楽しみになっている。客席には僕の母や二人の姉妹、姪たちの姿もあった。大勢のフィジーファンが大きな国旗を掲げ、賛美歌を口ずさんでいる。僕は今回は、ウォーミングアップをする選手を慎重に見守った。最後に、サポーターのところに全員で駆け寄り、感謝の挨拶をした。トゥイッケナムの控え室に戻ると、選手たちに伝えた。君たちは素晴らしい。一週間前のスコットランドでも、準々決勝で南アフリカに勝った。しかも圧勝だ。相手はまだ、セミに翻弄されたショックが忘れられないはずだ。しっかり準備して、楽しんでプレーしよう。

イングランド代表コーチ時代の最後のシーズン、香港セブンズでフィジー代表と控え室が同じだったことがある。そのときの驚きは今も強く記憶に残っている。決勝のウェールズ戦を控えていたフィジーの選手たちが、大一番を前に涙を流していたのだ。英雄のセレヴィもそこにいて、熱っぽく選手を鼓舞していた。みんな、ロッククライマーみたいに忙しく両手を動かして頬の涙を拭っていた。試合前のピッチでの国歌演奏時にも、感情を爆発させた。頭にあるのはラグビーのことではなく、この試合が自分たちやセレヴィ、祖国にとって何を意味するかだった。フィジー人は感情を隠さない。大の男が泣くのも恥ずかしいとは見なされない。とはいえそのときの選手たちは、試合前に感極まり、前半はピッチで力を発揮できなかった。開始五分で三つのトライを許し、浮き足立ったまま時間が過ぎた。危険なスピアータックルでレッドカードを食らわなかったのは幸運だった。

そしてこの日、僕はトゥイッケナムの控え室に入った。みんな泣いていた。良くない兆候だ。ロパティさえ泣いている。

気分を変えるために四、五分が必要だった。シャワーエリアにチームを集め、重要なメッセージを三つ伝えた。みんな、聞いてくれ。たしかにこれはチームに関わるすべての人にとって重要なゲームだ。でもこのまま肩に力が入りすぎていたら、いい結果は望めない。フィジーは三年前にも香港で同じような状態になり、前半に相手にやられた。フィジーはリラックスしたときに無敵になる。笑おう、深呼吸をしよう、チームメイトと一緒に思い通りにプレーを楽しもう。

選手たちを包んでいた泡が弾けた音が聞こえた。俯いていた顔が上がる。ベンの言う通りだ。俺たちはどうかしてた。

トゥイッケナムのトンネルを抜けてピッチに現れた南アフリカの選手たちは、背筋を張り、眉間に皺を寄せ、互いの身体を叩き合っていた。僕はロパティ、ナザとタッチライン沿いを歩きながら、選手の緊張をほぐすために、自分たちも試合中はフィールド脇で笑顔でいようと確認し合った。たとえ実際には試合を楽しめていなくても、そう振る舞おう、と。

チームは圧倒的なプレーを見せた。オセア、ピオ、セミ。サヴェ・ラワザも、てんかんの発作を抑える薬を飲んでいたヴァテモ・ラヴォウヴォウも気を吐いた。序盤の三分間、激しく攻め込んできた南アフリカを見事なディフェンスでいなすと、サヴェが先制のトライ。後半から出場したアメノニ・ナシラシラが巧みなステップとダッキングで相手をかわしてオセアのトライをお膳立てすると、再びサヴェが右サイドを切り裂いた。

フィジー国旗のような淡い青空の下で繰り広げられる、故郷の人々を熱狂させるようなパフォーマンスの数々。試合は一九対七で勝った。選手たちは歓喜の抱擁をし、膝をついて天に祈りを捧げた。

正直、次の準決勝のことを考える余力はなかった。僕たちは二〇〇六年以来初めてワールドシリーズのチャンピオンになり、オリンピック出場も決まった。感情のエネルギーも使い果たしていた。結局、フィジーはオーストラリアに敗れた。

試合後は大変な騒ぎだった。大喜びする母や姉、友人。満面の笑みを浮かべるナタリー。選手たちは賛美歌をうたい、トゥイッケナムのコンクリートの壁に低音のロトゥを響かせた。僕の携帯電話に、軍の最高司令官フランク・バイニマラマからのメールが届いた。おめでとう、君にも、チームにも。ロパティの携帯電話が鳴った。フランクからだ。電話は僕のところにも回ってきた。地球の反対側から

――僕の新しい故郷から、古い故郷に――聞き間違えのない声が聞こえてきた。ペニ・ライヤニ、国中が君のことを誇りに思ってるぞ。

セブンズの代表チームがワールドシリーズで優勝したときに、元首がコーチに直接祝いの電話をかけてくる国はそうはないかもしれない。イギリスでは、僕が女王に一番近づいたのは、兵舎を選手の宿舎代わりにしてもらうためにウィンザー城を視察したときだ。翌日、チームがフィジーに帰国すると、熱狂はさらに輪を掛けて凄まじくなっていた。ナンディ国際空港の到着ラウンジからターミナルには数千人ものファンが押し寄せ、フィジーラグビー協会のスピーチやプレゼンテーションが延々と続き、近くの村での夕食会では至るところで〝ハイタイド〟と〝ツナミ〟のカヴァが酌み交わされた。

翌日は、空港から海岸線をバスでスバに向かったが、三時間の予定が九時間もかかった。ココナッツワイヤレスでチームバスが近くを通るという噂を聞きつけた村人たちは、チームに感謝の言葉を伝えようと、旗を振り、子供たちを道路の真ん中に立たせてバスを止めた。スバのアルバート・パークでは祝賀会場が用意されていたが、到着したのは午後三時の到着時刻から遅れること六時間後の午後九時。しかし、待っていたファンは、誰もその場を離れていなかった。フランクも高座から出迎えてくれた。ハンドガンを手にした強面のボディーガードも、時折笑顔をこぼしていた。祝祭は島じゅうで数日間も続いた。

トロフィーは一一月に次のワールドシリーズが始まるまでフィジーに保管される。その間、何度も島々を巡り、数千人の幸せな手に触れられ、小さな凹みと謝罪の言葉と共に返ってきた。

その後、ボブ・マーレーというフィジーのミュージシャンが僕を称える曲をつくった。良く似た名前のジャマイカ人有名ミュージシャンの影響を色濃く受けたこの曲の歌詞は、僕のスコットランドでのハーフタイムの演説に触発されていた。

ベンは男のなかの男
イングランドから来た男
給料がもらえなくても
フィジーに留まった
なぜならベンは鉄《アイロン》のような男
ライオンのような男
ベン・ライアン……

ベン・ライアンは泣いたりしない
ハーフタイムで叫んだ
〝これは恥だ。後半の一〇分で立て直せ
この試合にはチームの命運がかかってる　わかったな？〟
なぜならベンは鉄《アイロン》のような男
ライオンのような男
ベン・ライアン……

ロンドンに戻っていた僕には、初めて耳にするこの曲は別世界のシュールな音楽に聞こえた。ロパティが村々で選手を拾ってスバに向かうバスからかけてくる電話からも、車内に流れるこの曲がよく漏れ聞こえてきた。

僕のミッションの第一部は完了した。だが、第二部はすでに始まっていた。これから一年以内に、リオ五輪のメンバーを選ばなければならない。バックスには強靭な選手が必要だったし、トリッキーな攻撃の選手も必要だ。セミ・クナタニはフランスのクラブ、トゥールーズと契約していた。それは一族全員の今後の生活を楽にするような、セミにとっては断る余地のない契約だった。ただしリオリンピックの本戦と直前の合宿にはフィジー代表に参加できるという条件はついている。

残りの選手たちは自主的に話し合いをして、全員で取り決めをした。オリンピックが終わるまで、海外のクラブとは契約をしない。この一年は、歴史をつくるために一致団結して頑張る、と。

チームは一年半前に僕がコーチに就任したときから見れば、長足の進歩を遂げていた。それでも、強豪チームにつけ込まれそうな弱点や欠点はまだいくつもある。タックルで倒した相手がボールを地面に置いた後のカウンターラックは磨かなければならなかったし、南アフリカの猛攻を防いだときのようなディフェンスの白い壁を、調子のいいとき以外にも張り巡らせる必要もあった。厳しい試合の最後の数分間では判断が鈍りがちだったし、スター選手たちは僕が目を離すとすぐに気を緩ませてだらしない行動をとる。悪魔は消えておらず、その姿を隠しているだけだった。

だがチームは成熟していた。ウォーミングアップに失敗したグラスゴーでは後半に調子を取り戻して勝利したし、試合前に感極まったロンドンでもピッチに入るときには自分を取り戻していた。ホテルに押しかける迷惑な同郷人も減ったし、海外遠征でも誘惑やトラブルに注意するようになった。若い頃にバーの用心棒をしていたロパティが、お目付役になってくれた。

チームには一体感も生まれていた。シーズンを通して際立った活躍したサミ・ヴィリヴィリは、ワールドラグビー選出のセブンズ・プレーヤー・オブ・ザ・イヤーに輝いた。トゥイッケナムの観客の前で受賞式をしたのだが、マイクを差し向けると、サミは俯いて沈黙してしまう。何度かそれを繰り返し、六度目になってようやく何かを喋ったが、よく聞こえない。

スタジアムの外にサミを連れ出して理由を尋ねると、緊張していたのだという。ナンディのレストランで働いて九人の子供を育ててくれた母のヴィカのことを思うと、カメラや観客の目の前で泣いてしまいそうになり、必死に堪えていた、と。

テレビ局のスタッフに事情を伝え、屋内の小部屋に場所を移し、もう一度試してみることにした。インタビュアーは気軽で陽気な口調で語りかけた。サミは落ち着きを取り戻し、ゆっくりと質問に答え始め、最後には白い歯を見せて笑っていた。インタビューを終えて部屋を出ると、選手たちが立って待っていた。全員、片膝をついて敬意を表しながら、サミに歌をうたった。

「君は素晴らしいことをした。僕たちはそれを誇りに思っている」

素晴らしいと思った。一年半前にロンドンを発ったときには、こんな瞬間に立ち会えると思ってはいなかった。カカカカ《努力》を通じて培われた友情、失敗や後戻り、苦しい日々を乗り越えることで生まれた絆。

そんなとき、またしても水平線の向こうから突如として雨雲が現れた。

ピオの妻が、ワールドシリーズの優勝直後に天国に旅立ったのだ。ロンドンにいた僕は、フィジー式の葬儀、レグレグ——故人の家を訪れて遺体に別れの口づけをし、家族にタブア（鯨の歯）の贈り物をし、女性にマットと布のプレゼントを渡す——に参列できなかった。身近な人を失ったピオは喪に服すために髪を伸ばし始めた。

数カ月後、ロパティとセブンズの大会の視察でシドニーを訪れていたとき、メールを受信した。ベスがアイルランド、ベルファストの職場で脳出血で倒れ、集中治療室にいるという内容だった。白血病がかなり進行していて、最悪の事態も十分にあり得るという。

そのとき僕たちはゲイの客が多いレストランで夕食をとっていた。どのテーブルにも男性カップルがいた。小柄な赤毛の白人と巨漢のフィジー人の組み合わせは珍しいらしく、周りの視線や囁き声を感じた。それぞれのホテルの部屋に入る前にロパティと約束をした。ベスに関する万一の電話を一方が受けたら、何時であろうともう一人を起こしてそれを伝える。

午前三時、ドアをノックする音が聞こえた。ベスが亡くなった。ロパティは一緒に祈りを捧げようと言った。僕は下着姿で、ロパティもブリーフしか穿いていなかったが、そのまま床に座った。手を握り、祈った。ベスが天国で安らかに過ごせるように。もうあの笑顔を二度と見られないと考えたくはなかった。

ベスはチームの側に居続けた。僕はリオで、彼女なくしてこのチームはなかった、と世界に訴えた。後に香港セブンズでは、新人賞に誰からも愛された彼女の名がつけられた。ベスの夫が授与したべス・コールター賞の初受賞者は、フィジーの選手だった。

フィジーに戻り、ナタリーとピオの家族に会いに行った。ピオの妻の死は、あっけないほど平然と受け入れられていた。

フィジー人は死を恐れない。それは避けられないものだと見なされている。ここでは死は身近にあり、人は簡単に命を落とす。人々は起きたことを受け止めて前に進んでいく。明朝に向かって、新たな陽光と古い記憶を湛える夜明けに向かって。この国の人たちは、どれほど大切なものに対しても、時には自分にはどうしようもない出来事が起こり得ると知っているのだ。

ノエルは強盗未遂で裁判にかけられた。銃を保持していたので、裁判は中央刑事裁判所で行われる。それまでのあいだはワームワッドスクラブ刑務所に入れられた。

　僕の父はノエルを助けようとした。弁護士をつけ、自らも情状証人として裁判で証言をした。本当は気立てのいい少年なのに、生活の世話をしてくれる大人がいないので、非行に走ってしまったのだ、と。

　ノエルに会いに刑務所に行った。ホワイトシティ区ドゥ・ケイン・ロードにある古びたビクトリア朝の灰色の建物には、近寄りがたい厳粛な雰囲気が漂っていた。塀で囲まれた刑務所の隣にある運動場のすぐ近くには、僕が所属していた陸上クラブ「テムズバレーハリアーズ」の練習場だった陸上競技場がある。僕はノエルに煙草を渡した。ノエルが喫煙者だったからというより、うぶな僕はテレビドラマを見て刑務所ではそれが必要なのだと思い込んでいたのだ。ノエルは笑顔もなく受けとり、欲しいのは煙草より金だ、と言った。

　ノエルは無表情だった。涙もなく、辛そうでもなかった。僕はノエルが置かれている立場をまったく想像できなかった。コンパスもない、まったくの未知の世界だ。僕は不良でもなく度胸もない自分がここに入れられることはないとわかっていた。

　ノエルは不満を口にしなかった。すべてをはね除けているように見えた。裁判所で陪審の評決が下された。武装強盗未遂で有罪。裁判官から懲役三年が言い渡された。

刑期を半分終えたところで、ノエルは保護観察処分となり釈放された。その後、どこに行ったのかは誰も知らない。

僕はいつもノエルのことを考える。探し出して、会ってみたい。最高の親友のことが、恋しくてたまらない。

ジェリー・トゥワイを初めて見たのは、フィジー最大のクラブ大会、マリストセブンズでのことだった。島々から大小さまざまな船に乗って九〇ものチームが集結し、試合はすべて国内でテレビ中継される。マリストブラザーズ高校が有名なのと同様、マリストラグビークラブも首都スバでは誰もが憧れるクラブだ。

〝ジェリー〟は英語名で、本名はセレマイア・トゥワイ・ビュニサという。だが、その名で呼ばれているのは聞いたことがない。

マリストセブンズは、オセアとナショナルスタジアムの狭い解説者席で試合を観戦した。観客と離れた場所にいないと、サイン攻めにあい、まともに試合を見られないからだ。僕は、この小柄で恥ずかしがり屋の若者、ジェリーのプレーに目を引かれた。ボールを持ったときの動きには光るものがあったが、持っていないときは試合から消える。敏捷さと素早いサイドステップは元フィジーセブンズ代表のスクラムハーフ、ウィリアム・ライダーを彷彿とさせる。だが自分が攻撃に関わっていないと姿が見えなくなる。守備ではディフェンスラインにいるのかいないのかがわからないくらいに役に立っていない。

ジェリーには、オセアもロパティも好印象を持ったようだった。僕も、別の機会にもう一度プレーを見たいと思った。ライダーが数年前に引退していたので、チームには〝小さな殺し屋〞のようなプレーヤーがいない。動きを読むのが『孔子』を原書で読むより難しく、ディフェンスを恐怖に陥れ、子供たちが憧れるような選手だ。

ジェリーにはフットワークという武器があった。身長は一七〇センチしかないが、小柄でずんぐりした身体には似つかわしくないほどそのふくらはぎは逞しい。脚力にはキレがあり、加速は凄まじい。片足を前に出し、逆足を一瞬だけ宙に浮かせると、次の瞬間、爆発的に速度を上げて突っ走る（だが、すぐにガス欠になるので長距離は走れない）。相手はジェリーの動きを予測してタックルを仕掛けようとした瞬間に、逆を突かれて置き去りにされてしまう。

大会終了後、ジェリーについて調べてみた。三、四年前に、一度だけ代表合宿に呼ばれていた。だがキャンプ二日目の朝、新聞でコーチが〝身体が小さすぎる〞と自分についてコメントしている記事を見つけると、コーチからは直接そんなことは言われていなかったのに、荷物をまとめて家に帰ってしまった。以来、一度も代表には招集されていない。

この手の話は珍しくはない。フィジーでは若い才能が簡単に消えていく。そもそも本人が真剣にトレーニングをすべき理由を理解していないケースが多いし、コーチも何を期待しているかを十分に説明せず、練習後のフィードバックも与えないことがほとんどだ。チャンスは二度はないと思い込んでいる若者も多く、一度失敗するとすべてを諦めてしまう。

だから僕は、ジェリーに二度目のチャンスを与えようと思った。必要なら、三度目のチャンスを与えてもよかった。練習では、いつも通りにプレーをすればいいと伝えた。フォーメーションやセットプレーの動きは心配しなくてもいい。スクラムからクリーンなボールをもらったら、他は何も気にしなくていいので、好きなように攻撃を仕掛けてくれ、と。

ジェリーは痛々しいまでにシャイだった。練習に参加して一週間は、ほとんど口を利かなかった。体力も恐ろしいくらいになく、身体を鍛えようとする意欲もなかった。練習の途中でも、すぐに疲れて休憩をした。グラウンドに顔を出さず、スバからキングズロードを北に車で一〇分ほどの距離にある新興地区ナシヌーの小さなスラム街「ニュータウン」の自宅にいることも多かった。そんなときは、家の外の小さな未舗装のラウンドアバウトで、裸足でバレーボールをしていた。

足の状態もひどかった。爪は割れ、切り傷は化膿していた。口を開けばすぐに言い訳をする。バスを逃したので練習に行けなかった、風邪を引いて寝込んでいた——。体力テストのときは全力で走るが、それが終わると茂みに隠れる。激しい練習をしなければならない理由を理解できなかった。厳しいトレーニングと大好きなラグビーを頭のなかで結びつけられないようなのだ。

僕はこの頃、ジェリーと同じようなフットワークを持ち、さらに小柄な若手をもう一人、練習に参加させていた。彼も最初は悲惨なくらいに体力がなかった。だが数週間もすると、たとえどれだけ鍛えたとしても、技術的にはこれ以上の伸びしろは見込めないことがはっきりとしてきた。一方のジェリーは、毎週少しずつ能力を伸ばしていた。

他にも問題はあった。貧しい家の出のフィジー人選手にありがちなのだが、ジェリーには虫歯が多かった。離れた場所にいても、悪い菌に感染した歯の臭いが漂ってくる。僕はこの問題にはもう慣れていた。コーチ就任一年目、香港セブンズの準決勝で負けた日の深夜、ホテルの廊下から聞こえてくる物音で目が覚めたことがあった。根管治療が必要だった歯を放置していたピオが激しい歯痛で苦しんでいるのを、チームメイトが廊下で抱きかかえ、顔を平手打ちして励ましていた。

歯磨きの習慣がない選手たちは必然的に虫歯になるのだが、なんとしても歯医者を避けようとする。フィジカルトレーナーのウィリアムは選手に鎮痛剤を与えていた。自宅ではカヴァで痛みを紛らわせたが、大会ではその手は使えない。

コーチ就任の一年目には同じような光景が繰り返された。空港に向かうチームバスに乗っていると、ある選手がこっそりウィリアムに歯が痛いと告げる。バスを止めて歯科医に連れて行こうとすると、三、四人の選手が手を上げる。全員バスから降り、一時間後に麻酔で痺れた唇ととろんとした目をして戻ってくる。

選手たちが歯科医を嫌がり、激しい痛みにも耐えようとするのには驚かされた。歯医者に行かないのは交通上の理由もあった。辺鄙な村に住む選手は、トレーニングキャンプの最中や代表チームの遠征中以外には、町の歯医者に通うための足がない。フィジーの歯科医の治療費はとても安いので金は問題ではなかったし、歯医者の腕も良かった。大量の患者を治療しなければならないからか、スバの歯科医は軒並み質が高かった。僕の妻のナタリーもフィジーでかなり歯科医に通ったが、同じ意見だった。僕はしばらくして、選手に定期的な歯の検査を義務づけた。これ以上、飛行機を逃したくはなかったから。

二〇一四年一一月、コーチ就任二年目のシーズンが始まる前、例のごとくポストシーズンで七人の選手が海外クラブに引き抜かれ、ヌーサでの大会に連れて行く二軍の選手層が薄くなっていた。成長ぶりを確かめたいこともあり、ジェリーを遠征メンバーに入れた。数日前から、ジェリーは顎のあたりを手で押さえていた。虫歯の臭いもいつもに増して強くなっている。

それまでの数週間で、問題解決に一緒に取り組めるだけの関係は築けたはずだ。僕は意を決して言った。「ジェリー、虫歯を治さなければ、君をオーストラリアには連れて行けない」。冗談めかしてこう付け加えた。「心配しないでいい。歯の治療そのものはそんなに痛くはないんだ。最悪なのは、その前の注射さ」

歯科医に行くのはたぶん初めてだったのだろう。僕は、ジェリーがどれほど歯科医を恐れているかをわかっていなかった。

ロパティと一緒に、スバの腕利きの歯科医のところに車で連れて行ったが、ジェリーには、隙あらば逃げ出しそうな雰囲気があった。車のドアをロックし、運転中は他の話題をして気を逸らした。車を停め、医院の階段を上り、受付を済ませ、小さな待合室に入った。もうジェリーは何も言わず、額に汗を浮かべて仰向けになっている。

インド人の歯科医に呼ばれて治療室に入る。ジェリーは椅子に座り、目を激しくしばたたかせた。歯科医が口のなかを調べた。「しなければならないことは山ほどあるが、今日は五つだけ詰め物をしましょう。まずは麻酔を打たないと」

歯科医が注射器を手にした。その瞬間、ジェリーは脱兎のごとく逃げ出した。タックルを逃れるラガーマンのように身体をくねらせてリクライニングチェアから転がり落ち、そのままドアをまっすぐに通り抜け、階段を飛び降り、自慢の脚力で表通りを駆け抜けていく。

追っ手に相応しいのは、体型からしてどう見てもウィリアムやロパティではなく僕だった。全力でジェリーを追いかけながら、「戻ってこい」と叫ぶと、「戻るもんか！」という叫び声が返ってきた。息を切らしながら、「歯を治さなきゃヌーサには連れて行かないぞ！」と怒鳴った。

ようやく路地でつかまえたが、絶対に戻らないと言ってきかない。もうこの日は説得するのは無理だと諦め、車に乗せ、歯科医に詫びを入れて、翌朝の時間帯で予約を取った。

その夜、僕たちはジェリーと取り引きをした。明日は最低限の治療だけをして、残りはオーストラリアから帰った後にする。それでも歯科医に行きたくないのなら、残念だがチームには帯同させられない。

最終的に、ジェリーは一〇箇所に詰め物をして、何本かの歯を抜くことになる。治療中の歯が痛むので、注射針の痛みをあまり怖がらなくなったという思わぬ副作用もあった。

だが、これは最初のハードルにすぎなかった。ジェリーはヌーサではうまくプレーした。攻撃力だけではレギュラーは確保できないと理解してからは、練習にも真面目に取り組むようになり、体力も向上していた。

僕は翌週、ゴールドコーストのワールドシリーズの大会にもジェリーを連れて行き、一軍の選手がどんなふうにプレーし、どんな態度で試合に臨んでいるかを学ばせようとした。練習中、レギュラーの一人が調子を落としていた。ジェリーに一軍の感覚を味わわせるのに良い機会だ。オーストラリア戦に出場したジェリーは、相手が蹴った長いクリアボールを自陣深くでキャッチすると、そのまま突進を始めた。信じられないような角度で方向転換し、詰め寄った相手ディフェンダーのバランスを崩して転倒させると、猛然と加速していった。スタジアムは熱狂。僕が投稿したジェリーのこのプレーの動画は、SNSを賑わせた。

だが、次の大会では、ジェリーはインパクトのあるプレーを数日間しか持続できなかった。良い試合もあれば、疲れて動きが鈍る試合もあった。目覚ましい活躍をする大会もあれば、怪我や風邪で欠場する大会もあるジェリー。練習でも一週目は調子が良くても、二週目になるとスタミナが切れる。食生活も貧弱で、甘い物が好き。チョコレートやパンとジャムをよく食べていた。よく僕は色の濃いものを食べるように指示した。果物や野菜、肉類などだ。

二〇一五年の四月になると、ジェリーは一軍の遠征に同行することが多くなり、体重も減って筋肉の割合も増えていた。東京にいたとき、夜九時にジェリーが僕の部屋のドアをノックした。ベン、チョコレートを買ってくれないか？　僕にはそれが必要なんだ。食べないと元気が出ないし、眠れない。

僕は選手が金を持っていないのを知っていた。日本はイギリス人から見ても物価が高い。フィジー人には手も足も出ない。マクドナルドで小腹を満たすことも、ビールを買うこともできない。それに、ここでジェリーにノーを言うのは間違っているような気もした。これまでジェリーに僕が伝えてきたメッセージにも、導こうとしていた方向にもブレはなかったはずだ。でも、まだ二人の関係は脆く、ジェリーの将来にも未知数な部分は多い。

僕は大学ではスポーツ科学を専攻したが、フィジーでの経験を通じて厳密さにはあまりこだわらなくなっていた。ジェリーがチョコレートを食べて幸せになるのは、長い目で見れば些細な問題にすぎない。日常的に甘い物を食べるのではなく、今夜だけなら、その分のカロリーは翌日の練習でたちまち消費される。イングランド代表のコーチをしていたときも、大会前に上質のチョコレートを食べることを許可していた。それはチームの楽しい恒例行事になった。二人の選手がチョコレートを買い出しに行き、別の二人が全員に振り分ける。みんなでチョコを食べながら、新顔の選手にシャツをプレゼントする。すべては午後五時までに終え、カフェインや砂糖で睡眠の質が妨げられないようにする。

一緒にホテルのロビーの小さなキオスクに行き、好きなものを選んでいいと言った。部屋に戻りながら話をした。ジェリー、これは普通なら良くないことだ。でも、今はいいんだ。君が必要としているなら、僕はいつだって助ける。君は良いときと悪いときの波が激しいから、自分の力をコンスタントに発揮できるようになってほしい。そのためには体力をつけ、コンディションを整えなければならない。何をすればいいか、一緒に考えていこう。ハードワークが必要だ。そうだろ?

その夜、眠らない大都会のネオンのなかで、僕は寝付けずに子供の頃の出来事を思い出していた。一一歳のとき、ウエストロンドンの陸上クラブの練習をしていた日のことだ。学校の授業を終え、所属していた陸上競技クラブ「テムズバレーハリアーズ」で、みんなと三〇〇メートル走の練習をしていた。父と母も見学に来ていた。練習後は、競技場から一〇キロほど離れたブレントフォードの自宅まで車で送ってくれることになっていた。

白人の子供は僕以外に一人しかおらず、残りは全員黒人だった。僕はそのことを意識していなかった。いつも一緒にサッカーやラグビーや卓球をしているノエルが黒人だという事実も気にしたことはなかった。この日、僕は三〇〇メートルを毎回トップで走り終え、スタート地点まで気分良くトラックをジョギングし、再びトップで走り終えることを繰り返した。

練習後、僕一人だけがコーチに呼び出された。コーチは激怒していた。二度とあんな真似はするな。親の前でいい恰好がしたかったのか？　白人の金持ちのガキが、黒人の子供たちを恥ずかしめるようなことをしやがって。

意味がわからなかった。僕は全力で練習をしていただけだ。誰もがそうすべきではないのか？　それに、僕は金持ちなんかじゃなかった。両親はどちらも労働者階級の人間だ。コーチは僕がセントベネディクト校に通っているのを知っていたが、奨学金をもらっているのは知らなかった。僕のことを理解しているつもりで、何も知らなかったのだ。

それは、僕がこの陸上クラブを辞めるきっかけになった。帰りの車のなかで、僕は萎れ、不安に襲われていた。それから二週間、練習に行かない口実を探し続けた。僕は陸上競技に向いていた。おそらくスクラムハーフとしてよりも、ランナーとしての才能に恵まれていた。母は未だに、もし僕が陸上競技を続けていたら、世界の舞台で活躍できるような選手になっていたはずだと言っている。だけど、一人のコーチによってすべては変わった。しばらくのあいだはクラブに戻ることも考えていたが、結局、退会することにした。リッチモンド・ラグビークラブのほうが温かい雰囲気があったし、あの日、激怒したコーチに罵倒された言葉がいつまでも脳裡から消えなかったからだ。

あのコーチが今どこで何をしているかはわからない。でも、僕が陸上競技を辞めてラグビー選手になり、引退後にコーチなってフィジーに行き、東京のホテルで疲れ、気弱になっているジェリーと一緒にいる理由の一部が彼にあるということを、知る由もないだろう。その夜、高層ホテルの上階で、僕はあの日トラックで感じた強い不安を鮮明に思い出していた。

僕にはフィジーの若者が人生に壁を感じているように見えた。どれだけあがいても、今以上の何かを得ることはできないと諦めている。社会が押しつける型に縛られ、そこから助け出してくれる者も、新しい生き方の見本を示してくれる者もいない。僕のことを鼻持ちならない金持ちのガキだとなじったコーチと同様、近所の公営団地に住む子供たちも、僕が明るい緑色のセントベネディクト校のブレザーを来てE2系統のバスに乗っていることで裕福な家の子だと誤解していた。ジェリーのようなフィジーの若者も、あのときの僕も、欺瞞から生じた檻のなかに閉じ込められていた。力のある者からお前はこんな人間だと決めつけられ、人生には逃げ道がないと絶望する。

ジェリーの〝スイッチ〟

でも、僕たちは力を合わせて別の道を探し出せるかもしれなかった。ジェリーの父ポアサ・ビュニサは、スバに移住する前に南太平洋を挟んで三〇〇キロ離れたバヌアレブ島の東にある岬のブカ湾の近くで自給自足の農業と漁業を営んでいた。僕はヌーサでの大会に初参加したとき、ナンディ国際空港で彼と会った。ジェリーは、父親がニュータウンからヒッチハイクでここまで来て、息子の見送りを逃さないように、前日に到着して空港の床で寝ていたとこっそり教えてくれた。

フィジーではバス料金は高くない。スバから空港までは三時間で到着するエアポートエクスプレスがあるし、各停なので時間はかかるが一・五フィジードルで乗れるサンビームバスもある。

だからよほどの事情がなければヒッチハイクなどする必要はない。ポアサは五人の子供たちと妻のセウワイア・ヴァリクーを養うために、早朝に網を持って湾に出て、つかまえた魚を路上で売っていた。この地域では漁師として生計を立てるのは厳しく、競争も激しい。ライバルを蹴落とすために爆薬を使って魚を傷物にしたり、少量の毒をたらしたりする同業者もいた。道端で日差しを浴びて刻々と傷んでいく魚を売る子供たちは、通過する車のドライバーに向かって、これには毒は入っていないよ、と叫んだ。前の週に、毒入りの魚を食べて大勢が食中毒になる事件が起きたばかりだった。

ロパティとオセアは、食事中やバスの車内でできるだけジェリーの隣に座るようにした。ジェリーはこの路上の子供たちと同じように育った。父親が獲った魚を売り歩き、日の出と共に起きだして、荒れ地を切り開いてつくった畑でキャッサバを掘る。今の練習態度だけを見て、生まれつきの怠け者ではないかという見方をするのは浅はかだった。ジェリーは、僕が卓球をしたいがために早起きをしていたのと同じ年頃のときに家族のために朝から働き、僕が学校を終えて清潔な陸上競技場を走っていたときに魚のはらわたを抜いていた。つまり、ジェリーを勤勉にするためのボタンはすでにどこかにあるはずだった。あとは、それを僕が見つけて押すだけだ。

二〇一四年の夏、シーズン前の体力づくりは佳境を迎えていた。選手たちは週に四回ジムで筋力トレーニングをすることになっていた。しかし、記録を調べたところ、ジェリーはその週に予定されていたスケジュールを半分しか消化していない。数時間後、スバのナショナルスタジアムの外側にあるバス停に立っているジェリーを見つけ、家まで送るよ、と声を掛けた。

ニュータウンまでの短いドライブのあいだに、僕はジェリーのことを何も知らなかったと思い知らされた。ジェリーにとって協会との契約は、プロ選手になるというキャリアの問題というより、ジムに通うためのバス代を手に入れることを意味した。トレーニング後に旨いものを食べるなど夢のまた夢。空腹を満たして翌日に練習ができるだけの体力が回復できるようになるのが精一杯のジェリー。協会はリオの切符も手にした今、契約など少しくらい先延ばしにしてもかまわないと思っていたかもしれない。だが、ジェリーには練習場に通うための金すらなかったのだ。

ニュータウンは用もないのに出向くような場所ではない。灰色の道路は途中から水たまりや泥だらけの小道になり、左の斜面にはスラム街や雑草、まだらな木々が見えた。犯罪は多いが警官の姿はない。勤務時間を過ごすのにもっと楽な場所はあるし、守らなければならない重要な人々もここではなく街にいるからだ。右折して坂道を登ると、路面の状態はさらに悪くなる。単なる円形の砂利場に見えるラウンドアバウトは、アスファルトがひび割れ、交通整理のためというより時折やって来る車が猛スピードで方向転換をするための場所になっている。子供たちは空のプラスチックボトルでタッチラグビーをしている。Tシャツを丸めて縛ったものをボール代わりにして、スクリューパスをしている二人組みもいた。

ジェリーの家族が住む家は、トタンの壁と屋根に囲まれた一部屋だけの小屋だった。電気が通っていないので冷蔵庫もテレビもない。水道もガスもない。同じような小屋が、丘とその先の谷に向かって道の両側に建ち並んでいる。家の裏手の草地では火が焚かれ、木の枝のあいだにかけられた紐に洗濯物が吊されていた。ジェリーの母親と姉妹がしゃがみ込んで桶で洗濯物を擦り、魚を洗っていた。

その先の小道は海に通じていて、草木が生い茂る丘の上にはキャッサバ畑が見えた。

ジェリーは僕の家に来たことはなかった。ジェリーの家にラグビーのコーチが来たこともなかった。ジェリーは恥ずかしそうにしていた。本当は、ジェリーは少し離れた場所で車から降り、そのまま僕と別れて家に戻りたがっていた。僕はそのことに気づけなかった。

派手な車に乗っていたわけではなかったが、フィジーでは赤毛の白人男はどうしても目立つ。子供たちが寄ってきて、家々からも人々が出てきた。町にやって来たセブンズ代表のコーチを写真に収めようと、カメラを手にしている者もいる。

表に出てきた母親と一緒に家のなかに入った。僕は伝えた。ジェリーは本当によくやってくれています。でも、毎日練習に来てもらわなければ困るのです。練習を休んだりしなければ、メンバーに選ばれ、契約することができるはずです。

ジェリーは俯いて床を見つめていた。母親はうなずき、息子を練習に通わせると約束してくれた。

一週間後、ロパティもジェリーを練習場まで車で送ってくれた。こうした場面で大切なのは、一度だけではなく、何度も選手を気遣っていくことだ。同じくチームにとって重要な存在になりつつも、練習態度に問題を抱えていた若手の一人、ヴィリアメ・マタのときもそうだった。ヴィリアメの父親はイラクで警備員の仕事をして、家族のために金を稼ごうとしていた。そのことは、ヴィリアメの母親や二人の大きな双子の弟の生活にも影響していた。

キーマン、ジェリーとの関係

僕が二〇一四年のクリスマス休暇でロンドンに戻る前、ようやくラグビー協会は選手たちと契約を結んでくれた。ジェリーの家族に会うため、再びニュータウンに向かった。家族にはガラス張りの説明をしたかった。契約の総額と、毎週銀行口座に振り込まれる額を伝えた。契約を維持するために満たさなければならない条件も。僕はジェリーにしっかりと休養してほしかった。もう朝の五時に起きて魚を売ったり畑でキャッサバを掘ったりはしてほしくない。協会からの報酬は、試合に出るだけではなく、練習や回復に真面目に取り組んでいることに対しても支払われるのだと理解してほしかった。

協会はどの選手と契約するか、メンバーから外れた選手にどれくらい早く支払いを打ち切るかということについて決定権を持ちたがった。だが、僕はコーチである自分に完全な裁量権を求めた。アメとムチが必要だ。ジェリーはヨーヨー体力テストでレベル一八以上を満たせば、協会の会長の望み通り、メンバーから外したりはしない。妻を亡くした直後のピオは二カ月チームから離れていても報酬が支払われるようにしたかった。選手と家族には責任ある行動を求めた。事前の連絡もなく練習に遅れたり、キャンプで酒を飲んだりしたら、金曜日の支払いには影響が出ることを理解してもらいたかった。

報酬は少額だった。ジェリーの初めての契約は、年間わずか五〇〇〇ポンド。それでも、僕がこの額を伝えると、母親は喜びで泣き崩れた。家族はそんな大金を手にしたことはなかった。父親が獲った魚を息子たちがどれだけ売りさばいても、たいした金にはならない。これで、食うや食わずの生活から抜け出せる。

この二度目の訪問時、母親は息子の逸話を教えてくれた。ジェリーは一五歳のときに学校を辞め、ラグビー選手になりたいと言った。「僕は小柄だから真っ直ぐに走るだけでは通用しない。大きな相手に簡単につかまえられてしまう。でも僕は左右に動いて敵のあいだをすり抜けることができるんだ」

その頃のジェリーは、家の外で裸足で遊んでいた。爪は割れ、足の裏も傷だらけだった。大会に出るにはラグビーシューズが要る。母親は息子を抱きしめて言った。

「馬鹿なことを言わないで。うちにはそんなお金はないのよ」

三日後、母親はジェリーにシューズを与えた。自分たち夫婦が食べる分を節約することにして、金を工面したのだ。

「ジェリー、今日からはこれがあなたのナイフとフォークよ。これは生きていくための道具。これを使って家族の食べ物をテーブルに運んできてほしいの」

ジェリーはシューズの底に文字を書いた。左には「ナイフ」、右には「フォーク」。僕が初めてジェリーを見て、厳しい練習に耐えられるかどうか考えていたとき、履いていたのがこのシューズだった。

ジェリーは家族に給料をすべて渡し、わずかな取り分をもらうことについても何の不満も抱いていなかった。ジェリーに限らず、フィジーの若者はみんなそうだ。家族や親戚、村の人々は子供を育てる。子供は大人になって金を稼ぐようになったら、その恩を返すために全額を分かち合う。一定の金を家に入れるとか、取り分を折半するとか、そういう感覚ではない。給料をすべて渡すのだ。海外の大会に出場するためにナンディ空港で選手に生活費を渡すと、それは自動的にすべて親の手に渡り、そこからわずかな額が選手に戻された。イングランドの選手には考えられないような現実だ。ましてやフィジーの伝統、〝ケレケレ〟など想像もできないだろう。フィジーでは、知人に何かを貸してほしいと頼まれたら、二度と返って来ないことがわかっていても、嫌な顔をせずに渡さなければならない。これをケレケレと呼ぶ。

ラスベガス大会のとき、在米のフィジー人たちが、選手たちに小遣いを与えることがあった。これには〝バンヌー〟と呼ばれる贈り物の意味合いもあった。選手たちは、イングランドの選手なら決して足を踏み入れないようなスポーツ用品のディスカウントショップに行き、数ドルに値引きされたTシャツや偽造品のサングラス、安物のサンダルなどを買い（決まって、フィジードルで支払おうとする選手がいた）、遠征中の一週間、嬉しそうにずっと身につけている。だが帰国便がナンディ国際空港に近づくと、新しい品はすべてバッグの奥に仕舞い込み、古い服に着替える。村の誰かに貸してくれと言われたら、せっかくの新品を渡さなければならないからだ。アップライジングの合宿に戻ってくるまで、新しい品々は着用しない。だから合宿での朝食は、秘密裏に催される安物品のファッションショーの様相を呈していた。このシャツを覚えてる？　このサングラス、久しぶりに見ただろう？

一週間、朝食時に身につけられているこれらの品々は、キャンプが終わると一カ月、またどこかに隠されることになる。

ジェリーは天使のような人間ではなかった。昔は悪いことにも手を染めたと、こっそり打ち明けてくれたこともある。下手をしたら、刑務所に入れられていたかもしれないような類いのことだ。僕は練習では、ジェリーに人一倍厳しいトレーニングを課した。その理由は、どちらもわかっていた。信頼が深まるにつれ、成果も目に見え始めた。ドバイでは、ジェリーは大会のMVPに選ばれた。「この若者は、第二のセレヴィなのか？」といった見出しで、ジェリーの記事がフィジーサン紙やフィジータイムズ紙に載るようになった。バス停ではファンに声を掛けられるようになり、自腹でラグビーシューズを買う必要もなくなった。僕たちはチームとしてジェリーを支えた。オセアは選手としてのお手本になり、ロパティは優しい叔父さんのような役割を担った。ウィリアムは疲れた身体をケアし、ナザはジムでのトレーニングをサポートした。僕は、ジェリーがスタメンに定着し、相手にとって脅威となる選手に成長することを、周りのみんなが信じていると伝え続けた。僕はそれまで、チームをオリンピックの金メダルという天国に連れて行くための秘密兵器となるような人材を求め、遠くの島々を巡っていた。でも、探し求めていた選手は、スバの庭先のような距離にあるスラム街に、すでにいたのかもしれない。

人は周りに影響されやすい。自分では自然に振る舞っているつもりでも、子供の頃に近くにいた親やきょうだいや友人の行動に左右されているものだ。僕の両親は人前でベタベタするような人間ではなく、手をつないでいる姿も、ソファで仲むつまじく肩を寄せ合っている姿も見たことがない。でも、いつも他人には親切だった。友達はみんな父のことが好きで、デンソンと呼んでいた（父の名はデニスなので、デンの息子を意味するデニソンという名は、本来なら僕のことを指すべきなのだが）。父はどんなときでも決して声を荒げたりしない、物静かで思慮深い人だった。僕たちのラグビーの試合が終わると、友達全員を家まで車で送り届けてくれた。一四歳のとき、ボロウロードでの一週間の陸上クラブの合宿に、友達のダニー・キャロルと参加した。一日中、陸上の練習をし、昼休みにはサッカーをして遊んでいたので、すっかり疲れ果ててしまった。合宿が終わり、父の車で帰路についた。父はオスターリー駅で降ろしたダニーがまともに歩けないのを見ると、車を停めて外に出て彼を背負い、階段を降りてプラットホームに連れて行った。そしてダニーの母に電話をして、到着駅で待っているようにと伝えた。

ロンドンでの僕の生活には次々と大きな変化が起こった。決して裕福な地区に住んでいたわけでもないのに、一三歳でセントベネディクト校に奨学金をもらいながら通うことになった。一学年に一八〇人もの生徒がいて、残酷な目をした規律しか頭にないイエズス会の教師が教室を仕切っていた。ロンドンの南や西から集まった生徒はバラエティに富んでいた。粗野な子供もいれば、品のある子供もいた。誰かの助けを求めている子供もいれば、近寄りたくないような雰囲気の子供もいた。出身も階層も違う幅広い子供たちと接したことで、僕は自分と違うタイプの人間とのつき合い方を学んだ気がする。それは、スバのドメイン地区で高座に鎮座するフランクを前にしたときや、スラム街にあるジェリーの家で母親と話をするときにも役立ったと思う。

人生では、どこに移動したとしても、過去の経験や出来事がついてくる。僕はそれまでの経験から、誰かに言葉で〝自分は信頼できる人間だ〟と伝えることができないのを知っていた。信頼はゆっくりと、着実に築いていかなければならない。

東京での二本のチョコレートバーで始まったジェリーとの関係は、些細な行為の積み重ねという形で続いていた。練習後の食事ではジェリーの隣の席に座る。ジェリーが食べ終えた皿を代わりに配膳台に持って行く。遠征中は練習場からホテルまでを一緒に歩き、ホットチョコレートを飲みたい気分かどうか、といった雑談をする。タックルの細かいテクニックの話や、明日の試合でマッチアップすることになっている南アフリカのスクラムハーフの話はしない。母親の様子を尋ね、ガールフレンドとのあいだに数カ月後に予定している第一子が生まれたあとはどんなことがしたいかを尋ねる。こんなふうに、関係を優しく、柔らかく保つ。スバのスポーツ店「J・R・ホワイト」の前を一緒に歩いて通り過ぎたときは、ちょうど新しいTシャツが欲しかったんだ、一緒にどうだ？　と誘って店内に入り、ジェリーの分の一枚も含めた二枚を自分の金で買う。奢ってやったというふうな態度も、モノでご機嫌をとろうとしているような態度もとらない。Tシャツをきっかけにして、会話を膨らませていく。好きなブランドは？　なぜそれが好きなのか？　憧れのスポーツ選手は？　その選手を好きだった理由は？　そんなことを話しているうちに、ジェリーの特徴的なサイドステップや、高い位置を狙うタックルの秘密がわかってくる。ジェリーがどんな選手を目指していて、そのために何をしなければならないかも。

こんなふうに、僕はあらゆることをした。チームでもできる限りのことをした。クイーンズロードからボトゥアにチームバスで向かっているときには、運転手のベラにエコカフェに寄ってもらい、特大のピザとスムージーを楽しむこともあった。それは厳しい練習を終えたご褒美になり、翌日に向けてチャージするエネルギーになった。温かい食べ物で胃が満たされると気持ちも満たされた。近くのビーチに波が押し寄せていた。僕は周りを見渡した。選手たちが笑顔を浮かべていた。鮮やかな色合いのシャツを着たロパティもいた。見上げると砂浜の高いところにジェリーがヴィリアメと座っていた。それぞれが思い思いに話をしていた。

ジェリーは僕の期待に応えるべく、最高のパフォーマンスを出そうと努力していた。それがジェリーにとって苦しい経験になるのか、楽しいものになるのかは、僕たちが目指しているものの大きさに比べればたいした問題ではない。ジェリーは、僕に気遣われ、手を差し伸べられていることに気づいていた。二〇一五年三月に香港セブンズで優勝したとき、タッチラインで真っ先に抱き合ったのはジェリーだった。そこには純粋な笑顔があり、純粋なつながりがあった。

僕もジェリーに助けられた。彼が持てる力を発揮できる選手になることは、チーム全体に良い波及効果をもたらしたからだ。そのことに感謝している。僕はジェリーがそれまでの人生のなかで、自分には想像もできないような体験をしてきたことを、心に留めて置こうとした。ジェリーへの理解は深まっていったが、まだ知らないことはたくさんあった。人は必ずしも、力のある者から決めつけられたような人間ではない。そして人生にはどこかに逃げ道がある。

第九章

ワームワッドスクラブ刑務所を出所したノエルがどこで何をしているかを把握するのは、高校を卒業して大学に入学するまでのあいだのギャップイヤーをトゥイッケナムから離れた場所で働きながら過ごしていた僕にとって難しかった。何より一八歳になった僕たちは大人として社会で生きていくのに必死だった。それはある意味、刑務所にいるようなものだった。

その年の半ば、ようやくノエルをつかまえた。大人になった僕は、どんな状況にいても相手に言いたいことを伝えようとする自信がついていた。君のことを大切に思っている人はまだいるし、助けが必要なら力になってくれる人もいる、僕はそう伝えようとした。

ノエルには自分がしたことへの反省の色がなかった。感情の反応もない。ロボットと話をしているみたいだった。たしかにそれはノエルだった。でも、子供の頃に一緒に遊んでいたノエルはもういなかった。僕の手の届かないところに行ってしまった。僕たちは別れた。友情は限りなく色褪せた。

風の噂で、ノエルがまた面倒を起こしたことを知った。今回は悪質な強盗事件で、ウォンズワース刑務所に入れられたのだという。過去の記憶が蘇ってきた。一二歳の僕たちは、学校の遊び場で喧嘩をした。何が原因で、どちらが始め、どんなふうに終わったのかは覚えていない。だがその日に何があったとしても、それが僕たちの関係を変えたことだけはわかった。

二〇一五年八月。オリンピックまであと一年。僕は、これをフィジーでの最後の年にすると決めていた。リオの結果にかかわらず、この国でコーチをするのは来年の夏で終わりにする。どんなギャンブルや冒険にも最大の山場がある。頂上に到達できてもできなくても、そこに至る労力やストレスが強すぎて、二度と同じことを繰り返そうとは思えなくなるからだ。

僕はチームのことで頭をいっぱいにするのが好きだった。選手との日々、ピッチでの戦術、さまざまな人間関係や駆け引き。パシフィックハーバーの小さな借家も気に入っていた。朝目覚めると、無意識にスマートフォンに手を伸ばすのではなく、涼しい湿った夜明けの空気を味わうために表に出る。パティオで腰掛ける、大きなビーズクッション。家の横手にあるシャワーを浴びながら眺める、深い青から薄味がかっていく空。毎日、二〇人の大柄な選手たちによるロトゥの歌声を聞くために、アップライジングの寮の側を散歩するのが楽しみだった。ツイッターを眺めるのではなく、歌でハーモニーを奏でる。動画の読み込みに時間がかかると苛立つのではなく、ロパティと朝の抱擁をする。

僕は大きな目標にすべてを捧げ、他のすべてからは距離を置いた。フィジーに来た一年目、孤立し、孤独を味わったナタリーと絆を深めた。僕たちはいわば、手をつないで一緒に崖から飛び降りた二人だった。一日の仕事を終えて帰宅すると、ナタリーにその日の出来事を夢中で喋った。シンガトガの砂丘での練習の過酷さ、セミ・クナタニとサミ・ヴィリヴィリが一緒にプレーをしたらどれほど素晴らしい化学反応が起こるか——。喜びに溢れる僕を見て、ナタリーも嬉しそうにしてくれた。ナタリーが両親と時間を過ごすためにイギリスに帰国したときも、僕たち二人にとっていい息抜きになると思った。ナタリーは友人や家族とくつろげるし、ジェラーズ・クロスの実家での金曜夜の父親のカレーパーティーも楽しめる。僕も、忙しく仕事をこなしながら夕食に間に合うように帰宅しなければならないというプレッシャーから解放されるし、ナタリーがスバで知り合ったオーストラリア人やニュージーランド人からの誘いに乗る必要もなくなる。

スバで大使館や銀行、大企業の人たちに囲まれて過ごす時間には魅力を感じなかった。それは大学生のときに、苦手なタイプの知人と何かを一緒にしなければならないときに味わった感覚と同じだった。イギリス高等弁務官のスタッフは優秀で、周りにも細かく気を配っていた。だけど他の外国人たちは、仮の故郷と呼ぶべきこの異国の地にほとんど関心がないように見えた。昼間から酒を飲むのは、ラグビーの観戦時やクリスマスならいいだろう。だが、パスポートの色以外に共通点のない人の家で毎週末にそうするのは、ロンドンにいたとしてもつまらないことだ。ましてや謎と魅力に満ちたフィジーにいながら、外の世界に目を向けず、そんなふうに無為に時間を潰すのは、窓のない部屋で酔っ払うのと同じくらい無意味に思えた。外国人はレストランやバーのスタッフにも横柄に振る舞うことも多く、僕は後で代わりに謝ったりもした。

僕はコーチの仕事に心を奪われていた。ナタリーは一日の大半を自由に行動していて、フィジーではどこに行ってもセブンズ代表コーチの妻だと言われた。海外の大会に同行したときは、普段よりさらに手持ち無沙汰だったろう。シンガポールやドバイでは買い物を楽しめただろうが、夫は一日中外出していて、ホテルの部屋に帰ってきたら三〇分もしないうちに眠ってしまう。ウィンドウショッピングの時間はあり余るくらいにあったはずだ。スバでなら、いつでもアフタヌーンティーやイブニングドリンクの誘いがあった。そこでは歓迎されていたし、彼女自身のことを質問された。僕やラグビー関係者といるときのように、会ったことのない選手や想像で頭に浮かべるしかないその家族についての話を聞かなくてもよかった。

結婚したての頃、ナタリーが外出好きなのは僕にとって救いになった。彼女にとって人生は楽しいものだった。イングランド代表コーチとして壁にぶつかっていても、側にいるだけで気分が軽くなった。一緒にいると、世界を違う角度から眺められた。彼女がラグビーに関心がないことが、逆にありがたかった。社交的な彼女に引っ張られ、いろんな所に行った。

僕のことを、ナタリーに対して自分勝手に振る舞いすぎだ、と見ているカップルもいただろう。でも僕は、悪気はないと都合良く考えていた。仕事に没頭しているのは、自分のためというよりチームのためだと思っていた。それは選手たちのためであり、その家族や村のためでもある、と。もし僕が九時から五時までしか働かないと決めたら、せっかく築いてきたチームは崩壊してしまうだろう。ナタリーも、ラグビー界の人間とうまく交わってくれることもあった。亡くなったピオの妻やその姉妹たちを、僕にはできないような方法で慰めてくれたこともあったし、僕が握手をして肩をぎこちなく叩く程度のコミュニケーションしかできない会ったばかりの人々とも自然にハグをしたりしていた。僕はエコカフェから戻る車内やアップライジングのビーチのラグーンで一泳ぎしているときなど、ごくたまに一人っきりになったとき、別な意味で自分勝手に振る舞っていることを自覚した。自分がいま目指していること以外の人生の一切の問題を、すべて脇に追いやろうとしていた。目的を果たすまでは、何にも邪魔をされたくはなかった。

僕にとっては朝、気持ち良く目覚めることのできる家が、ナタリーにとっては、昼間は孤独な時間が流れ、夜の食事時だけ高揚した空気に包まれる家なのかもしれなかった。そんなとき、ロンドンからクリス・クラックネルがフィジーのセブンズ女子代表〝フィジーナ〟のコーチングスタッフとしてこの国にやって来た。クリスは現役時代、イングランドのセブンズ代表コーチになった僕が真っ先に契約した選手だ。まだ若く、本来なら選手を続けられたが、二度の膝の怪我で引退を余儀なくされた。ラグビーを失いロンドンで半ば自暴自棄になっていたクリスに、フィジーが新しい目標を与えた。ナタリーはクリスを昔から良く知っていて、僕たちの家に泊まりにきてくれることも楽しみにしていた。一人で料理をつくって食べるより誰かと一緒に食卓を囲むほうが楽しい。一緒にテレビを見たりロンドンの話ができる人がいるのも嬉しいことだ。僕も、自分の帰りが遅くなったとき、クリスが先に来て家でナタリーと時間を過ごしていてくれると思うと、気が楽になることもあった。クリスは週に何度か朝四時に起きてフリゲートの海岸でサーフィンをしていた。僕たちの練習を手伝うようになってからも、選手たちとすぐに打ち解けてくれた。ブレイクダウンやタックル、セットプレーの教え方もうまい。ロンドンでは霧に包まれているような毎日だったが、フィジーに来てからはグラウンドの内外でチームにとって不可欠の存在になった。呑気なクリスが家にいると、放っておくとすぐに深刻になってしまう僕の気持ちも和らいだ。

海の向こうのイングランドでは、一五人制ラグビーのワールドカップが始まろうとしていた。本命はいつものようにニュージーランド。それを僅差で追いかける立場にあるとされていたのが、三年半にわたってコーチのスチュアート・ランカスターが率いてきたイングランドだ。両チームとも、規律あるチーム文化が称賛されていた。ランカスターは、スーパーボウルで優勝したサンフランシスコ・

フォーティナイナーズのコーチ、ビル・ウォルシュの薫陶を受け、そのマネジメント手法を記した著書『The Score Takes Care of Itself』にも影響を受けている。オールブラックスは、スーパースターの選手たちが試合後にロッカールームを清掃するといったエピソードを通じて、その黒いジャージの名声をさらに高めていた。

ヘッドコーチには、成功のために従うべき鉄則がある。ハードワークを惜しまないこと。具体例を示すこと。選手に優しくしすぎないこと。ラグビーは厳しいスポーツだから、普段から厳しい態度をとるべきだ。優しくしていると、つけ込まれる。誰がいい人を尊敬してくれる？

でも、僕たちは優しい、いい人の集団だった。ロパティほど親切なフィジー人もいなかった。ウィリアムはフィジーの年配の女性たちと仲が良く、よく一緒に酒を飲んでいた。コーチ陣は誰も選手に声を荒げたりはしなかった。

僕たちは親切だった。空港の手荷物受取所では、選手はベルトコンベアから自分のバッグを取ったとき、ついでに近くにいる客のスーツケースを代わりに拾い上げる。帰国便の機内のなかで、二人の乗客が日焼けの影響で体調を悪化させ、意識を失ったときのことも印象深い。周りの客は心臓発作だと叫び、客室乗務員はパニックになり、配膳用のカートを脇に置いて手当を始めた。そのとき、選手たちが立ち上がり、客室乗務員に〝そのまま手当を続けて、あとは僕たちに任せてくれ〟と言ったのだ。大柄な選手たちが通路をカートを押しながら進み、客にナプキンとカップを丁寧に渡し、一人ひとりに尋ねていった。チキン、オア、フィッシュ？

それは選手たちの咄嗟の自然な反応だったが、このときに生じた善意の輪は数週間も僕たちについてきた。たまたまその飛行機に居合わせたオーストラリア人ジャーナリストが写真を撮り、記事を書いたことで、この一件は話題を呼んだ。いい人でいると、不思議なくらいにいいことが起こる。外国の都市に着いて、用具を買う十分な経費もなく、使えるジムもなくて困っていても、ウィリアムがいつもなんとか選手がトレーニングできる施設を見つけたり、テーピング用のテープを入手したりしていた。人柄が良いウィリアムを、みんなが助けてくれるのだ。ロパティが航空会社のクルーを笑わせたり、日頃から挨拶をして人間関係をつくっているので、チームの座席をサービスでアップグレードしてもらうことがあった。

チームに高い行動規範を課すのは簡単だ。難しいのは、疲れていたり、プレッシャーがかかっていたり、全体から見れば些細だと思えたりするときにも、この規範を保つことだ。だから僕は選手たちに連帯責任の意識を持たせようとした。たとえば、ある選手がホテルの清掃係にぞんざいな態度をとったとする。他の選手が、疲れているから、と見て見ぬふりをすれば、それは同罪だ。翌朝に注意しようと思っていても、もう遅い。朝になれば、それはもう態度に染みついている。見て見ぬふりをしたことは、自分の行動の基準になる。

イングランド代表の若きコーチだったときは、僕の日常面での指導にはグレーゾーンがあった。選手たちが大会後に外で酒を飲み、多少は羽目を外してもかまわないと思っていた。その夜に何か問題を起こした選手がそれをうまくもみ消そうとしたら、その行為そのものよりも悪事を隠そうとしたことを問題視した。フィジーのコーチになり、別の視点を学んだ。普段から規律についてもっともらしいことを言い聞かせているわりに、選手が起こした喧嘩や女性、飲酒などの問題に対して甘い対処しかしていないチームをいくつも見てきた。だが僕は、選手が問題を起こしたとき、厳しくその責任をとらせた。君は素晴らしい選手だ。だが、チーム全員をがっかりさせた。だから罰を与える。グレーゾーンはもうない。

それはちょっとしたモットーになった。オリンピックで金メダルをとれなければ、それはパスやタックルをミスしたからではない。それは半年前に犯した過ちのせいだ。この最後の一年にしたことのすべてが、リオに影響する、と考えよう。

同じ轍は踏まない

僕は二〇一五年のラグビーワールドカップの開幕戦を観戦するために、ロンドンに向かった。暖かい金曜の夜に、地元イングランドが満員の観客で埋まったトゥイッケナム・スタジアムでフィジーを迎え撃つ。僕には公式の任務はなかったが、世界最高峰の大会で、コーチやチームが、どんなプランをもとにして戦うかをこの目で見てみたかった。

タッチラインは大勢のスタッフで混み合っていて、船頭が多すぎる印象を受けた。両チームともベンチ周りに二〇人以上がいる。フィジーのチームにも、僕が見たこともない顔があった。コーチ、アシスタントコーチ、アナリスト、渉外担当者《リエゾンオフィサー》、コマーシャルスタッフ。誰もシンプルな組織の価値や適切な指揮系統について考えているようには見えない。まるで軍拡競争みたいだった。敵にはスタッフがたくさんいるから、こちらにも必要だ、とでも言うように。

意欲的で、勤勉で、優秀なコーチであるスチュアート・ランカスターは、自分を見失っていた。グラウンドを愛するラグビー狂である代わりに、チームのマネジメントやスポンサーとの関係など、他のすべては人任せにした。チームの人選もアシスタントが主導している。O2アリーナで行われた壮行式では、舞台に上がった選手たちがまるでもう何かを成し遂げたかのように余裕綽々《しゃくしゃく》に振る舞った。その光景は、グループステージのライバルであるウェールズやオーストラリアをこれ以上ないくらいに刺激した。そのキャンペーンはやり過ぎだった。ランカスターは牛乳配達人と不眠症者しか起きていないような時間から起き出して、一日を少しでも長くしようとしていた。

イングランドはその夜、フィジーには辛勝したが、一週間後にはウェールズに残り三〇分で一〇点をリードしながら逆転負け。金曜日にオーストラリアに二〇点差で破れ、すべてが終わった。W杯のホスト国がグループステージで敗退するのも、イングランドが決勝トーナメント進出を逃したのも、史上初だった。ランカスターは意気消沈し、僕をクビにした人物も試合後の気まずい記者会見に姿を見せなかった。僕は自分が無関係でよかったと胸をなで下した。

僕はイングランドのセブンズ代表コーチをしていたときにミスを犯した。イングランドのラグビー文化を信じ、自分の上司に当たる協会幹部が然るべき仕事をしてくれると信じすぎたのだ。チームには素晴らしい運営マネージャー、ネイディーン・クークがいて、僕を助けようとしてくれた。だが結局、僕は無意味な慣習や不要な権力闘争に巻き込まれて失脚した。フィジーでは、何かを人任せにすることなど論外だった。そんなことをすれば、とんでもないことが起こり得る。

フランシス・キーンを知らないフィジー人はいない。スバのラグビー協会と海軍のラグビーチームのトップも務める海軍司令官で、義理の兄である、あのフランク・バイニマラマよりも黒い過去を持っている。

二〇〇六年一二月、キーンはロイヤル・スバ・ヨット・クラブで催されたフランクの娘アテカの結婚式で、新郎の叔父であるセールスマンのジョン・ウィッピーと口論になり、暴行を加えた。顔を三回殴り、胸を蹴り、いったんは周りに引き離されたものの、再び二人きりの場所で襲いかかり、頭を蹴って死に至らしめた。裁判では殺人を求刑されたが、目撃者が被害者しかいなかったために過失致死傷罪で有罪判決が下された。だが、一週間後には、刑務所から釈放された。

ある朝、スバの体育館での練習中にキーンがやってきた。体育館は数十年前、体育教師のホプキンスの下で、ノエルと一緒に二人一組でノンストップのサッカーをしていたアーリングの体育館を思わせる、格納庫のような殺風景な古い施設だ。キーンの両脇には、制服姿の兵士がいた。「ベン、次からこの二人を練習に参加させてくれ」

面と向かって逆らえないのはわかっていたが、言いなりになるわけにもいかない。「わかりました。では今日から一緒にトレーニングをしましょう」。そして練習後に、明日からはもう来なくてもいい、と二人を家に帰した。キーンには、ロパティから報告がいくはずだった。あの二人には、フィジーの国民の期待に応えられるだけの技術や体力が不足している、と。

キーンから反撃の矢が飛んできた。〝俺には権力があるぞ〟というメッセージだ。数カ月後、キーンがフィジーラグビー協会の議長選挙に出馬すると発表された。年次総会で、この選挙に落とし穴があることがわかった。各地域のラグビー協会は、一年間の収支記録を提出しなければ投票できない。条件を満たしていたのは、キーンのお膝元であるスバの協会だけだった。

僕も反撃した。世界のラグビーの統括機関であるワールドラグビーに、抗議のメールを送ったのだ。ある国のラグビー協会が、過失致死罪で収監されていた人間を議長に任命しようとしています。貴組織は、この人物がイングランド対フィジー戦を観戦するためのビジネスクラスの航空チケットとトゥイッケナムでの特等席、五つ星ホテルの費用を出さなければならないのです。これから四年間、あなたたちはこの男とフィジーのラグビー問題について話し合わなければならなくなります。それでもいいのですか？　ワールドラグビーからの返事は「それはフィジー国内の問題であり、我々の関与するところではない」だった。

キーンは結局、渡航禁止令の対象だったためにロンドンには行けず、代わりに二人の理事が派遣された。

これがフィジーだった。フィジーラグビー協会の会長はフランク・バイニマラマで、議長はフランシス・キーン。フランクの義理の息子のセール・ソロヴァキーが育成責任者で、甥のイノケ・バイニマラマがメディア部門にいて、娘のリティアナ・ロアブカがスポーツ審議会の責任者だった。リティアナ、セール、イノケはみな有能で、僕をおおいに助けてくれた。これがフィジーだ。白いジャージと黒いパンツ。あとはすべて灰色だ。

僕の上司はフィジーの首相で、株主は九〇万人のセブンズに取り憑かれたフィジー人。噂と企みと取り引きと妥協が渦巻き、発言はあっという間に国じゅうに広がり、失言はいつまでも記憶に刻まれる。

別居

ロンドンには違和感を覚えるようになった。その理由は都会の騒音や慌ただしさ、帰国する度に川沿いのスペースを争うようにして次々と増えていくクレーンや建築物だけではなかった。今の自分にとって重要なものと、これから向かうべき方向とが、この街にあるものと乖離していたからだ。

ナタリーと二人で住んでいたテディントンの家はずいぶんと前に売り払っていたので、ロンドンに戻ったときはブレントフォードにある母親の家に寝泊まりさせてもらった。ナタリーもそこから三五キロほど離れたバッキンガムシャー州ジェラーズ・クロスの実家（高速道路をM4からM25に進んだところにある）に泊まった。それはお互いにとって楽な方法に思えた。僕はナタリーの実家にいるのが苦手だった。大屋敷を模したような家のつくりや、どこか演出じみた大仰な日常生活の振る舞いといったこの家庭のイギリス人らしさが、フィジーの暮らしに慣れてしまうとなおのこと面倒に感じられた。

時計の針が僕のフィジーでの時の終わりに向かって刻々と進むなか、ある重要な人生の問題への答えがはっきりとしてきた。ナタリーとは、子供を持つことについてずっと話し合ってきた。僕たちは子供をつくるのに適した年齢だったが、ぼやぼやしているとすぐにその時期は去ってしまう。でも僕はナタリーの父親の人となりを知るにつれ、この環境で自分の子供を育てたいとは思えなくなっていった。ナタリーの家庭は、僕の好む世界ではなかった。

僕は一人の時間が好きだった。仕事をし、ラグビーを見て、料理し、ジムに行き、夜は早めにベッドに入る。そんな一日が理想だった。でも誕生日に開くドレスパーティーを一年で一番楽しみにしているナタリーにとって、そんな一日は地獄みたいなもの。そして僕にとってお洒落なドレスで着飾るのは、ミツバチを髭代わりに口元にまとわりつかせるくらい楽しくないことだった。

バーシティ・ラグビーチームの二〇周年の集まりに向かうためにケンブリッジ行きの列車に乗っていいとき、ナタリーから電話があった。ジェラーズ・クロスの実家に泊まるという。その週末だけではない。これから三カ月、ずっとそうするという。

心の奥で、ナタリーの判断は正しいのだろうと思った。僕はチームのことで頭がいっぱいで、オリンピックに向けた最後の一年のために全力を尽くしていた。最後の勝負が終わるまでは、夫らしいことはほとんどできそうになかった。同時に、不安もこみ上げてきた。ここでもう一踏ん張りして、ナタリーにフィジーについてきてもらったほうがいいのではないのか。これは、僕たち夫婦や家族だけに留めておけるような問題ではない。フィジーに戻ったら、面倒なことになるだろう。ココナッツワイヤレスは昼夜を問わず忙しく噂を運んでいるし、フィジーサンやフィジータイムズもコーチが妻と別居しているという記事を書き立てるはずだ。ナタリーのことが気になって、コーチの仕事に集中できなくなるかもしれない。

都合のいいラグビーコーチの自分勝手な振る舞い。親友を失った少年の不安。ナタリーが実行に移したのは、僕がしばらく考えていたことでもあった。だがいざ一時的な別居を切り出されると、僕の気は動転した。ナタリーに愛されていたかったし、必要とされていると感じていたかった。不安と拒絶が交錯する。一緒にいよう。戻ってほしい。そう伝えようかと悩んだ。

一週間後の空港の出発ラウンジ、心のなかで辛さを感じながらも本音を伝えたとき、見送りにきたナタリーは途中でその場を立ち去りそうになった。将来も一緒にいたいとは告げたが、ナタリーの計画にことごとく水を差すような話になってしまった。子供を持つことについてはまだよくわからない。ジェラーズ・クロスには住めない。月曜日から金曜日の安定した仕事には落ち着きたくない——。

疑問ばかりが心に浮かび、昔のような親密さは薄れ、信頼が消えていく。一緒にいることが、一番の孤独を感じる場所になってしまう。望まない言葉が返ってくるのを恐れて、何も伝えられなくなる。一緒にいたくないのは、どんな話をしても、結局は避けていた問題が目の前に迫ってくるからだ。これからどうするのか、一緒にやっていくのか。結婚が続いている限り、ぎりぎりのところまで耐えようとする。あらゆることを試す。〝死が二人を分かつまで〟あるいは南米の大都市で自分が率いるチームが六試合を戦い終えるまで。そのどちらかだ。

ケンブリッジ時代の仲間と会うのは不思議な気分だった。ナタリーから別居を切り出すショッキングな電話を受けたばかりだったので、茫然として、昔の友情のことなど考えられない心境になっていてもおかしくはなかった。でも懐かしい仲間との再会は、過去のことを鮮明に思い出させてくれただけではなく、今の自分がどこにいるかも教えてくれた。僕たちのあいだには、共に成し遂げたことへの誇りがあり、成し遂げられなかったことへの思いがあった。バーの薄暗い明かりの下では、四〇代の男たちには一〇代後半や二〇代前半の若者の面影が感じられ、緩んだ身体も締まって見え、顔の皺も目立たない。

グランジロードで現役のケンブリッジ大学の一五人制ラグビーの試合を見学し、ポルトガルプレイスのホークスクラブでの祝賀会に参加した。このチームには約一五〇年の伝統（あるいは伝統と思われているもの）があり、独特の規範や文化が混在していると誇らしげに語られてもいたが、実際の行動はそんな高邁な理想とはかけ離れていることも多かった。酔った大学生たちは女性がいるのに服を脱いで裸になり、ファッションモデルさながらのキャットウォークを披露した。昔は同じようなことをしていた僕たちOBのところに来て、これは何十年も続く伝統です、素晴らしいことではないですか、と尋ねてきた。

僕の隣に座ったOBの一人が言った。いや、素晴らしくはないさ。君はピッチではいいプレーができなかったし、今はもっと情けないことをしている。この二つには因果関係がある。君たちはチームに規範があると思っているかもしれないが、日々の生活でそれを実践できてはいない。シャツをだらしなくパンツの外に出し、背中からぶら下げている。二〇年前に共に学び合った僕の元チームメイトたちが、革のソファに座ったまま静かにうなずいている。フィジーの砂利道やキャッサバ畑しかない村の子供たちが同じことをしても、僕はそんなふうには受けとらなかっただろう。だが恵まれた環境で生きている若者たちに対しては、大切なものを見失っていると言わざるを得なかった。ナタリーが一緒に来てくれるべきなのかどうかにはまだ確信が持てなかったが、フィジーに戻れるのは嬉しかった。僕は海辺の借家とアップライジングのトレーニング場、ホットチョコレート片手のロパティとの生活を再開する準備ができていた。

「ピース」を探せ

パシフィックハーバーでの暮らしには、思っていたより簡単に戻っていけた。選手たちとの練習の日々が始まった。結婚生活は混沌としていたが、チームとルーチンは安定していた。セミ・クナタニはフランスのトゥールーズでプレーしていたが、リオ五輪が近づいてきたらチームに呼び戻せるという契約だったし、それはモンペリエに行ったサミ・ヴィリヴィリも同じだった。絶好調のジェリーはゴムボールのようにグラウンドを跳ね回っていて、オセアは父親のような視点でチーム全体を見渡してくれた。ただ一人、妻を亡くしたピオは、まだ深い闇のなかに沈んでいるようだった。僕たちはいつでもピオを招き入れられるように、扉を開けたままにした。オセアがマンマークするみたいにピオから目を離さないように気をつけた。

去年はシーズン前にオバラウ島で調整をした。今回はフィジー諸島で二番目に大きな島、バヌアレブ島の北海岸近くにある町ラバサを訪れた。マングローブとココナッツプランテーションのあいだにある、〝ババシガ〟（燃えるように暑い北の方）と呼ばれている土地だ。スバからの船旅は長くて辛いが、VIPエリアに入ればまだマシだ。そこは小さなキャビンで、ココナッツマットに座りながら、皿に盛られた砂糖衣たっぷりのケーキを食べ、大きなポットから紅茶を淹れ、積み上げられた雑誌（イギリスでいうところの『ウーマンズ・オウン』のようなフィジーの女性誌が多く、一〇年前から入れ替えられていないと思えるほど古い）を読める。

ナンボウワル港やサブサブに到着し、ラバサを目指して島唯一の舗装路を北に向かい始めると、すぐにここがそれほど美しい場所ではないのがわかる。観光客向けの土地ではない。煙の立ちのぼる町の端の製糖所、埃っぽい通り、廉価で売られている大量のココナッツ。昨シーズンの終わり、ロパティと一緒にこの町を訪れた。フィジー政府に、若者向け集会で恵まれない子供たちを励ますテーマで講演を依頼されたのだ。ホテルの寝室に窓がなく、近くのクラブは、ビールを格子越しに注文するシステムになっていた。ビールは木の器《クレート》に入っている。サイズは二種類、ハーフかフルだ。

若者の集会といわれていた催しの会場は軍の基地で、参加者は一〇人の年配の役人で、みんなその後でカヴァをしこたま飲むのを楽しみにしていた。座に招かれた客は、原料となる根を持参したり、全員に杯いっぱいの〝ハイタイド〟のカヴァを振る舞うために金を払う風習がある。そのときは五ドルで全員にカヴァを奢れたが、僕は二〇ドルを払った。それから二時間、酔った役人たちから質問攻めにあった。しばらくして、飲み過ぎた僕は限界に達した。ロパティに申し訳ないが後は任せる、チームのためだと思って頑張ってくれ、と言い残し、先にホテルに帰った。

数時間後、ロパティはほとんどまぶたが閉じたような状態で、にっこりと笑い、骨付き鶏肉を乗せた大きなトレイを抱えたまま窓のないホテルに戻ってきた。ロパティは普段はアルコールを口にしない。ウェリントンで用心棒として働いているとき、酒が入ると怒りっぽくなることに気づき、自分らしくないと思って以来、控えるようになったのだ。でもこの夜は、ホストがもういいと言うまで、浴びるほど〝ツナミ〟を飲んだ。ロマイビティ群島の外れにあるコロ島の出身者なので、そんなふうにみんなから酒を飲まされる状況にはまり込んでも途中で逃げ出そうとしない。大きな熊みたいな身体つきをしているロパティがこれほど酩酊するのだから、相当に飲んだのだろう。僕は無意味にもカーテンを引き、鶏肉を持ち帰れて嬉しそうに微笑み、カヴァ、カヴァ、カヴァ、とつぶやいてベッドに横たわるロパティにそっと毛布をかけた。

ラバサではそれまで、フィジー代表のコーチが訪れたことも、代表チームが試合をしたこともなかった。ロパティと町のスタジアム「サブレイルパーク」にワールドシリーズのトロフィーを持参した。サインを求め、トロフィーと記念写真を撮りたがる集まった地元の人々に対応するのに七時間もかかった。目の前には甘いケーキやカットバナナ、砂糖たっぷりの紅茶のカップ、地元で穫れたココナッツが差し出され、誰もが口々に〝今度はチームを連れてこの町に戻ってきてくれ〟とせがんだ。だからこの年、僕たちはサブレイルパークに戻り、地元チームが参加する大会に出場した。砂糖工場でカラメルを焼く強い臭いがピッチに漂い、南の丘や山に熱帯雨林が広がっていた。客席を埋めた地元民の顔には嬉しそうな驚きの表情があった。

オバラウへの遠征では大きな成果を手にできたが、ラバサではショッキングな結果が待っていた。グループステージで刑務所看守のチームと対戦したとき、アメノニ・ナシラシラがトライを決めた後で、敵の選手が激しく突っ込んできた。僕はその後しばらく、アメノニが顎の骨を折ったのではないかと不安だった。そして、さらにひどいことが起こった。

ドナシオ・ラトゥンブリは、僕のコーチ就任後の初大会となったゴールドコーストでのシドニーセブンズでデビューし、印象的なプレーを見せてくれた選手だ。だがその後、フランスのマイナーなラグビークラブと悪条件で契約して苦しみ、ホームシックになり、体重が増え、酒に溺れた。僕はドナシオをチームに呼び寄せ、鍛え直し、その復活したプレーぶりに喜んでいた。

そのドナシオが壊された。敵の一人に下から脚を引っ張られているときに、もう一人が激突。猛烈な力で捻られ、脛骨と腓骨が折れた。骨は皮膚を突き抜けていた。ラバサには十分な医療施設がない。サイドラインに駆け戻ってきたウィリアムが恐怖に顔を引きつらせて言った。ドナシオはオリンピックは無理だ。一生片脚を使えなくなるかもしれない。なんとかしなければ。

ラバサでの〝なんとかする〟は、古いシーツで添え木をつくり、ドナシオを担架に乗せ、そのままトラックの荷台に移すことだった。ドナシオは強烈な痛みに襲われていたはずだ。必死になってスバに電話し、一刻も早くヘリコプターを寄越してくれと頼んだが、到着したのは翌日だった。だが少なくともそれで、ドナシオの脚が治るかもしれないという望みは残された。

僕は看守のチームと臨時コーチをピッチの隅に集めた。なんてことをしてくれたんだ？　僕たちは代表チームとしてここに来た。選手たちはフィジーのためにオリンピックでメダルを獲ろうとしている。君たちに僕にいいところを見せてメンバーに入りたいという気持ちがあったのは理解できる。でも、あんな汚いプレーをして好印象を与えられるとでも思ったのか？

選手たちは俯き、粗い草の上に視線を落としていた。このチームとは決勝で再選することになっていたが、僕はその試合をするつもりはないと伝えた。君たちは恥ずべきプレーをした。選手も、臨時コーチも、反省してほしい。

リオまで九カ月あったが、ドナシオの夢は潰えた。協会の幹部たちは一様に肩をすくめて言った。もうドナシオはプレーしていない。だから金は払わない。僕はそれを拒否した。怪我はドナシオのせいじゃない。これまで通り金を払い続けてくれ。

この一件で、ドナシオはまた自暴自棄になった。僕の家からそう遠くない村に住んでいたのだが、近所のガソリンスタンドでよく酒を買っているという噂が立った。近所のタクシードライバーの話によると、酒量はかなり増えているらしい。ガソリンスタンドに松葉杖をついてやって来て、酒を買って飲み、酔って動けなくなることが多いのだという。

僕は何度かガソリンスタンドにいるドナシオを家まで送った。オセアも頻繁に会って励ました。必ずまたラグビーができる。もっと自分を大切にしなければ駄目だ、と。

僕は家族に金を与えた。生活が少しでも楽になり、ドナシオが酒を断つのに役立てばいいと思ったからだ。でも、ドナシオがどん底から立ち直るには時間がかかった。今はチームへの復帰を目指して頑張っているが、遠い道のりになるだろう。

ラバサから戻った僕たちは、コンディションを高め、強靭さを身につけていた。一二月上旬にドバイに移動し、ワールドシリーズの開幕戦を戦った。プレシーズンの合宿とシンガトガの特訓を乗り越え、チームはフィジーでしかできないような形で一つにまとまっていた。準々決勝でオーストラリアを、準決勝でニュージーランドを破り、決勝でイングランドと対峙した。

序盤で〇対七とリードされたが、誰も怯まなかった。そして、四分間でトライ四つという怒濤の逆転劇を演じた。まずは左サイドでオセアのパスを受けた決意に満ちた表情のサヴェ・ラワザが、次はヴァテモからパスをもらったジェサ・ヴェレマルーアが、そしてリスタート直後にイサケ・カトニンバウが、それぞれトライを決めた。マイケル・ジョーダンのように高くジャンプして奪ったボールがジェリー・トゥワイの手に渡り、行く手にはネイビーシャツのディフェンダーが四人。ジェリーは飛び跳ねるようなステップを踏み、身を捩って外側から二人をかわすと、内側に切り込んでゴールに突進。最後に必死のタックルを浴びてポストに激突して瞬間的に動きを止めたが、すぐに上体を起こしてラインの向こう側にボールを叩きつけた。

〇対七から二八対七への大逆転劇。うだるような暑さのなか、この国の観客は美しき混沌を目撃した。

今大会五度目のトライを挙げ、決勝の最優秀選手に選ばれたジェリー・トゥワイは、大会通算でタックルも一七度成功させた。身体が小さすぎる、ボールがないと試合から消える、生まれついての怠け者、と言われてきた、あのジェリーが。

てんかんと闘ってきたヴァテモ・ラヴォウヴォウも、この大会で一八度のタックルを成功させ、コンバージョンキックを一七回連続して成功させた。ピオ・トゥワイはオフロードパスを大会最多の一〇回決めた。オセアがトロフィーを掲げた。それは紛れもなく、かけがえのないこのチームのためだった。

リオ五輪の最終登録メンバーは一三人。ドナシオのような怪我や、ピオが乗り越えようとしている心の問題に見舞われない限り、先発の七人はすでに僕の頭のなかにあった。足りないのは、切り札となるジョーカー役だった。

元オールブラックスのスター・ウインガー、ジョー・ロココは三二歳になっていたが、ニュージーランド代表で通算六八試合で四六度のトライを決めたスピードとパワーの持ち主。フィジーのナンディで生まれ育ったが、幼い頃に親の仕事の関係でニュージーランドのオークランド南部に移住。オールブラックスとしてラグビーの国際試合《テストマッチ》に出場したのは二〇一〇年が最後だったので、フィジー代表として試合に出場する資格を得られる可能性があった。さらにオーストラリア生まれで、フィジー人の父親を持つ、アメリカンフットボールにも挑戦したジャリード・ヘインという選手もいた。ちょうどNFLのサンフランシスコ・フォーティナイナーズを退団した後、オーストラリアのナショナルラグビーリーグに復帰するまでの空白期間だった。僕はシドニーセブンズの開催期間中、フィジー航空の大使を務めていたロココココ、ヘインと話をし、結論は出なかったが好感触をつかんだ。経験豊富なベテラン二人は、おそらく今のチームが必要としているものだった。

選手以外のところにも、ジグソーパズルのピースはあった。ジェレミー・マニングは、ニュージーランド人の若手ゴールキックコーチで、現役時代はアイルランドのクラブ、ミュンスターに所属し、欧州ナンバーワンクラブを決めるハイネケンカップで優勝したこともある。ジェレミーとは、アブダビの地元クラブ、ハーレクインと一緒に練習をしているときに出会った。僕は言った。「ジェレミー、うちの選手たちがピッチでキックの練習をしてるんだ。こんな内容のトレーニングをしていて、こんな結果を望んでいる。ちょっと見てくれないか?」

ジェレミーとはすぐに打ち解けた。技術は優れ、僕のできない蹴り方を知っている。実直で、練習メニューを細かく計画する。選手たちからも好かれていた。パーソナルトレーナーとしての日中の仕事からは、大きな満足感は得られていなかった。

他の大会に同行してくれるのなら、現地でも選手にキックを指導してほしい。そう伝えたところ、うまく本業に絡めてワールドシリーズの開催地に足を運んでくれることもあった。ジムの視察で香港に行く用事があったときは、時間をつくってチームの練習に参加してくれた。ジェレミーの飛行機代は出さなくてもいいので、僕たちの限られた予算への負担は減った。

フィジーはドバイで余裕の勝利を収め、大きなインパクトを残した。リスタートからトライを決め、セットプレーからの高く回転する完璧なキックを蹴り、ヴァテモはコンバージョンを成功させ続けた。僕たちはポイントを積み重ね、弱った相手へのプレッシャーを強めていた。クリスマスを、心から祝えるような気がした。

第一〇章

一三歳の僕は、陸上部のキャプテンで、サッカーやラグビーが好きで、学年の代表生徒にも選ばれていた。なのに、ある日帰宅すると、両親に学校を辞めたいと告白した。奨学金のことはどうでもよかった。別の学校に行きたかった。

父も母も、僕の話を聞いてくれた。おかしなことを考えるなとも、今の学校を続けろとも言わなかった。転校先の候補として、州立学校を二校見学した。一校には、BBC製のコンピューターが大量に設置されているコンピュータールームがあった。もう一校のウィンブルドン・カレッジには、氷入り飲料「スラッシュ・パピー」の自動販売機があった。勝ったのはスラッシュ・パピーだった。ノエルはセントベネディクト校に留まった。

三〇年後、四三歳になった僕は、NBA、ニューヨーク・ニックスの試合を観戦するためにニューヨークにいた。現地で会った友人には心理療法家がいて、催眠による退行療法をしているという。数日後、彼女の診療所に行き、療法を受けた。

たちまち、僕は卓球台のある、あの運動場に戻っていた。ノエルとのあいだに何かが起こっている。卓球台は折り畳まれ、ノエルにブレザーをつかまれている。叫び声が聞こえる。拳を突き立て、囃し立てる大勢の生徒に取り囲まれている。

目を覚まし、療法家に尋ねられた。「その体験を思い出したとき、どんな考えが浮かんだ？」

僕は答えた。ノエルは無二の親友だった。でもその喧嘩がきっかけで関係は壊れた。みんなの見ている前で派手に殴り合った。なぜそれが起こったのかも、何が起こったのかもわからないけど、ともかく家に帰ろうと思った。「もう終わりだ。僕は家に帰る」とノエルに言った。もうすべてがお終いだと思ったから。

療法家に指示されてもう一度横になり、一時間後に再び話をした。「ベン、これはあなたにとってとても大きな意味を持っている出来事よ。信頼していた友情が壊れてしまった。ノエルは豹変し、それまでには見せなかった怒りや不安を、最大の味方であるあなたにぶつけてきた。そのときのノエルは、それまでの居場所から離れ、他に所属するべき場所を探し、何かの一部になりたがっていた。新しい自分や、誰かに認められていることを求めていたのだと思うわ」

一二月のフィジーは湿っぽい。僕はクリスマス休暇でロンドンに戻る準備を整え、オリンピックという最大の山場を控えた一年に向けた準備を始めた。

毎朝、静寂のなかで目覚める。体じゅうに力が満ち渡っていく。僕が移り住んだこの世界には、純粋な暗闇がある。人工光に汚される前に、ベッド脇の携帯電話の白い光を目にする前に、朝一番の行動を始める。家の外に足を踏み出すと、植物や木々の一つひとつの匂いをかぎ分けられるほど澄んだ空気が出迎えてくれる。潮風がほんのりとした塩味を舌先に運んでくる。

夜になり、再び静寂に包まれる。ロンドンでは、沈黙は気まずい。それは起こるべきものではないと考えられている。ここでは近くの浅瀬を進む船や砂の上に落ちるココナッツの音、犬の遠吠えがたまに聞こえてくるくらいだ。

夜の静けさのなかで、よくパティオに置いたビーズクッションに座った。目は開けているけれど、何かに焦点は合わせない。明かりも音楽もない場所で、心を落ち着かせる。気がかりなことを頭に浮かべて携帯電話を覗き込んだり、メールを送ったりはしない。すべてを後回しにし、浮かんでくる想念はやり過ごす。夜の空気を吸い込み、古い不安からは数千キロも離れた場所にいることを思い出す。イングランドも、トゥイッケナムも、都会の慌ただしい日常も、すべてははるか遠くにある。

フィジーの暮らしは簡素だった。冷蔵庫にたいした食材がなくても、イギリスみたいに電話一本で世界各国の料理を家に届けてはもらえない。ありあわせの材料で、何かをつくる。料理は儀式的な、分かち合いの体験にもなった。知人の家で一緒に食事の準備をする。音楽もかけず、テレビもつけず、子供たちもテレビゲームで遊ばない。そんな静かな時間のなかで、雑談しながら料理をして、指で食べ物を口に運ぶ。口の周りが汚れても、どうせすぐまたついてしまうからと気にしない。

笑いも絶えなかった。馬鹿げた冗談や、〝スバで携帯電話に夢中で電柱にぶつかった人を見た〟といった面白い話。ロパティには、わざとミニ・ヴァニリの曲を口ずさんだ。子供の頃から寝室の壁にポスターを貼るほどファンだったが、本人たちではなく替え玉が歌っていたことが発覚し、その一件で未だに傷心しているというからだ。ロパティは大きな身体を震わせ、涙を流しながら甲高く笑った。

ただ、ナタリーとの関係は、いよいよ複雑になってきた。ロンドンに戻ったときの計画は例年通り。クリスマスイブはハンプシャー州アレスフォードにある僕の姉リジーの家で過ごし、翌日は高速道路のＭ３、Ｍ25を走ってジェラーズ・クロスにあるナタリーの実家に行き、クリスマスを過ごす。

僕にとって姉の家で過ごすクリスマスイブは、クリスマスにナタリーの実家を訪れる前のウォーミングアップのような意味合いがあった。リジーは教師で、自閉症児に演劇を教えている。姪たちは、村の学校でキリスト降誕劇に出た。クリスマスキャロルと天使とロバが出てくる劇だ。姉の家でマルドワインをグラス一、二杯飲んだところで、本音が口をついた。ナタリー、僕は明日もここに泊まるつもりだ。君は先にご両親の家に行っててくれ。翌日のボクシングデーに合流するから。

ナタリーには、できるだけ柔らかく伝えた。リジーはこの一年で色々あったから、じっくり話を聞いてあげたいんだ――。でもそれは、二人の心がゆっくりと離れつつあることを僕が初めてはっきりと具体的な形で示そうとした瞬間でもあった。相手との関係に停滞や不安を感じていると、このまましばらくは何も変えずにいようという気持ちにもなる。でもそれはいつまでもは続かない。枯れた木の根の上に、花は咲かないのだ。

僕たちはまだ、フィジーで楽しい時間を過ごしてもいた。大家の女性に招かれ、その兄や四人の姉妹、母親のソフィー、子供たちと一緒にカレーパーティーを楽しむために、砂浜を散歩しながらその家に向かう。そんなとき、僕たちは数カ月前に突拍子もない冒険に共に踏み出した二人の素の人間に戻った。イングランドに戻ったらどこに住むか、どれくらいの頻度でナタリーの両親に会うかといった差し迫った問題は、どこかに消えた。そこには愛おしく穏やかな時間が流れていた。出会ったばかりの二人に戻ったみたいに。

僕たちと同じ〝ベン&ナット〟という愛称で呼ばれているオーストラリア人カップルが経営する、パリスリゾートという施設までビーチを西に数キロ歩くこともあった。そこでは彼らが〝ベン&ナット・ワン〟、僕たちが〝ベン&ナット・ツー〟と呼ばれていた。僕たちが滞在しているアップライジングでは、その呼称は逆になった。

僕たちは砂浜をゆっくりと歩いた。穏やかなラグーンの上では申し訳程度にしか起こらない波が、その先のリーフの上で白波を立てている。そのままパリスリゾートのレストランに向かうこともあったし、地元ホテルに肉を卸しているヤンガラ・ミートのウッディという友人が週に一度バンで売りに来てくれる特上のステーキを自分たちで焼いて食べることもあった。家の外でナタリーと二人、景色と夕日を眺めながらバーベキューをした。でもワインボトルを一本飲み干す頃には、話の中身は変わっていた。レーダー探知機がビープ音を鳴らし、点滅し始める。

叫んだり怒鳴ったりはしなかったのは、そんな激しさに耐えられないほど僕たちの関係が脆くなっていたからかもしれなかった。ナタリーは、フィジーでの生活が充実しているときは、数週間、滞在し続けることがあった。平日にボランティアをしていたスバの病院で慈善活動を企画しているときなどだ。でもそんなときに限って、実家から電話がかかってくる。彼女の両親は僕たちがジェラーズ・クロスの実家の近くに家を持ち、僕がそこから通える職場に勤め、子供をつくることを望み、孫と四六時中一緒にいるような生活をしたがっていた。僕ははっきりと反論することもあった。ナタリー、そんな暮らしはしたくない。そんなのは僕じゃない。そんな暮らしが僕向きではないことは、ナタリーもわかっていた。しばらくすると、僕はその話題そのものを避けるようになった。このままナタリーの両親の望むような道を選択していけば、どんな人生が待ち受けているかは想像がつく。同じ不安が首をもたげてくる度に、僕は周りを見渡した。でも、逃げ道はなかった。

ナタリーの父親と価値観が大きく違うことに気づくのに、しばらく時間がかかった。上げ底ブーツの製造工場の経営者で、スパイスガールズがミュージックビデオやステージでそのブーツを履いて何カ月も世間の目にさらされたことで注文が殺到し、急に羽振りが良くなった。家は大きくなり、高級車を何台も保有するようになった。大画面のテレビでフィジー代表の試合を見ては、僕に電話で注文をつけた。ベン、このチームじゃオリンピックには勝てないぞ。みんなまるでボールなんて要らないとでもいわんばかりに敵に向かって高く蹴り上げてばかりじゃないか。我慢してじっくりパスを回して攻めなきゃだめだ。

ボクシングデーになり、ナタリーの実家に向かって重たい気分で車を走らせながら、いつまでたってもこのライフスタイルには慣れないという思いに駆られた。この二年間、その印象は増すばかりだった。一年に一度、クリスマスの時期にしかまともに使う機会のない大広間に、家族と親族が大勢が集まり、グランドピアノの置いてあるその部屋で白ワインのグラスを片手に歩き回りながら、笑顔でうなずき、談笑する。僕は頭のなかで、「時差ボケで辛いので、外の空気を吸ってくるか、上階のベッドで横になります」といつ言い出そうかと、そのことばかりを考えている。

電子制御のゲートを通り抜けて家の外に出るときは、映画『大脱走』の登場人物になった気がした。ただしその値の張るレンタカーのカーナビに指定した目的地は、スイスの国境ではなく、ハイストリートにあるコスタコーヒーだ。店に着くと、何杯もエスプレッソを注文して時間を潰した。しばらくすると痺れを切らしたナタリーから電話がかかってきて、自分は恐ろしい状況に対処するために、酷い行動をとっただけなのだと思い知らされる。なんとか話をでっち上げる。フィジーラグビー協会から連絡があった、スカイプで急な会議をしてた、リジーと電話をしてた──。ナタリーに絞り上げられる。なんで出て行ったの？　数時間しかいなかったじゃない？　フィジーを懐かしみ、なぜ自分はここにいるのかと自己嫌悪になりながら店に居続けるわけにもいかなかった。

母はナタリーのことが好きだったし、二人はお互いに歩み寄ろうとしていた。ナタリーは僕の姪たちととても仲が良く、僕がイングランドにいないときも母に会いに行くこともあった。

でも母はその性格上、ナタリーの家族に関して歯に衣着せぬ言葉を口にすることがあった。婚約パーティーでも、キッチンで二人きりになった僕に不思議そうな顔をして言った。あちらの家族には、仕事をしている女性が誰もいないようね。母は一族で初めて大学に行き（ロンドン大学で発達心理学を学んだ）、ホスピタルスクールでのポリオに苦しむ子供たちの世話から仕事を始め、ウエストロンドンで一八年間教師を指導し、引退後は養護学校や少年院での活動にも取り組んでいた。

結婚式でも一悶着あった。参加者は新郎側が友人や家族が四〇人。新婦側は八〇人近くもいた。ナタリーの母親が言った。「私たちのゲストが多すぎるから、あなたたちのお客様は別室で夕食を食べてもらえるようにしてくれない？」。僕の友人や家族は言われた通りに別室に移動してくれた。その日の写真のなかの僕の母が、一度もにこりともしていないのはそのためだ。

ナタリーの家から解放された僕は、スバに戻る日を指折り数えながら、急いでハンプシャーの姉の家に車を走らせた。姉や妹とはゆっくり話せなかった。家には大勢の人たちがいたし、二人は料理もしなければならなかったからだ。キッチンに立っているときや、村や池、大きな家の周りを散歩しているときなどに、少しだけ話ができた。姉と妹は、幸せなときの僕がどんなふうかを知っていて、今の僕がそうでないと見抜いていた。虐げられた犬の元気がなくなり、玄関の主人を出迎えようとはしなくなるのと同じことだ。

「私たちはナタリーが好きよ。でも、あなたは自分にとって何がベストかを考えるべきだわ」

「すべてはオリンピックが終わってからだ。そしたら何かが変わるかもしれない」

「ベン、何が変わると思うの？」

ピオとイサケの問題

変われない人もいた。ピオ・トゥワイが、練習に姿を見せなくなり始めた。居場所は知らせてくれるが、実際にはまったく別の場所にいて、すべきではないことをしていた。

それでも、ピオが体験してきたことを思えば、情状酌量の余地を与えないわけにはいかなかった。オセアはピオをチーム内の一番の親友だと見なしていた。僕たちはピオを励ました。一緒にいろんなことを乗り越えてきたじゃないか。それをこんな形で終わらせるわけにはいかないよ。

オセアは、このことを自分の問題として受け止めた。長年の仲間であり、妻を亡くしたときは主将として葬儀に参列したピオが、オリンピックまで数カ月の段階で、嘘をついて練習をサボり始めているのだ。ピオはコンディションが良く、自在に身体を動かせるときには、迷わずスタメンに選びたい選手だ。でも現状はトップフォームにはほど遠く、サブとして扱わなければならない。

オリンピックのストレスは、チーム全体に浸透し始めていた。二〇一五／一六年のワールドシリーズ全一〇戦のうちの第二戦となるケープタウン大会では、イサケ・カトニンバウが爆発してしまった。イサケのピッチを離れたときの振る舞いは、ピッチ上での素晴らしいプレーぶりに似つかわしくないものだった。僕は過去にドーピング検査員の胸ぐらをつかんで二年間の出場停止処分を受けていたイサケを、改心したことを期待してチームに呼び戻した。しばらくのあいだ、イサケは大人しくしていた。だが、それはロンドンの夜に緩んだ。深夜、ホテルの部屋で火のついた煙草を灰皿に置いたままバスルームに行った。戻ったときにはカーテンが燃えていた。

このぼや騒ぎを、イサケはどこかで面白がっていたようだった。慌てて消火をしたりもしなかったし、翌朝にもあまり反省の色が見られなかった。僕はコーチになって初めて、選手がホテルの部屋の備品を破損させた弁償金を支払わなければならなかった。僕はそのとき憤慨しながらこう思った。イサケをフィジーに送り返して、その後でチームから外そう。

イサケは以前は所属していた軍隊を通じて世界のさまざまな場所を訪れたことがあり、世の中を知っていると自負していた。経験豊富なベテラン風の態度で若手をなびかせることにも長けていた。お前ら、何でも知ってるこの俺についてこい——。教室の一番後ろの席にいて、絶えず教師の目をごまかして悪さをしようとしている少年のようだった。ある大会で活躍すると、そこで安心して羽目を外してしまうので、次の二大会は並のプレーしかしなくなる。練習前には酒気帯び検査をしなければならなかった。ある大会で、スタジアム内の廊下で煙草を一服している姿を見つけたこともある。

一緒にいると楽しい男ではあったが、信頼するのは難しかった。他の選手がいる前で、チームに誰それを加えるべきだと僕に進言する。試合後、ピッチで激しくやり合ったニュージーランドの選手のところに行き、表に出ろと凄む。ステーキレストランでチーム全員が待っているのに、部屋で煙草を吸っている。

ケープタウンでは準々決勝でフランスと対戦した。僕たちはドバイでの好調を維持していた。敵の唯一の脅威は、フィジー生まれのウインガー、ヴィリミ・ヴァカタワだった。フィジーの選手は、島を離れて外国のクラブに移籍し、高額の報酬を得ている同胞へのライバル心を隠そうとしない。それはオバラウやラバサでの地元クラブの選手たちが僕たち代表チームに見せた対抗心と似ていた。どちらが大きく、強く、上手いか、目に物を見せてやる、というわけだ。

イサケはヴァカタワを打ちのめそうとして自分を見失った。相手二人のタックルをかわしてゴールラインを越えたところまではよかったが、ボールをインゴールに派手に叩きつけようとして手をすべらせ、トライを失敗。ディフェンスでもヴァカタワをつかまえようとして危険なハイタックルを連発し、二度のシンビンを食らった。敵陣深くにいてスペースも十分にあるのに、タックルをされて無謀なオフロードパスを出し、それをヴァカタワに奪われてそのまま得点を許した。イサケが我を失ったことも大きく響き、僕たちは一四対一七で敗れた。ブラジルに向かう七カ月前のワールドシリーズの準々決勝でこれほど頭に血を上らせるのなら、リオでの本番ではいったいどうなってしまうのだろう？

フィジーに帰国後、イサケとジェリーがフィジー航空が新たに開設した航空路線の宣伝をするために、ラバサ行きの便に乗った。イサケは酒に酔い、客室乗務員に暴言を吐き、政府の高官のことも罵倒した。高官のボディーガードから僕に電話があった。イサケが悪態をついている。見るに堪えない光景だ。あなたはこのことを知る必要がある。僕は感謝の言葉を述べると、二本の電話をした。一本はイサケに、もう一本は政府への謝罪に。この件は僕に任せてください。こちらで対処します。

新聞はケープタウンで失態を演じたイサケを叩いた。フィジーサン紙の投書欄は、イサケの出場停止を求める手紙で溢れた。この男は国民を失望させ、ヴァカタワに好き放題にやられる原因になった。イサケはトラブルを起こさないために、以降の大会には妻や子供を連れて行くと提案した。だが、世論の怒りは収まらない。イサケを外せという声を乗せたココナッツワイヤレスが鳴り響いていた。もはやどうすることもできなかった。

オリンピックのプレッシャーは全員に押し寄せていた。一月、ニュージーランドでのウェリントンセブンズでは三位になったが、準決勝で南アフリカで三一対〇と完敗。週末のシドニー・セブンズでも準決勝でニュージーランドに一二対一四で敗れ、三位に終わった。ニュージーランドのヘッドコーチ、ゴードン・ティッチェンはシドニー・クリケット・グラウンドの投光照明に照らされたシドニー・フットボール・スタジアムのピッチで満面の笑みを浮かべていた。この試合でも、フィジーのサヴェ・ラワザが我を失い、相手のスター選手、センターのソニー・ビル・ウィリアムズにレイトタックルを仕掛けた。きっかけは、タックルをミスしてトライを決められたフィジーの選手の頭を、敵のカート・ベイカーが見下すような仕草で触ったことだった。

パシフィックハーバーに戻ると、僕に脅迫電話がかかってくるようになった。画面には着信番号は表示されない。くぐもった声音が、はっきりとしたメッセージを伝えてきた。そろそろ試合に勝ってもらわなければ、面倒なことが起こるぞ——。

数時間後、また脅迫電話がかかってきた。翌日、さらにもう一件。

僕は相手に、お前は何者で、何が狙いだと尋ねた。心当たりはなくはなかった。僕たちが成功し、国民の注目を浴びていることに嫉妬するコーチが何人かいた。選手たちを海外のクラブに引き抜こうとしながら、うまくいかずにいたエージェントの背後にもこれらのコーチの影を感じた。彼らは新聞に電話をして、僕の方向性が間違っていると指摘し、現在のチーム戦術を採用すれば悲惨な結果に終わるだろうと批判をする記事を書かせた。

ロパティに事情を説明すると、次に脅迫電話がかかってきたとき、僕から電話機を受けとり、フィジー語で凄まじい剣幕で怒鳴ってくれた。その日のうちに電話番号を変更し、悪意に満ちた人間にその番号が当面は行き渡らないことを願った。

プレッシャーに負けないために

プレッシャーはフィジー以外の場所にもあった。ゴードン・ティッチェンがシドニーで歓喜した大きな理由は、それがニュージーランドにとってワールドシリーズでの一年ぶりの優勝だったからだ。同じ期間に四勝していたフィジーには水をあけられ、記録的な大差で敗れてもいた。ニュージーランドは通算での勝率九割を誇り、勝つことを義務づけられたようなチームだった。太平洋に浮かぶ小さな島々であるフィジーのことを弟のような存在だと見なし、力の強い兄貴分が大金をかけてチームをつくったときにどれほどの違いになるかを見せつけるかのように僕たちの前に立ちはだかってきた。ゴードンは過去二〇年間で、ワールドシリーズで総合優勝一二回、コモンウェルスで金メダル四回、セブンズワールドカップで優勝二回という圧倒的な実績を残してきたことで自らの能力に絶大な自信を持っていて、コイントスですら負けることを嫌った。

僕はコーチとしてゴードンを尊敬していたが、その指導手法はワンパターンにも見えた。それはゴードンが長年培ってきたものだった。選手が誰であっても、どれほど疲れていても、疲れ切った選手が芝生に倒れ込むほどのきつい練習を、長時間続ける。フォワードにもバックスにも同じ練習が課された。フルシーズンを戦ってきた選手も負傷明けの選手も同じだった。そこには昔ながらの規律があった。コーチに逆らえば、チームにはいられない。

ニュージーランドのスター選手から、ゴードンは一試合が一四分しかないこの競技のトレーニングで、選手たちを二〇キロも走らせると聞いたことがある。「デス」と呼ばれる、延々と続く紅白戦もあるという。ゴードンはこれには疲労時の判断力を磨く効果があると考えていた。だが僕に言わせれば、このような練習で養われるのは、セブンズの選手に求められる爆発的な瞬発力ではなく、遅めのペースで長時間走る能力でしかない。六〇メートル走の短距離選手を、一マイルのジョグで鍛えようとするようなものだ。敵の組織的で堅い守備を打ち破る、カミソリのようなトップスピードの走りは培えない。

コーチは、もはや時代遅れになった手法にしがみついてしまいがちだ。長いあいだ成功をもたらしてきた方法を捨て去るのは簡単ではない。ゴードンのトレーニング方法は、一五年前の、他のセブンズのチームがフィットネスをあまり真剣に受けていない時代には有効だった。それに、ニュージーランドには錚々たる顔触れの選手がいた。クリスチャン・カレン、ジョナ・ロム、ジョー・ロココ、ミルス・ムリアイナ、リコ・ギア、ジュリアン・サベア、アルディ・サベア、チャールズ・パイウータウ、ベン・スミス、イオアン兄弟、リアム・メッサム――どの選手も、他のチームにとっては垂涎の的となるスターたちだ。だがライバル国が独自のトレーニングプログラムを開発し、才能ある選手と契約するようになるにつれ、ニュージーランドとの差は縮んでいった。それでも、ゴードンは自分の考えを曲げようとはしなかった。

どのチームにもプレッシャーがかかっていることは、目に見える形で表れていた。試合に負けたコーチが、納得のいかない判定への説明を求めて一時間近くもレフリーに食ってかかることがあった。だが、このような抗議は非生産的だ。どれだけ労力を投じても判定が覆ることはまずないし、次の試合を数時間後に控えているなかで、貴重な時間を無駄にしてしまう。本来ならコーチ陣は選手と一緒に時間を過ごすべきだし、エネルギーは誤審への抗議ではなく大会で勝つことに向けるべきだ。レフリーにも往生際が悪いという印象を残してしまうのもデメリットだ。それは今後の大きな試合にも後を引く可能性もある。自分たちに悪印象を持ったその審判が、将来、大一番で笛を吹くかもしれないのだ。僕たちはシドニーの大会後、審判とはラグビーの話はしないと決めた。挨拶をして、友好的な態度は示すが、判定については一切口を出さないし、過去の試合のことに触れたりもしない。自分たちが犯した反則についても正直になる。反則を取られたら、相手のせいにはせず、自分の非を認める。代表コーチは軒並みオリンピックのプレッシャーを感じていた。同じ経路で各都市を移動し、同じタッチライン沿いに立ち、同じダイニングテントで食事をしていると、コーチたちが神経質になっているのが、細かな手の動きなどにも見て取れた。

南アフリカのヘッドコーチ（前任者はポール・トゥルーで、後任はニール・パウエル）は、試合になると興奮を隠そうとはしなかった。選手たちに大声で叫んで指示を出し、相手のコーチを睨んだ。僕はそんな態度を好ましく思っていた。それだけ試合に真剣に取り組んでいることの証だから。

一方、僕のイングランドのコーチとしての前任者で、このときアメリカ代表のコーチになっていたマイク・フライデーは、大会運営のルールを参加国全体ではなく自軍に有利なように変えようとすることに熱心だった。また、イングランド代表コーチのサイモン・アモールは政治的な駆け引きに長け、目上の者には取り入り、下の者には独裁的に振る舞ったが、友好的な人間ではなかった。負け試合の後に控え室のテーブルをひっくり返しているのを見たことがあるし、大ファンだという息子と一緒にサインを求めて近づいてきた父親を一瞥してそのまま立ち去った現場も目撃したことがある。イングランドが負けると、味方のアシスタントコーチや選手たちを無視することもあった。

大会前の各国のコーチによるミーティングは、丁々発止のやりとりや権謀術数的な駆け引き、自己顕示の発露の場だった。ゴードンが、移動のプランを見て、このような強行軍だと自分のチームの選手が怪我をしてしまうと不平を口にする。でも僕にしてみれば、他のチームの選手は飛行機から降りた翌日は何もしないか軽いジョグをしたりホテルのプールで遊んだりするだけなのに、ゴードンだけがニュージーランドの選手にきつい練習を課しているからだと思っていた。

イングランドのコーチ時代には、一九世紀にタイムスリップしたかのような会話が聞こえてくる会議に出たこともある。それはオリンピックのために大英帝国連合チームを結成するという案を検討する会議だった。どの国から何人プレーヤーを選ぶかについて提案をしたのがイングランド人のオフィシャルだったという理由だけで、スコットランドとウェールズが反対投票をした。

フィジーは末端のチームだと見なされていた。サモアとケニアのコーチたちと、荷物が現地に届かないことが多いとか、そもそも協会から金を払ってもらっていないとか、一番安い航空ルートを飛ぶので移動距離が長くなるとか、早期に現地入りするための費用がないとか、そういう共通の悩みについて話し合った。会議が始まると、ゴードンが僕たちには些末に思える問題を、さも重大事のような口ぶりで話した。

ラスベガスセブンズの開催前、サイモン・アモールがピッチと観客席のあいだのスペースが狭い、これでは選手が怪我をしてしまうので危険だと訴えた。ワールドラグビーは数メートル狭くなるようにピッチの白線を引き直した。これがサイモンの狙いだった。ピッチが狭くなれば、相手のウイングが走るスペースも少なくなり、ディフェンスがしやすくなる。サイモンがまだ不十分だ、もっと狭くしろと訴えたために、白線がもう一度引き直された。

イングランドは一試合も勝てなかった。グループステージでスコットランドとオーストラリアに破れ、二日目にフランスに負け、弱小国のカナダにも打ちのめされた。人工芝のピッチは白線が乾いていないので水を撒けず、選手たちは脚や腕に擦過傷を負った。フィジーの選手はこの問題にいち早く気づき、ボールをラックやブレイクダウンになるべく持ち込まず、パスをつなぐことを意識して事なきを得た。一方、イングランドは正式な抗議文書を提出し、チームを大会から撤退させると仄めかした。

　ゴードンにとっては、カップケーキすら怒りの対象になった。ダイニングホールに置かれていたトレイの隣に、栄養情報が記載されたカードがあった。ゴードンはその内容を見て激怒した。これは恥だ。アスリートが食べるべきものだと思うか？　運悪く危険地帯に居合わせた料理人はしかめっ面をしてゴードンの話を聞いていたが、怯えた上司に袖を引っ張られて奥に引っ込んだ。ワールドラグビーは、ゴードンの行き過ぎた行為に注意を与えた。僕は、すべての食べ物が無料で、マクドナルドも二四時間オープンしているオリンピックの選手村では、いったいゴードンはどうなってしまうのだろうと不安になった。僕は何を食べるかは、上から細かく押しつけるのではなく、選手の自主的判断に任せるほうがよいと考えている。大会が終わると、ご褒美に選手たちにファストフードを買って食べさせた。それは選手たちを酒から守るという意味合いもあった。フードコートには他のチームの選手たちも姿を見せていた。ニュージーランドの選手もたくさんいた。フィジーの選手はコーチである僕の前で堂々とファストフードを食べていたが、他のチームの選手たちはコーチの影に隠れるようにしていた。

　プレッシャーを感じると、人は馴染みの方法に固執しようとする。重要な勝負がかかっているときは、リスクを冒したくないと考える。大きな成果が期待できるかもしれないのに、小さなイノベーションすら探そうとしなくなる。

　他のチームは試合の二時間前に、近場のスペースで激しいウォーミングアップをしていた。坂道を駆け上がり、ホテルの駐車場でダッシュを繰り返す。こうすることでゲームが始まる頃に身体を動かしやすくなるという理論を信じているからだ。

僕はイングランド時代、バース大学の博士号を持つ科学者に依頼し、この理論の有効性を調べてもらった。結果、このような激しいウォーミングアップが有効であるという証拠は見つからなかった。だからそれ以来、このようなウォーミングアップはしていない。その結果、フィジー代表はワールドシリーズでの新記録を打ち立てた。一〇回のトーナメントに参加し、グループステージで三〇試合を戦い、全勝したのだ。

僕は代わりに温冷交代浴を取り入れている。廊下の片側に湯を入れたバスタブを、もう片方に冷水を入れたバスタブを置き、ホームセンターで買った温度計を見ながら水温を所定の温度に保つ。温浴と冷水浴を繰り返すことで、乳酸を移動させ、血流を良くし、疲れた手足や頭を覚醒させる。朝食をとり、風呂に入り、ホテルの部屋の窓越しに駐車場や芝生の周りを他のチームが激しくダッシュしているのを眺める。

大人でも学べるし、変われる。大切なのは勇気を持つことだ。過去に未来を決めさせてはいけない。

子供時代に起きたことは、大人になっても留まる。ノエルが離れていったとき、僕は壊れてしまった友情を取り戻そうとして辛い思いを味わった。大学時代につき合ったガールフレンドとは、頻繁に会ってはいなかったのだけど、いざ別れを切り出されたとたん、一緒にいたくてたまらなくなった。一年後、別の女の子と交際を始めた。相性は良くなかった。相手もそれを感じていた。そろそろ関係を終わらせようと二人が思い始めたとき、僕は急に彼女の側にいたいと思うようになった。

大学を卒業して新任教師になり、ニューベリーで若きコーチになっても、他人にあまり心を開かなかった。親しくなったら、その相手を失うことになってしまうかもしれないと恐れていたからだ。抱きしめ合える場面でも握手ですませた。ハグのほうがいい気分になるのは知っているが、そうした親密さは僕にとって馴染みのないものだった。

それは家族の影響もあった。母は子供たちを愛してくれていた。僕たちもそれをわかっていた。だけど一九七〇年代から八〇年代のイングランドでは、親が子供への愛情を言葉にすることはめったになかった。それから数十年後、姉が実家に子供たちを連れて帰ってきたとき、母は走り寄ってきた孫を抱きしめた。母が小さな子供を抱きしめているのをみたのは、そのときが初めてだった。大人になった僕が半年ぶりに家に帰り、ドアをノックしても、母は微笑んで出迎えてはくれるが、抱きしめたりはしない。そのまま廊下の先の台所に向かう。愛情は直接的にではなく、繊細な形で表現される。母が台所に行くのは、息子の大好物のベーコンサンドイッチをつくるためなのだ。母は子供たちを食べさせるために懸命に働いた。若い頃に道楽者だった父は年金ももらえず、最後には母が見切りをつけるような形で離婚した。

母も幼いとき、祖母から愛情を十分に示してはもらえなかった。祖父はひっきりなしに煙草を吸う、ウェールズ人特有のおしゃべりな人間だった。祖母がかなりの酒飲みで、それが母の人生に影を落としていたことを、僕は後になって知った。子供の頃の体験は、大人になっても残る。ノエルに突き放された僕は、大人になっても誰かに拒絶されることにうまく対処できないでいた。でもそれを自覚しておくことは、きっと役に立つ。足りないものがわかれば、それを埋めるための努力ができる。人は大人になっても学べるし、自分を変えられる。過去は捨て去ればいいというものではない。大切なことを忘れずに、正しい道を目指していけばいいのだ。

フィジーでは誰もが天気の話をしている。スバは世界の首都のなかで二番目に雨が多い。西からの風が暖かい南太平洋の湿気を伴ってやってきて、頻繁に雷雨も吹き荒れる。山側から吹き下ろす熱帯風が空気を乾かすと、再び海側から湿った風が送り込まれてくる。

国営のラジオやテレビではしょっちゅうサイクロンの警報が伝えられていたが、そこにはあくまで仮の話のような響きがあった。〝サイクロンがフィジー方面に向かっているようです。島々を直撃するかもしれませんし、しないかもしれません。近づいてきました。かなり近づいてきました。やっぱりどこかに逸れていきました――〟。

二月初め、太平洋近郊で熱帯擾乱が発生したという知らせがあった。フィジーの西一二〇〇キロに位置するバヌアツやポートビラのあたりで停滞し、猛威を振るっているという。

でも、フィジー人はあまり動じていなかった。四日後、サイクロンは南側のラウ島に向かって南西に移動し、かなりの暴風になっていた。国営メディアはこのニュースを何度も伝えていたが、結局はいつものパターンに終わった。風速は時速一一〇マイルに達したがフィジーからは遠く離れていて、二月一七日には北東に向きを変えてトンガ方面に進んでいった。ナタリーと僕が滞在しているパシフィックハーバーでも強風が吹いたが、すでに緩んでいたココナッツの木が大きく揺れた程度のものだった。何の被害もない。フィジー人はみな、たいしたことはなかったね、と肩をすくめた。

だが嵐は再び勢いを増し、西に進路を変えた。トレーニングキャンプでは、ロパティが提案した。

「これから一二時間、選手を家に帰そう。何も起こらないと信じているが、みんな家族と一緒にいるべきだ。ベラに全員を送ってもらおう」。その時点で、遠方の島の出身者を含めた選手全員が本島の家に住んでいた。僕はロパティの意見に従った。政府による警報は緊急度を高め、SNSやテレビ、ラジオを通じて伝えられるシナリオや、インターネットが示す嵐の進路は、刻々と変化していた。

町はサイクロンの話題でもちきりだった。誰もが必死に対策を講じていた。スーパーマーケットにはミネラルウォーターや缶詰、水溜め容器などを求める人々が長蛇の列をなし、棚はたちまち空っぽになった。ウィンストンと名付けられたサイクロンは一九日の金曜日には「カテゴリー5」に威力を高め、フィジー諸島で三番目に大きなバヌアレブ島に向かっていた。

ウィンストンは停滞し、進路を変えて本島に向かった。六時間後に直撃するという警告が報じられ、避難勧告が出された。

家に戻ると、ナタリーもすでに帰宅して対応に追われていた。買ってきた物資を台所の安全な場所にしまった。ろうそくとマッチ箱、ミネラルウォーターのボトルを各部屋に置き、安全な場所の確保に移る。この家では、玄関を入ってすぐのところにある小部屋が一番安全そうだった。窓は小さく、外側から塞ぎやすい。床にはマットレスを敷き、ドアにも一枚を押し付けた。携帯電話は充電を済ませ、仮のベッドの脇にはバックアップ用の電源となるソーラーチャージャーと、加熱せずに食べられる缶詰や食べ物を置く。庭のガスタンクから屋内に引かれているガス管を止めた。六時間はあっという間に過ぎ去ろうとしていた。じきにカウントダウンが始まる。風が椰子の木を揺さぶり、いつもは穏やかなラグーンの水面が泡立っている。

ラジオから最新の予報が流れてきた。台風の目はヴィチレブ島の北海岸を通過中。ロパティの故郷、コロ島付近だ。僕たちのいる場所からは約七〇マイル南。風速は時速一九〇マイル。

ニュースは、首相のフランク・バイニマラマが午後六時以降の外出禁止令を発したと伝えていた。家族は助け合うために奔走していた。大家の女性は、窓枠に板を打ち、倒れそうな枝を切り落とす作業を手伝うために人を寄越してくれた。クリスがフィジーのセブンズ女子代表チームを連れてブラジルに遠征中だったから、僕たちにとっては本当にありがたかった。空が灰色に染まり始めた。風が強く、三人がかりでないと窓枠に板を打ちつけられない。

不思議なほどに血が騒いだ。人智の及ばない巨大な何かが迫っている。自然は姿を消した。木々に鳥はなく、道路に犬はいない。日頃は生命に溢れる世界が、がらんどうになっている。あるのは恐怖と、嵐が上陸したときに起こり得ることへの現実的な予感だけ。スバを直撃すれば、想像を絶する規模の災害が起こる。この規模の嵐には耐えられない家屋に、大勢の人々が住んでいる。嵐が吹き荒れるはずの海辺には何千もの建物があり、高台にはジェリーと家族が住むスラム街がある。

外出禁止令が発動された。インターネットで情報を追っていたが、すぐに停電になった。家には手動式のラジオがなかったので、カーポートに停めた車のなかで、強風で家に戻れなくなるまでラジオに耳を澄ませた。母親に携帯電話でメールを送った。「ナタリーと安全な家のなかにいる。窓にも板を打ちつけた。嵐が来るのを待っている」

夜になった。板で窓を塞いでいるので、よけいに真っ暗だった。頑丈なつくりの家ではあったが、どれくらいの強度なのかはさっぱり見当がつかない。マットに横たわっていると、カーポートのプラスチック製のトタン屋根に枝が激しくぶつかる音が聞こえた。朝の光に、外界はどんなふうに照らされるのだろうか。何が、吹き飛ばされずに残っているのだろう。

メルボルンから来た隣人夫妻はオーストラリアに帰国していた。僕の家とのあいだの大きな垣根は風に叩きつけられていた。ノイズは激しさを増し、木々はあらぬ方向に曲がりながら風に揺すられている。暗闇のなかで、突風が家を打ちつける音を聞きながら時間が過ぎるのを待った。

午前〇時になり、午前一時になった。重たい何かがぶつかり合うように聞こえていた風音が、耳をつんざくような金切り音に変わった。ジェット機のエンジン音や、スタジアムでのロックコンサートで大型スピーカーから鳴り響くエレキギターの爆音みたいだ。そのとき、ふいに不安にかられた。ガスの元栓は締めただろうか？

　いや、締め忘れている。

「ナタリー、外に出てガスの元栓を締めてくる」

「ベン、馬鹿なことは言わないで」

「でも、もしガス管が外れてしまったらどうする？」

　ガスタンクまでは遠くはなかった。カーポートの先の草むらに設置してあり、玄関からは六、七メートルしかない。ドアを開けた。カーポートが激しく揺れ、小枝や葉、砂が大量に宙を舞っている。漆黒の闇。どこにも光はない。手にした懐中電灯の弱々しい光は、むしろ暗闇を誇張しているようだ。黄色の光を素早く動かした先に、木や地面の断片が見える。

　ゴム製の巨大なおもちゃの城に身体を押し当てているみたいだった。全身に激しい振動が伝わる。見えない柔らかい壁に行く手を阻まれ、空を飛べないのと同じくらいに一歩も前に進めない。耳元で恐ろしい笛の音が鳴り響く。飛んできた枝や板、トタン板などに直撃されるという嫌な予感がする。諦めて屋内に戻り、力を振り絞ってドアを閉め、マットレスで塞いだ。

　ナタリーと僕は、いつの間にか眠りに落ちていた。夜が明ける頃、目が覚めた。風はまだ吹いていたが、金切り声のような音はしない。窓を塞ぐ板の隙間から、外の様子を眺めた。

　最初に見えたのは、家の周りの垣根だった。正確には、垣根だったものだ。垣根の葉は巨大な脱穀機にかけられたみたいにきれいになくなり、骸骨みたいな黒いむき出しの枝しか残っていなかった。その周りの地面にはさまざまな飛来物が無造作に散らばっている。椰子の葉、ココナッツ、枝、プラスチックの塊、板の破片。

まだ電気は復旧しておらず、外出禁止令も解除されていなかった。通りにも誰もいない。携帯電話の電波も届いていない。スバや島々で何が起きたのか、選手たちがどうなったのかはまったくわからない。

外に出て車の中に入り、ラジオをつけた。ニュースは南半球史上最大規模のサイクロンだったと報じていた。数百の村が壊滅的な被害に遭った。ヴィチレブの北のラキラキ周辺は特に被害が大きい。オバラウ島では嵐のために満潮線の七メートル上まで波が押し寄せた。ヴァヌアレブ島と周辺の島々とは連絡が途絶えている——レイクバ島、シシア島、ナヤウ島、タベウニ島、カミー島。

コロ島とロマイビティ群島が完全に停電していたため、ロパティに電話をかけたがつながらない。路上の残骸を避けながらアップライジングの練習場に車を走らせた。宿泊中だったスペインのセブンズ代表チームが、ビーチとこのリゾート施設のあいだに一〇〇〇個もの土嚢を置いていた。この壁がなければ、珊瑚礁を越えて襲ってきた津波がロッジや寮とピッチを水浸しにしていただろう。

電話が徐々につながり始めた。母親にメールが届き、ロパティにも通じた。ロパティは選手たちの安否を確認しようとしていた。スバの選手たちの無事はほぼ確認できたが、西部のナンディやラウトカの辺りに住む選手とは連絡がとれていなかった。

それから数時間のあいだに、選手たちから次々とメールが届いた。ピオの家は倒壊した。ジェリーの家は屋根が吹き飛んだ。家族と台所に避難していたところ、壁が揺れ始めたので慌てて隣の部屋に駆け込んだというアリベレティ・ヴァイトカーニは幸運だった。すぐに台所の壁と屋根が崩れ、命を失わずにすんだ。

　ラジオのアナウンサーが、重苦しい口調で被害を伝えた。死者四四名、人口の四割が被害に遭い、四万軒の家屋が半壊または全壊。

　衛星画像と軍のヘリコプターが撮影した映像が、コロ島の状況を知らせていた。一〇〇〇軒の家が壊れ、三〇〇〇人以上が家を失った。主な桟橋が流されたので、緊急物資を海から届けられない。

　ロパティはプライベートを仕事の場に持ち込まない男だった。ある朝、いつもと様子が違って静かなので、どうしたのかと尋ねると、「妻がまた子供を産んだ。男の子だ」と笑った。妻が妊娠しているとも周りに知らせないし、出産に立ち会うために休暇をとりたいとも言い出さない。

　ロパティはこのときも平静を保っていた。故郷の島の半分は水害に遭い、家は潰れ、寝場所を失った母親は軍が届けてくれる仮設テントを待っていた。自宅には窯があり、カヴァの根を乾燥させたりしていた。キャッサバを育てている畑もあった。だが嵐で窯は壊れ、畑は塩水に浸った。フィジーの一般的な家庭と同様、経済的な余裕がなく、保険には入っていない。これで貯蓄も使い果たすことになるだろうし、将来の収入の当ても失った。もちろん、時計の針を戻して保険に入り直すことはできない。

　でも、ロパティはロパティだった。こんなときでも、チームのために全力を捧げようとしていた。

「ベン、一度選手たちを集めよう。みんなにメールで連絡してみる。全員の様子を見て、状況を聞き、何ができるかを考えよう」

　そうロパティは言った。

一緒に車に乗り込んだ。一〇〇メートルごとに道路に横たわっている倒木で、人々が立ち往生していた。嵐が砂利道を削ってできた凹みが、水たまりになっている。巨大なボールが転がっていったみたいに、道路沿いの電柱がなぎ倒されていた。高台の家は内側から爆破されたみたいに壁や天井がなくなり、家の桁だった木材が坂道の途中の泥に斜めに突き刺さっている。

ココナッツの木々は、湾曲することでしぶとく生き延びていた。海岸に沿ってゆっくりと車を走らせると、葉や実をすべて失い、白い幹を地面に横たえているココナッツの木は、爪楊枝みたいに見えた。サイクロンの爪痕ははっきりとわかった。村を突き抜け、建物や樹木を倒し、畑を抉って、行く手にあるものをすべてどかしながら進んでいったのだ。

被害がもっとも激しかった地域に衣服や食料品を送るための集会場が設けられていた。人々は自分たちの村も酷い目に遭ったにもかかわらず、不要な服を袋にいっぱいに詰めて持参している。ナタリーと僕も同じことをした。

選手たちはゆっくりとアップライジングに集まってきた。まずはスバに住んでいる者、それからナドローガ、さらには来るとは思っていなかった地域の者まで。アリベレティ・ヴァイトカーニは、途中でヒッチハイクをしながら六時間も歩いてやってきた。

みな憔悴し、空腹で、茫然としていた。いろんな逸話が出てきた。嵐の夜に家から家に走って移ろうとした村人。飛来物に当たって家族の前で命を落とした人。まるで、戦争から帰ってきたみたいだった。サイクロンの後、フィジーは激しい熱波に見舞われた。川や泉の水は土砂崩れや洪水で汚れている。選手たちは三日間ろくに眠らず、温かい食べ物を口にしていない。

アップライジングの施設の店舗にあった食品を与え、眠らせようとした。でも、選手は困っている人たちを助けたがっていた。一緒に村に行こう、僕たちの力を使って、できることをしよう――。みんなそう言った。

僕たちは物や水を運び、移動式のワードローブみたいに衣類を運んだ。村に入ってなんでもやった。倒木をどかし、家や小屋の再建を手伝い、自分たちの分の水や衣服を人々に与えた。

選手たちには悲劇に立ち向かい、それがもたらす悲惨な結果に対処する能力があった。僕はそのことに驚かされ続けた。選手たちは家族を残してチームのために集まった。自分勝手だからそうしたのではない、家族がそれを望んでいたのだ。すぐに「Stronger Than Winston（ウィンストンよりも強く）」というキャッチフレーズやハッシュタグが広まった。セブンズ代表チームは、フィジーが今必要としていることを体現していた。島を移動し、できることをする。実際にできることは小さなものだが、国民が大きな復興に向けたスタートを切るうえで、僕たちがしていることには大きな意味があった。

選手たちは不満を口にせず、涙もほとんど見せなかった。フィジー人は感情を顕わにするが、それは祝いのときだけだ。闇が来たら、明かりが見えるまで黙々と歩み続ける。ピオの妻が亡くなった。記録的なサイクロンに襲われた。僕にとっては、どちらか一つだけでも立ち直るのに一生かかるかもしれない災いだ。だけど選手たちには、現実がもたらしたものを受け入れることができた。人は死に、嵐は起こる。どれだけ失っても、立ち上がり、また歩き出すだけだ。

ロパティは、大騒ぎしたり誰かに大声で助けを求めたりせず、現状に対処しようとしていた。チームのマッサージ師は建設労働者でもあった。ロパティは、崩壊した自宅の一角を再建して母親の寝場所を確保するために、緊急物資とかき集めた金を彼に託し、船でコロ島に向かわせた。ロパティが突然悲しみに襲われたり、自己憐憫に陥ったりすることはなかった。

ウィンストンよりも強く

サイクロンの上陸から一週間後、僕たちは二〇一六年ワールドシリーズのラスベガス大会のためにネバダ州に向かうことになっていた。開幕から数カ月は足踏みもしたが、この時点ではニュージーランド、南アフリカと総合ポイントで首位争いをするまでになっていた。

だが僕は、選手たちは遠征に行きたくないだろうと思っていた。サイクロンが接近したとき、フィジー航空は航空機を守るために全機をヴィチレブ島に移動させた。インターネットが使えず申請状況を確認できないため、ビザも取得できていない。嵐の影響で水媒介性の病気が広がった。選手も汚れた水で手や身体を洗い、飲み水にした。病気は島々に広がっていた。ジカウイルスや結膜炎にやられるメンバーも出てきた。目が赤く腫れてネバネバし、目尻から涙が出てきて、視界が損なわれる。症状をごまかすためにサングラスをかけて練習する選手もいた。四人の選手が胃腸炎になり、何も食べられなくなった。この状況を考えれば、とてもではないがラグビーどころではないと思ったからだ。

しかし、それは僕の誤解だった。チームのみんなは、ラスベガスに行かないとは微塵も考えていなかった。オセアは僕にはっきりと言った。

「僕たちが困難に負けない集団であることを示すべきだ。これはチームだけではなく、フィジーの問題だ。ラグビーで国民は笑顔を取り戻せる。ラグビーでみんなは立ち直れる。僕たちは負けない。ウィンストンよりも強く、だ」

僕はスバのアメリカ大使館を個人的に訪れ、支援を求めた。助けを求める声は受け入れられ、僕たちはナンディ国際空港からアメリカに向けて出発した。ただ、全員、サングラスをかけていたが、選手のうち三人は感染性のために搭乗を拒否された。機内に乗り込んだうちの四人は、一八五センチ、一〇〇キロの大きな身体を丸めるようにして目立たないようにして吐き続けていた。

僕はアメリカに到着するまでのあいだ、オリンピックのためにフィジー政府がどの程度の出資をしてくれるかについて話し合った。僕ははっきりと言った。政府とはこれまで二年半、資金援助について闘い続けてきた。でも、復興というラグビーよりも優先度の高い事項に直面している今、たとえチームにまったく資金が回らなくなったとしても、僕たちはその状況を受け入れなければならない、と。

僕は不安を抱えていた。でもそれは、飛行機の到着時刻が夜遅くなるとか、時差ボケ対策が必要とかという程度の問題ではなかった。開幕前に到着できるのか、まともにプレーできる選手を七人ピッチに送り込めるのかというレベルの話だった。

結局、二人の選手はホテルから一歩も出られなかった。ヴァテモ・ラヴォウヴォウが三日間でかろうじて食べることができたのは、プリングルズ一箱だけ。それでも、開幕前夜のコーチ会議では、僕は参加に間に合っただけでほっとしていた。イングランド代表コーチのサイモン・アモールがピッチの幅について不平を述べたのも、ニュージーランド代表コーチのゴードン・ティッチェンがカップケーキの成分表示を見て激怒したのも、この会議の席だった。

僕は、馬鹿馬鹿しいといった顔を見せないようにするのに苦労した。立ち上がって、こっちはそれどころじゃないと言ってやりたかった。僕たちには登録メンバーが本来一三人のところ九人しかおらず、練習もしていなかった。ラグビーのような接触スポーツでは感染しやすい結膜炎に罹患しているため、ピッチに立たせられなくなる選手が何人か出てくるはずだと、ワールドラグビーに報告しなければならなかった。

この大会では、マスヴェシ・ダクワカもデビューさせた。ナンディの数キロ内陸のサウナカという村の、トカトカ・ウエストフィールド・ドラゴンズというチームに所属していた二二歳のフォワード。二カ月前にコーラルコーストセブンズで見つけた選手だ。パスポートを持っていないという問題もあったが、片目の視力がほとんどないというさらに大きな問題を抱えていた。小学生のときに棒をくくりつけたゴムバンドで遊んでいて、強く引っ張った拍子に目に当たってしまったのだ。傷めた目は焦点を合わすことができず、ぼんやりとした光を感じることしかできない。カップケーキをつかみたいときは、誰かに手渡してもらわなければならないこともある。

三月四日金曜日、グループステージ初戦のサモア戦を迎えた。疲労困憊の選手たちは朝遅く目覚め、ロトゥを歌った。温冷交代浴の時間も遅れ、連絡係から伝えられていた朝食の時間を逃してしまった。ただでさえ、この一〇日間はろくな食べ物を口にしていないのに。サンボイド・スタジアムに向かうバスのなかでは、ぐったりと眠っている選手もいた。ウォーミングアップも遅れ、ピッチに出るのも遅れ、試合は二四対二八で敗れた。

オセアはこの現実を受け入れようとはしなかった。

「ベン、僕たちの飛行機は墜落したんだ。そうだろう？　ボルトが一本緩んでいたのに、誰もチェックしなかった。パイロットも離陸前の確認を怠った。誰もがどうにかなると思っていた。だから墜落したんだ」

「オセア、君の言う通りだ。今夜、みんなでタラノアをしよう」

夜、全員で話し合った。試合前の準備のミスはすべて、その気があれば軌道修正できた。フィジーの家族や友人が、今どんな思いで過ごしているか。僕たちがベッドから出るのが遅かったために負けたと知ったら、どんな気持ちになるか。

翌朝、全員が時間通りに目を覚ました。ロトゥには熱が籠もり、歌声は力強かった。その中心にはロパティがいた。故郷のコロ島が激しい被害に遭ったロパティがチームに帯同していることの意味は、言葉にしなくても誰もがわかっている。両腕を隣の者の背中に回し、全員で心と身体を一つにしてハーモニーを奏でた。ウィリアムは白い紐を手首と前腕の周りから垂らした。聖書の言葉を口にする者もいた。誰もが〝ウィンストンよりも強く〟の合い言葉を誓った。

その後の二日間、僕たちは快進撃を続けた。アルゼンチンを破ってグループステージを首位で突破すると、準々決勝では四三点を奪って日本を撃破し、準決勝では成長著しい厄介なホスト国、アメリカをあっさりと退けた。

オーストラリアとの決勝前、不思議な現象が起こった。ネバダ砂漠の良く晴れた穏やかな午後に、突然、風が吹き始めたのだ。次第に勢いを増した風が、スタジアムに吹き荒れた。ゴールポストはしなり、ビニール袋やゴミ、落ち葉がピッチを舞った。

　僕たちはこの風にうまく対処できなかった。風上に立っていた前半は、パスが風に押されて前に流れ、キックも意図せずタッチラインやデッドボールラインを越える。そのあいだに、オーストラリアに三度もトライを決められてしまった。前半は〇対一五で終了。相手が三度のコンバージョンキックを風の影響ですべてミスしてくれたのが不幸中の幸いだった。

　ハーフタイム、選手を周りに集めた。僕が被っていた帽子が風で飛ばされ、三〇メートル先に転がっていく。ロパティが涙を流して笑った。全員、笑顔を浮かべていた。それは、その日の僕たちにとって、ラグビーの試合よりも大きな意味を持つものだった。僕は風でかき消されないように大声で指示を出した。唇から出た言葉が、即座に風に連れ去られていく。

「みんな、ボールを手で持って運ぶんだ。トライを決めるぞ。力を振り絞れ。トライではゴールポストのあいだを狙おう。今日は真ん中から蹴らなきゃコンバージョンは決められない」

　後半が始まった。強風で、キックオフしたボールがキッカーのオセアの後ろまで押し戻された。投光照明のタワーが、危険なくらいに揺れている。

　オーストラリアに再び猛攻を仕掛けられ、僕たちは自陣深くに押し込まれた。ベテランの控え選手は、フィジーやホテルの部屋に置き残していた。僕は若手を二人投入した。一人は、数カ月前にドバイで代表デビューしたばかりの、二二歳のキティオネ・タリガ。今回のサイクロンでとりわけ大被害を被った、ヴィチレブの西にあるドラタブ村の出身で、看守のチームでプレーしていたウインガーだ。もう一人は、二二歳のマスヴェシ・ダクワカ。ワールドシリーズには初出場で、この試合がこれまでの人生で最大の大舞台になる。

自陣のゴールラインの後ろでパスを受けたキティオネは、この試合初めて触ったボールを脇に抱え、敵を二人かわすと一気に加速した。二二メートルラインを越え、ハーフウェイラインを越え、そのまま相手のゴールラインを越えた。フィジーにとってこの試合初めてのトライ。コンバージョンも決まり、これで七対一五。

一分後、ジェリー・トゥワイがオーストラリアからボールを奪い、黄色い悪魔のように迫る敵のディフェンダー二人をかわして右にパス。キティオネが再びゴールポストのあいだにトライを決め、一四対一五。ロパティが小躍りして喜び、赤い座席のスタンドにいるフィジーのファンが、手にした国旗が風で飛ばされないように気をつけながら両腕を高く突き上げた。

だがオーストラリアは冷静だった。一五人制のオーストラリア代表「ワラビーズ」のスタンドオフとして、ワールドカップで活躍し、トゥイッケナムでイングランドを倒したこともあるクエイド・クーパーを中心に、フィジーの陣地に迫ってきた。クーパーがゴールラインの五メートル手前でボールを奪い、肩を落としてラインに向かってくる。だが一日にプリングルズ三〇枚しか食べられなかったことで図らずも減量に成功したヴァテモ・ラヴォウヴォウの猛タックルで阻止された。

ボールが地面に転がった。オセアが潜り込んで相手を押し込み、後ろから出てきたボールをヴァテモがつかんで右に長いスクリューパス。待ち構えていたキティオネが受けとり、タッチライン沿いのサヴェ・ラワザに展開。まだ自陣のゴールラインの五メートル後ろだ。

普通なら、こんな強い向かい風のなかを全力で走ることなどできない。逃げていくサヴェを追いかけようと、向きを変えて走り始めたオーストラリアのディフェンダーもそうだった。

でも、僕たちはシンガトガで足腰を鍛えていた。砂山を何度も駆け上がってきた。背中を後押ししてくれる国民もいる。真後ろから追いすがろうとしたディフェンダーは力尽きて倒れ、サヴェはフィールドの端から端まで右サイドを走った。

僕たちは二一対一五で勝利し、優勝を飾った。

授与式では強風を凌ぐためにレインコートを着ているファンに向かってトロフィーを掲げた。国旗はまだ風にはためている。控え室では、感情が爆発した。誰もが泣いていた。僕も泣いた。みんなでロトゥを歌った。

携帯電話には祝福のメールが次々と届いた。フランクから電話があり、国としてのお祝いのメールも送ってくれた。何人もが、「ウィンストンよりも強く」の黒い文字が躍る幕を両手で持ち上げていた。

翌週、バンクーバーでのカナダセブンズではチームの勢いは少し落ちた。準決勝で南アフリカに一二点差で敗れ、三位決定戦でもオーストラリアに負けた。でも、僕は気にしなかった。あれだけの災害に遭ったのだ。そう簡単にチームを完全に復活させることなどできない。それに、僕たちはすでにラスベガスで誰もできなかったことを成し遂げていた。自分たちのために、そして国のために、勝利していた。

ある者はカップケーキに不満を覚え、ピッチの幅に文句を言う。でも島のチームだけは、手持ちのものだけで戦おうとした。フィジーには欠けているものが山ほどある。だけど、僕たちほど多くのものを持っているチームはなかった。

第一二章

大学生になっても、ノエルとの連絡は途絶えたままだった。僕はラフバラとケンブリッジの二校のチームでスクラムハーフとしてプレーをしていた。でも、かつてハーフバックとしてコンビを組んでいたノエルの消息はわからなかった。

地元のブレントフォードでは、誰もが携帯電話を持つようになっていた。僕もハイストリートの店に行き、それなりの一台を買った。誰かとつながることが、こんなにも簡単になったのだと気づいた。メール一本で、昔の仲間に連絡できる。ノエルを探してる、何か心当たりはないか？　何人かにメールを送った。

一人から返事があった。「テューティングの駅で見かけた気がする」。別の一人からも。「金曜の夜にテューティングで見たぜ」。金曜の夕方、バスに乗って駅に行き、行き交う人の群れにノエルを捜した。寒くなり、近くのパブが混み出した。ノエルはいなかった。翌週の金曜にまた駅に行き、同じことを繰り返した。やっぱりいない。

別の友人もノエルを探していて、警察に勤めている友人に頼み込み、身元を調べてもらったという。だが、ワームワッドスクラブ刑務所から出所した後の住所は記録されていなかった。

ノエルはどんなふうに変わったのだろう、顔を合わせたとき、どんな気分になるだろう。会った瞬間、空白の期間は吹き飛び、昔みたいな感覚に戻れるだろうという予感がした。これからも親友として仲良くやっていけるはずだ。手遅れなんかじゃない。きっと友情は取り戻せる——。

何の知らせもない日々が続いた。僕はオックスフォードのセントエドワード校の教師になり、ホプキンス先生が僕たちを指導したように、ラグビーチームの指導をするようになった。ノエルや僕のような才能ある生徒もいて、何人かはイングランドの年代別の代表に選ばれた。僕は全国大会の決勝ステージにチームを導いた。ニューベリーでも午後にラグビーを指導し、チームを三部から二部に引き上げた。

その頃、僕はナタリーと出会った。夢中になってお互いのことを知り合っているとき、ノエルが自分にとっていかに特別な友達かを話した。ナタリーに、ノエルを会わせたかった。親友といるときの僕がどんなふうに振る舞うのかを見てほしかった。ノエルに、どれだけ僕がナタリーを好きになったかを見てほしかった。

時々、ノエルはもう生きていないのではないかと思ったりもした。刑務所に何度もぶち込まれ、行く当てもなく、迎え入れてくれる人もいない。でも、もしノエルが死んでいたら、その証拠はあるはずだ。刑務所に記録が残っているだろうし、警察にも通知が行くはずだ。そんな証拠はなかった。

外国に行った可能性もあった。しかしノエルは九歳のときからイングランドにいるし、僕の知る限り一度も祖国に戻ったことはなかった。もう二〇年もイングランドにいるのだから、国外追放処分にもなったりしないはずだ。

ノエルはどこかにいる。必ず見つけなければならない。まだ終わってはいない。まだ——。

四月の香港セブンズ。ブラジルでの運命の三日間は四カ月後に迫っていた。僕はこの大会を、リオのリハーサルに位置づけた。試合数も同じだし、ワールドシリーズで最大の観衆が集まる。フィジー国民が寄せる期待も、どの大会よりも大きい。

ところが、大会では歯車がうまく噛み合わなかった。グループステージでのカナダ戦は試合終了間際のトライでなんとか逆転勝ちを収めた。準々決勝のケニア戦も似たような展開。オーストラリアとの準決勝では、開始一分でチーム最多のトライを決めていたサヴェ・ラワザをハムストリングの負傷で失った。決勝のニュージーランド戦では、暖かい熱帯雨が降り、僕たちの持ち味である自由奔放なパスゲームがしづらいピッチコンディションになった。

でも、僕はそんな状況を気にしなかった。フィジーには「セガナレンガ」（心配するな）という言葉がある。残り時間が一〇分でも一〇秒でも、攻撃の開始位置が相手のゴールラインの一メートル手前でも自陣のインゴールでも、トライを決めて得られるのが五点であることに変わりはない。サヴェは失ったが、彗星のように現れたキティオネ・タリガのスピードとパワーがある。

ニュージーランドに〇対七とリードされても、ジェリー・トゥワイが香港最大の空き地に――つまりフィールド――にボールを蹴り出した直後に相手にブロックされても、僕は心配しなかった。ゴールポストの目の前で反則を得て、相手ディフェンスが審判に抗議しているとき、ジェリーは素早くプレーを開始し、パスの振りをして突進、ポストの真下にトライを決めた。後半、僕たちはパスを駆使して相手ディフェンスを左右に間延びさせた。敵を翻弄するような角度から走り込み、急旋回して姿を消すと、二つの鋭いパスをつなぎ、右サイドのキティオネが相手ディフェンス二人を振りきってトライ、一四対七と逆転した。

ニュージーランドは容赦なく押し込んできた。フィジーの白いジャージが、土や草の色を吸って灰色に滲んだ。淡いブルーのビニール合羽を被ったフィジーのサポーターが、雨のなかを飛び回りながら応援し続けている。何かに取り憑かれたような形相のピオ・トゥワイが（取り憑かれた、という印象は後のピオを襲った問題を予見するものでもあった）、相手のラックに建設解体用の鉄球みたいにぶつかっていき、二人のディフェンダーをはね除けた。ボールを奪ったフィジーは、パスを次々につなぎ、最後はセミ・クナタニが優勝を確信させる駄目押しのトライを決めた。

試合後、僕たちは両腕を隣の背中に回して円陣を組み、賛美歌や歌で勝利を祝った。僕は輪から外れ、俯いて思いに耽った。チームがリオにもこの状態と雰囲気で乗り込めるなら、どんな相手にとっても脅威になるだろう。フィジーにとっての聖地と呼べるこの香港のこのグラウンドでは、選手たちはコーチがいなくても勝てるのかもしれない。でも、寂しくはなかった。コーチに頼らずに勝てる主体的なチームをつくることは、そもそもの僕の最終的な目標だった。それに、他のスタジアムではそうはいかないはずだった。実際、一週間後のシンガポールセブンズでは、決勝で初のワールドシリーズ優勝を目指すケニアに二三点を奪われて敗れた。それでもワールドシリーズも残すところ二ラウンドとなったこの時点で、僅差で総合順位首位に立っていた。このまま総合優勝を果たせば、フィジーとしては初のワールドシリーズ連覇になる。

ただ、このまま何事もなく物事が進むわけがないことは、僕にはよくわかるようになっていた。オリンピックの本番が近づくにつれ、練習もハードになっていった。選手の疲労回復を促すために、チームはマッサージ師を雇っていた。契約の一環としてスバでマッサージの治療院を営むことを条件とし、そのための営業費用も支払っていた。

ある朝、そのマッサージ師が電話をしてきた。

「妻が財布を盗まれた。治療院の家賃を払うために銀行から引き出した現金を入れていたので、当面の運転資金として、金を出してはもらえないか？」

実はオセアもマッサージ師から金をせがまれているという報告を本人から受けていた。仕事ぶりは問題なかったし、マッサージは選手の疲れを癒やすのにも役立ってはいたが、僕はやむを得ずマッサージ師を解雇した。

香港セブンズで昨年に続いて優勝したことで、フィジーの国じゅうが熱狂していた。しばらくして、フランクと一緒にスバのイベントに参列した。フランクは妻といつものボディーガードと一緒にいたが、人々は僕に注目し、サインやセルフィー、インタビューを求められた。フランクはあまり嬉しそうではなかった。数日後に別のイベントに招待されたが、僕はチームのことで手一杯なので、と丁重に断った。フランクがどんな人間で、どんなことで機嫌を悪くするかはもうわかっていた。チームが成功するにつれ、フランクは心強い味方になっていた。その良好な関係を危険にさらすのは、僕にとってもチームにとっても得策ではない。

ワールドシリーズの最後から二番目となったパリでの大会では、このチームが以前から抱えていた厄介な問題や欠点が浮き彫りになった。グループステージでは四二対五と破ったサモアに対し、フィジーの選手たちは思考停止してしまったのか、前半の二六対七のリードを守れず、後半に逆転負けを喫した。

その夜、アルコールは口にしないようにと指示していたにもかかわらず、ヴァテモ・ラヴォウヴォウがいとこに誘われて酒を飲んだ。ここで目を瞑《つむ》れば、チームのたがは簡単に緩んでしまう。数カ月前のラスベガスで、オセアがチームのほころびを飛行機事故に喩えたことも頭に浮かんだ。僕はヴァテモに、翌週のロンドンでは登録メンバーには選ばないと宣告した。ピッチで他の選手に水を運ぶ仕事を頑張ってくれ、と。

もう、コーチがいなくても勝ち続けられるようなチーム状態ではなくなっていた。ワールドシリーズの年間チャンピオンのタイトルがかかっているにもかかわらず、メンバーは正規の一三人に二人足りない一一人だけ。ピオ・トゥワイが体力テストに失格になったのだ。予算が足りず、フィジーから替わりの選手も呼び寄せられない。

知恵の絞りどきだった。以前、チームに必要なベテランとして代表入りを検討したジャリード・ヘインとは、フィジー航空のイベントで話をしてから連絡をとっていた。一度練習を見に来て、チームと時間を過ごしたこともあった。ＮＦＬのサンフランシスコ・フォーティナイナーズとの契約は終了していた。ジャリードはバックラインならどこでもプレーできた。センター、ウイング、フルバック。ボールを持ったときのプレーは超一流で、オーストラリアのスポーツ史上屈指の名選手だと称された。ラグビーリーグのパラマタ・イールズ時代には、ナショナルラグビーリーグの年間最優秀選手に二度選ばれている。

目をつけていた他のワイルドカードは手元からすり落ちていた。ヘインとともに経験豊富なベテランとしての役割を期待していた元オールブラックスのウイング、ジョー・ロコココは、国際試合の出場資格規則が変更になり、代表入りができなくなったため、選択肢から消えていた。フィジーの生まれで、豊かな外国でのプレーを選択したスター選手ラディケ・サモも同じだった。サモはバックスの選手のようなスピードのあるフォワードで、ジャクソン・ファイブのメンバーのような髪型をしていた。オーストラリア代表として出場したニュージーランド戦で決めたトライが、ワールドラグビーによるスコア・オブ・ザ・シーズンに選ばれたこともあった。

僕は、この種の隠し球のような選手を常に探していた。イングランド時代も、若手選手の親から息子を推薦するメールが送られてくることがよくあったが、無碍《むげ》に話を断ったりせずにその選手のことを調べようとした。フランス、プロバンスの弱小クラブ、シャトー・ルノーでプレーしていたジェフ・ウィリアムズを見つけたのも、父親から連絡があったからだ。これがきっかけで、ジェフはプレミアシップのバースでプレーすることになった。ロイヤル・ネイビーと地元クラブで同時期に別名でプレーしていたグレッグ・バーデンも、同じような経路で見いだされ、最終的にはイングランドのセブンズ代表のキャプテンになった。

紹介される選手の質は玉石混淆で、コーチの僕の目から見て力量が足りないと思われるケースも少なくない。だが親には、誰の目にも明らかな息子の欠点がなかなか見えないものだ。フィジーには、身内の選手をとにかく薦めるという文化があった。ココナッツワイヤレスが、小さな村にいる大きな選手の噂を運んでくる。ホテルで荷物を運んでくれたポーターが、〝物凄く素早い兄弟がいる、タックルで止めるのはトカゲの尻尾をつかまえるくらいに難しい〟と言う。

ただ、ジャリードをチームに入れることは、逆効果になりかねなかった。チームはこれまでずっと一緒に練習をしてきて、苦難を乗り越えてきた。そのなかに、いきなりスター選手を入れることにはリスクが伴う。

それに、セブンズでは前後半七分間（決勝では一〇分間）、休憩なしで走り回らなければならない。アメリカンフットボールに転向し、サンフランシスコ・フォーティナイナーズでは、パントキックなどで攻守が交代する度にサイドラインのベンチに座って冷たい飲み物で喉を潤していたジャリードが、適応できるかという不安もある。実際、僕はイングランドのセブンズ代表に一五人制ラグビーの選手を入れようとして何度か痛い目に遭った。イングランドのラグビー界の第一線で長年、多数のトライを決めて活躍してきたトム・バーンデルでさえ、ブランクがあったためにセブンズのめまぐるしい展開についていけなかった。

僕は、ジャリードが一五人制の「ラグビーユニオン」とはルールの違う一三人制の「ラグビーリーグ」でプレーをしているのを見たことがある。身長一九〇センチ、体重一〇〇キロの巨漢でパワーと敏捷性があったが、セブンズでのプレー経験はなく、ルールを学ばなければならない。だがジャリードは真剣だった。父親の祖国であるフィジーには強いつながりを感じていて、ラグビーリーグのフィジー代表として出場した二〇〇八年のワールドカップの期間にはフィジー語のタトゥーを入れた。南シドニーの荒っぽい地域で育ち、若い頃はいくつかの過ちも犯したが、心を入れ替え、神の存在も信じるようにもなった。信仰は、驚異的なスピードや広い視野を生まれ持ったことの理由を説明するものにもなった。ロトゥの歌声の響きを愛し、聖書の一節を引用して選手たちに話をした。僕はジャリードと計画を練った。ジャリードは自費でアメリカからロンドンまでの航空券を買い、ワールドシリーズ最終戦となるロンドン大会の一週間前にチームに合流し、チームと一緒に練習をして感触をつかむことにした。

一つ気になったのは、ジャリードがメディアを引き連れてくるリスクだ。実際、チームが宿泊しているホテルには、初日からオーストラリアのスターを目当てにした大勢の記者が押し寄せた。

「ジャリード、どうなってるんだ?」と言う僕に、ジャリードは、「連中はこっちがカメラの前に立って質問に答えるまで動こうとしないのさ」と言った。

テレビクルーや新聞記者は、歩道から溢れてホテルの芝生や階段にも足を踏み入れている。申し訳なさそうな警備員から、ここでは撮影は許可されていないので、歩道に戻るようにと注意されると、傲慢な口調で言い返した。

「偉そうなことを抜かしやがって。俺たちは好きな場所で撮影する。お前には関係ないだろう?」

見て見ぬふりをすれば、それが自分の基準になる。ホテルのスタッフやサポーターに無礼な振る舞いをしているのを見逃せば、自分も同罪になる。僕は記者たちを咎めた。

「申し訳ないが質問に答えるつもりはない。君たちは自分の仕事をしようとしている人に対して失礼な態度をとった。彼は二メートル移動してほしいと言っただけだ」

しかし、その回答は暴言が返ってきただけだった。

「このイギリス人の糞野郎。俺たちはお前のやってるちんけなスポーツを取材しようとしてるんじゃないぞ。ジャリードがセブンズをプレーするから来ただけだ。勘違いするな」

翌日の新聞には、この記者が書いた記事が載った。

「ベン・ライアンがぶち切れ。プレッシャーに耐えられず、インタビューの途中で激怒」

本人にそんな意図はなかったにせよ、ジャリードが原因でこうした面倒が起こるのも事実だった。練習でも、選手たちは遠慮して、ボールを持ったスターが悠々と走り抜けられるようにディフェンスラインに隙間をつくった。僕は叱咤した。

「みんな、それはジャリードのためにも自分たちのためにもならないぞ。全力でプレーするんだ」

その週のトレーニングは軽めだったが、それでも二、三日するとジャリードは足にきてしまった。これでは本番には期待できない、と思ったが、もう他に打つ手はない。それでも、チームに溶け込もうと、自分から選手たちに近づく努力をしてくれた。ホテルで唯一個室に泊まっていたのは、一人だけ早くロンドンに到着して、自分でシングルの部屋を予約していたからだ。世間から見ればスーパースターだったが、チームではそれを鼻にかけるような態度は一切とらなかった。

大会が始まると、僕たちはまずまずの戦いをした。準々決勝ではフランスを圧倒したが、準決勝では南アフリカとの接戦を落とした。三位決定戦では、オリンピックのグループステージで対戦する三チームのうちの一つであるアメリカに再び敗れた。

でも、これで十分だった。準々決勝に勝利したことで、通算ポイントで他のチームに逆転される可能性がなくなり、フィジーのシーズン総合優勝が確定したからだ。僕は故郷ロンドンで、昔の友人たちの前で、二年連続のワールドシリーズ優勝を新しい仲間たちと祝った。

そのシーズン、僕は時々、過去に味わったことのないような自信が満ち溢れてくるのを体験した。

試合開始前に控え室から出て行くときは、一九九六年九月にアスコット競馬場で伝説的な一日七戦全勝の記録を打ち立てた騎手フランキー・デットーリが、六勝して最後の一勝を確信しながらスターティングゲートから飛び出したときもそうだったのではないかという気分がした。最高の選手たちに最高の準備をさせているという自負があったし、コーチとしても狙い通りのことができている。集中力が研ぎ澄まされた瞬間には、視野が三六〇度に広がったような感覚があった。そんなときは、相手ディフェンスのショルダーの角度のわずかな変化といった小さなことにも気がつけたし、次の三カ月間に向けたフィットネスの目標といった大きな問題もはっきりと頭に描いておけた。選手の身振りを読み取り、チームの気分を良い方向に導いている。側にはオセアやロパティ、ウィリアムとナザがいる。首相のフランクも味方についてくれているし、国民も信頼してくれている。

それでも、チームは脆さとも背中合わせだった。もっとコンディションを高める必要があったし、もっと身体に良いものを食べる必要もある。オリンピックの本番についても、順当に行けば決勝で対戦することになる南アフリカを倒すため、グループステージでぶつかるアメリカやアルゼンチンといった厄介なチームに足元をすくわれるわけにはいかない。そのため、相手に合わせたチーム戦術もとらなければならない。僕たちはまだ、負けなくてもいい試合を負けていた。何よりリオでピークを迎えると僕が読んでいたベストの七人でスタメンを組めたことがなかった。

すべてがうまくいけば、フィジーはリオで完璧な嵐を巻き起こせる。でも、その嵐で自分たちが吹き飛ばされるかもしれない。今こそ、特別な材料を組み合わせるときだった。もう失敗は許されない。来年はないし、二度目のチャンスもない。

最後のキャンプ

六月中旬、オリンピックに向けた最後のトレーニングキャンプが始まった。馴染みの環境で、初舞台に挑む準備をする。二年以上前に使い始めたアップライイジングのピッチ。自分たちで手作りした排水路。最初は飲み水すらなかったが、今ではフィジーウォーター社が提供してくれたミネラルウォーターのボトルがある。さらに喉を潤したければ、地元の人が用意してくれるたくさんのココナッツがある。もう、練習中に茂みに隠れる選手はいない。怠惰や不信は、目的意識に変わった。

食事もこのリゾート施設でとった。選手たちは施設内にある細長い形をした、高床式で泥や雨水を凌げる木造の寮に寝泊まりした。ピッチに行く途中では、夕食用のチリが栽培されている畑を通り抜ける。日の出と共に目覚め、全員でロトゥを歌い、朝食が待つ食堂に裸足で向かった。ピッチでは顔に笑みを浮かべ、背中に汗を流し、腕や額に痣をつくりながら練習する。昼食前には海に入って身体を冷やした。毎朝、選手たちは寮とピッチと海を往復した。それは幸運の小さな三角形だった。

ライバルチームは秘密裏に練習していた。イングランド時代は、サポーターが大会前にウエストロンドンのレンズベリーホテルのピッチで練習していたチームに近づくことなど考えられなかった。ニュージーランドのコーチ、ゴードン・ティッチェンも、ビデオ分析の内容を僕にメールで教えてくれないのと同じくらい、オリンピックに向けたチームの準備を部外者に見せようとしていなかった。

一方のフィジーでは、ピッチ沿いの通りに一般人の車が次々と停まっている。通り過ぎるスクールバスの窓からは子供たちが僕たちに向かって大声で叫ぶ。クイーンズロードを走る公共バスもピッチ側の木陰に駐車し、なかから記念写真を求める乗客たちが降りてくる。車がひっきりなしにやって来て、練習の途中なのにピッチに一般人が足を踏み入れ、「わざわざ遠くから来たんだ。写真を撮らせてくれないか」と言う。ロパティが僕に、許してやってくれないかと頼む。

僕はこうした人々との触れ合いが好きだった。チームはこんな人たちに支えられている。僕たちがラグビーをするのは、ファンがいるからだ。僕は子供たちに、休憩中の選手たちに水を持っていかせた。大人には、ココナッツに手斧で切り込みを入れる仕事をお願いした。ピッチの周りには短いネットを張り巡らせた。ボールが見学中の観客のなかに転がっていったり、興奮したファンが選手に抱きついたり、駆け寄ったりするのを防ぐためだ。それでも練習の最初から最後まで、人々は僕たちのすぐ近くにいて、自由に出入りしていた。南太平洋の島に、イギリス人の価値観を持ち込むのは野暮なこと。これが、フィジーの人たちの距離感なのだ。

オセアは現場を見守る兄のような存在だった。神父であるオセアの父親も、よく練習場に姿を見せてロトゥを指揮してくれた。同じ場所では、女子のセブンズ代表が練習しているため、友人であるコーチのクリス・クラックネルもいる。チームバスの運転手のベラは、毎週月曜の朝、ナンディからスバまで海岸線をひた走ってくれた。「交差点で待っててくれ。あと四〇分で着く」といったメールを送りながら、まずはヴァテモ・ラヴォウヴォウ、次にピオ・トゥワイと途中で選手を一人ずつ拾っていく。

平日は毎日練習し、選手は寮で生活する。金曜日は朝五時に起き、シンガトガの砂丘まで西にバスで向かう。日差しが強くなり始める頃、美しく残酷な場での訓練が始まる。まず祈りと歌を捧げ、砂地を何度も駆け上がり、終わると滝で汗を洗い流し、バーベキューを楽しむ。週末は全員、自宅で過ごす。それぞれが西や東に向かうバスに乗って家に帰っていく。日曜日は休みで、みんな教会に行く。土曜日も休養日だ。前日のシンガトガで脚と肺を酷使しているし、翌週にはさらに高強度のトレーニングが待っている。

合宿が始まる前、僕はジャリードの処遇について決断を下さなければならなかった。正直に言って、それまでセブンズの経験がなかったジャリードが、短期間でチームに適応するのは厳しい。電話をして、こう伝えた。

「君が素晴らしい選手なのは誰しもが認めている。でも、さすがに今回は準備期間が短すぎた。君がオーストラリアに戻りたいのなら、僕はその意見を尊重する」

意外な答えが返ってきた。

「ベン、僕も同じことを考えてた。オリンピックのメンバーに選ばれるのは厳しいだろう。でも一週間でもいいから、合宿に参加したい。何らかの形でチームに貢献できると思うし、僕の経験を伝えられると思うんだ」

もちろん、僕は喜んで承諾した。ジャリードはフィジーの合宿所にやって来た。練習では最初、すべてが最低レベルでしかなかった。フィットネスも、パスも、タックルも。でも、ジャリードは現実を受け止め、前を向いていた。「自分は世界で最高のチームにいる。一緒に練習をして、その強さの理由がよくわかる。できる限りみんなに食らいついて自分を高めていきたい」と決意しているようだった。最初は途中で脱落していた練習にも、次第に最後までついてこられるようになった。一週間連続してみんなと同じ練習メニューをこなせるようになった。さらに驚いたのは、寮で寝泊まりしたことだ。大金持ちのスーパースターが、貧しい若者たちと寝食を共にしていたのだ。もう一週間留まりたいかと尋ねると、ジャリードはうなずいた。そうして二週間、三週間、四週間と時間が経過していった。さらにジャリードは自費でオーストラリアからお抱えのマッサージ師を呼び寄せてくれた。実はチームのマッサージ師をクビにしてから、代わりは見つけられていなかった。たまたまフィジーを訪れていたニュージーランド人のマッサージ師を一時的に雇ったこともあったが、すぐに別の場所に移ってしまった。それで選手たちは自分でマッサージをしていた。そんな状況を見て、手を打ってくれたのだ。

セブンズに慣れ、体力が上がるにつれ、ジャリードの豊かな才能がはっきりと現れるようになった。ボールを持てば周りの選手がスローモーションに見えるほど敏捷に動き、敵をうまくはね除けながら前進する。味方をうまく動かしてわずかな隙間をつくり出し、敵が気づく前にパスを通す。だがジャリードがセブンズに適応していくよりも速く、ヴァテモ・ラヴォウヴォウやジョシュア・ツイソバは成長していた。実兄のピオの勧めでトカトカ・ウエストフィールド・バーバリアンズでプレーし、若くしてキャプテンも務めていたジョシュアは、この合宿でも大器の片鱗を随所に見せていた。

ココナッツワイヤレスは鳴り止まなかった。誰がメンバーに選ばれる？　ベンはスーパースターを選ぶのか？　なぜジャリードはまだキャンプにいる？　練習を見に行ったか？　一緒に撮った写真を見るか？　まるで想定外の抜き打ち検査だった。ふいに誰かがやって来て、基準が満たされているかを厳しくチェックし、駄目なところを容赦なく指摘する。

最終選考の二週間前の時点で、ジャリードは該当ポジションで三番手の選手でしかなかった。もうメンバーに入る見込みはなかった。他のポジションの三番手の選手が、ジャリードのポジションでもプレーできたからだ。ジャリードはもう、自分が選ばれないことを悟っていた。それでも、僕はジャリードを呼び寄せた。

「メンバーの決定は、チームの全員にとってとても大事なことだ。まだ君がキャンプにいるときにメンバーを発表し、そこにに君の名前がなければ、新聞はそのことを騒ぎ立てるだろう。だから一、二週間前に、君がメンバーに入らないということを世間に知らせておきたいんだ。わかってほしい」

「わかったよ、ベン。これからは練習で他の選手のサポートに徹する。みんなのために水を運ぶ仕事をするよ。そうすれば、メディアにも僕が選ばれる見込みがなくなったことがわかるだろう」

合宿最後日、ジャリードはチーム全員に新品の用具をプレゼントしてくれた。そして与えるだけではなく、自らも大きなものをオーストラリアに持ち帰った。帰国し、NRLのゴールデン・コースト・タイタンズと記録的な高額で契約を結んだジャリードは、同チームのコーチ陣から、これほど状態が良い彼は見たことがないと絶賛されたのだ。マスヴェシ・ダクワカ（片目の視力がほとんどない選手だ）は、オリンピック後、ジャリードの推薦でNRLのキャンベラ・レイダースと長期契約を結んだ。情けは人のためならず、だ。

次は、ピオ・トゥワイをどうするかだった。妻を失ってから間もなかったが、ピオはすでに別の女性とつき合い始めていた。イギリス人の感覚からすると驚きだが、オセアやロパティは平然としている。そう、これがフィジー人の価値観なのだ。嵐を乗り切り、被害を受け止め、前に進む。暗闇に引きこもらず、夜明けに向かって歩き続ける。

だが同時に、ピオは酒を飲むようにもなっていた。もともと、率先して厳しい練習をするタイプではない。激しく動くのは、練習や試合の展開上、そうせざるを得ないときだけだ。僕はそれまで、誰かが体力テストの最低基準を満たせなかったら、連帯責任として全員にダッシュなどの罰を与えていた。だがピオのときはそうしなかった。深い悲しみを体験していたピオに、さらに精神的に辛い思いをさせたくはなかったからだ。僕たちはピオを励まし続けた。食事を改善するように働きかけたし、十分な医療も受けさせた。歯科医にも連れて行った。専門家のところで足のサイズを正確に測り、動きやすく怪我をしにくいラグビーシューズもつくった。電話で金を無心されたときも、基本的には断ったりはしない。とにかく、ベストの状態のとき、とてつもないプレーをするピオには、ピッチで力を発揮してほしかった。

規則に例外をつくったら、チームには正直に伝えなければならない。僕たちは、ピオが体力テストの基準を満たしていないことを隠さなかった。ピオにとってそれが無理なのは明らかだった。僕は全員に伝えた。これがピオの現状だ。ブランクの後、調子は取り戻しつつあるし、自己記録も更新している。でも、君たちと同じレベルには達していない。それでも、ピオは攻撃で大きな仕事をしてくれる。それはチームにとって必要なものだ。だから、ピオはチームに留まっている。

とはいえ、最低限の基準は必要だった。他の選手はヨーヨーテストで二〇から二一のレベルを目標にしていたが、ピオの場合は一六に設定した。ただしこれは一五人制のチームの選手よりは高い数値だ。そしてこれだけの体力があれば、ピオは三日間のオリンピックを戦い抜ける。短距離走のテストはピオにとっては特に重要ではない。八〇メートルを全力疾走してトライを決めるような選手ではなく、攻撃の口火を切るような創造的なプレーが持ち味だったからだ。

メンバー選考

フィジーのメディアにも正直でなければならなかった。大会が近づくにつれ、フィジーサン紙とフィジータイムズ紙には一日に一二ページもセブンズの記事が載るようになる。大量の紙面を埋めるために、記者はネタに飢えている。少しでも悪いニュースを漏らせば、あっという間に記事になってしまう。練習の現場に記者を招き入れないと、あることないことを書き立てられる。だが一線は引いておかないと、歯止めが利かなくなる。僕は記者たちに伝えた。月曜の朝刊に載せるネタがないからといって、日曜の深夜に電話をするような真似はしないでくれ。木曜は、練習後にインタビューに答える。出鱈目な記事を書いた記者は、次からは招待しない。

キャンプの最終週、新聞は僕にとって便利な道具にもなった。モンペリエでプレーするサミ・ヴィリヴィリが、オリンピックを前にしてチームに戻ってきたが、セブンズを戦うための体力を欠いていた。僕が記者にそのことを漏らすと、それはさっそく記事になった。サミは翌朝、朝早く起きて自主練習をしていた。

リオでの対戦相手を分析して、敵の裏をつくための戦術も練った。アメリカに対しては、タックルでボール保持者を倒した後のブレイクダウンと呼ばれるプレーの対策が必要だった。このチームにはボールを持つと驚異的なランニングを仕掛けてくる選手が何人もいた。こうした選手たちを止めるための最善策は、相手が全速力で走っている状態のときにタックルをするのではなく、ボールの出所を押さえることだ。ブレイクダウンではボールを奪うために自軍の選手を送り込むことができるが、倒れた選手へのチャージはルールで厳しく制限されているし、タイミングのミスやレフリーの解釈一つで反則をとられてしまう。反則を取られてしまえば相手にボールの所有権が渡ってしまい、味方の選手がシンビンを食らう可能性もある。だから僕たちは、カウンターラックを重視する戦法をとることにした。倒れた相手の先にいる選手たちをラックで押し込み、それからボールを奪うのだ。

南アフリカに対しては、別の守備システムを計画した。ロングキックを多用してくる相手に対処するために、ラインの後ろにさらに二人の選手を置くという作戦だ。また、ボールがタッチラインを割った後のラインアウトのプレーにも変化をつけた。通常は、なかに投げ入れられたボールを各チーム三人ずつの選手が奪い合う。だが僕たちはそれを二人にしたり、四人にしたりして、あるときはスペースを絞り、あるときは空けた。狙いは、相手を戸惑わせること。

キャンプに招集したのは二一人。練習上、これが最適な人数だった。リオには一三人しか連れて行けないし、そのうち一人は、試合には出場しないリザーブになる。これ以上の数を呼んだところで、この二一人にない要素は得られないと判断した。

僕は選考方法をシンプルにした。七つのポジションにつき三人の候補を立て、一番手、二番手、三番手と序列をつけるのだ。選手はいくつかのグループに分けられた。オセア・コリニサウ、ジェリー・トゥワイ、セミ・クナタニのようなチームの中心選手。普段は海外のクラブでプレーしていて、オリンピックのためにチームに合流した、グラスゴー・ウォリアーズのレオネ・ナカラワ、トゥーロンのジョシュア・ツイソバといった選手。キティオネ・タリガ、マスヴェシ・ダクワカといった伸び盛りの若手。さらに、アリベレティ・ヴァイトカーニなどの、彗星のように現れた新人選手。アリベレティは、蹴って良し、走って良しの選手で、敵をぶっちぎるスピードで走り続けることができる。キャンプに合流した時期は遅く、身体も疲れていた。だが一日三食をきちんととり、精製された白い炭水化物や砂糖を使った食べ物を避け、大家族と同部屋で眠っていたために物音で数時間ごとに目を覚ますのではなく、静かな寮で一晩じゅうぐっすり睡眠がとれるようになると、たちまち体力を向上させた。激しい短距離走のあとで、アリベレティほど素早い回復を見せる選手もいなかった。

三番手の選手は、そう位置づけられていることを自覚していた。外されることの不安から、他のメンバーとのあいだに軋轢が生じてもおかしくない。だがこの七人は最後まで諦めずにメンバー入りを目指して全力を尽くし、チーム内に健全な競争をもたらしてくれた。メンバー発表の期日は事前には公表しなかった。それはある日の練習後かもしれないし、週末かもしれない。残酷に聞こえるかもしれないが、それが僕たちにできる唯一の方法だった。コーチ陣は選手ができる限り力を発揮できるようにサポートし、チャンスを与える。仮に選ばれなかったとしても、自分の力不足だと思ってもらえるように。

問題は、逆にトップレベルの選手から起こった。

サヴェ・ラワザはこの二年間でチームでも随一の印象を残してきたとも言える選手だった。オリンピック後には、好条件で契約を結んでいたロンドンのサラセンズでプレーすることが決まっている。だがジョシュア・ツイソバからポジション争いを挑まれると、正々堂々と競うのではなく、嫉妬心をむき出しにするようになった。ピッチでも身勝手な振る舞いが増え、チームのためではなく自分のためにプレーし始めた。たとえトップクラスの選手でも、間違った方向に進めば落ちていくのは簡単だ。一度はレギュラーを約束されたような立場にあったサヴェは、自らを落選側に追い込んでいった。

コーチ陣は、話し合いを欠かさなかった。ロパティ、ナザ、オセア、ウィリアム、キックコーチのジェレミー・マニング。場所は、オフィスのホワイトボードの前ではない。食事時や、コーヒーを飲みながら、ピッチの芝生に座りながら議論をする。選手に不要な苦しみは与えたくなかった。だからメンバー入りはないと判断した時点で、選手には速やかにそれを伝えて、期待が引き延ばされたり、落胆が大きくなったりしないようにした。選手全員に、単純なメッセージだけを伝えていた――身体によい食事をして、真剣に練習に取り組み、生活態度を乱さないこと。

だが、脱落していく者もいた。ピオは、このチームと歩んできた道のりに終わりのときが近づいていることを予感していた。もう何年も、鮮やかなオフロードパスを披露し続けてくれていたが、チームには今、同程度のパス能力を持ち、コンディションの良い選手がいる。

現実を直視するのは、耐えられないことだった。

「ベン、ピオの様子がへんだ。見に行ってくれ」

ある日、そう言われて寮の部屋に駆け込んだ。ピオはベッドの上で震え、白目を剝きながら、悪魔に取り憑かれたと叫んでいた。まともに会話ができない。救急車を呼び、スバの病院にそのまま二日間、入院させることにした。

病院のピオを見舞った。弟のジョシュア・ツイソバの調子が良いことが、プレッシャーになっていたのではないかと思った。ピオは眠れないと言った。外に出て看護師と話をした。二時間おきに様子を見ているが、いつも眠っているということだった。僕は、あらゆる検査をしてほしいと頼んだ。医師は、精神科医に診てもらうべきかもしれないと言った。

数日後、ピオはキャンプに戻ってきた。一緒にビーチを散歩しながら伝えた。起きてしまったことはしかたがない。今回の件を選考の材料にしたりはしない。トレーニングに戻って、自分の力を示してくれ。

五日間、練習を続けたところで、再び寮に呼び出された。同じ光景が待っていた。ピオの身体は震え、白目を剝いていた。

もう十分だった。ピオもわかっていた。ピオは他の選手のほうが優れているためにメンバーから外されそうになっているのを自覚していて、そのために言い訳を見つけようとしていたのだ。そしてフィジーのスポーツ史上最大の挑戦を目前にして、国の英雄になり、島の伝説になる機会をふいにしてまで、自分を貶めるような行動を無意識のうちにとったのだ。

もちろん僕は同情していた。自分がピオと同じ立場なら、耐えられた自信もない。僕はラグビー選手としてのピオが大好きだった。ピオが手のつけられないプレーをしているとき、サイドライン沿いに寄ってきた相手のコーチに、「一人だけ別次元だ」と嘆かれたものだ。振り返れば、僕たちはピオを二〇回も大会に出場させてきた。それは、その時期のピオにとっては多すぎたのかもしれない。ピオは僕たちの物語には不可欠の存在だった。だけど、最終章には出番はなかった。すべてのストーリーが、ハッピーエンドになるわけではない。

決断

選手にとって過酷なこの時期は、コーチとしても容赦のない日々だった。気がつくと、一日に一六時間から一七時間も働く日が続いた。それが仕事だという感覚は希薄だったし、チームのことを始めるとすぐに没頭してしまう。それだけの労力を費やす価値のあることをしているという実感もあった。家に戻り、ナタリーがスバで他の外国人と夕食会を楽しんでいることがわかるとほっとした。そのほうがナタリーにとっても楽しいのだろうと思った。でも僕は気づいていなかった。こんなふうに別々の時間を過ごす夜が積み重なることが、二人にとって何を意味しているのかを。僕たちは航海の時刻も経路も違う、二艘の船だった。

ナタリーはフィジーでの日々を忙しく過ごすようになっていた。スバの病院で、入院中の患者に台車で物資を届けるサービスを始めたのだ。必要なものが足りなくて困っている寝たきりの患者のところに、ティッシュペーパーや小さなシャンプーボトル、〝ロティ〟と呼ばれるパン、ケーキなどを乗せた台車で訪れる。感謝されるし、やりがいもある。

ナタリーは、フィジー人退役軍人のイギリス人の妻とも親しくなっていた。夫のジョニーは一九六一年にイングランド軍にフィジー人として初めて入隊した二〇〇人強の兵士の一人で、同期の兵士たちで組織する「ユニオンジャック２１２クラブ」の誇り高きメンバーだ。入隊時は全員一〇代の若者で、年金を最大限に受けとるために二二年間の兵役を務めた。収入はヴィチレブの実家に仕送りし、パシフィックハーバーの家も買った。ジョニーとは簡単なゴルフもしたし、ビールを飲みながら驚きの冒険譚に溢れた昔話を聞かせてもらったりした。でもそれは結局、ナタリーと別の場所で違う時間を過ごすことにもなった。

僕がプライベートで幸せな気持ちや寛ぎを感じたのは、隣人のオーストラリア人老夫婦、ダグとロビンと近くの砂洲にボートで軽い釣りに出かけたり、友人と呼ぶべき関係になっていた大家の家で、その家族たちと毎週木曜の夜にカレーをご馳走になったりすることだった。かつて愛だったものがゆっくりと失われていくことへの悲しみ、それに伴う孤独。僕はそんなものを抱えながら、チームを大きな挑戦に導く仕事にのめり込んでいった。

僕はパシフィックハーバーで目覚めると、アップライジングで合宿所に車を走らせ、チームを指導して一日を過ごした。金曜の朝にシンガトガでの砂丘の練習を終えると、選手たちは週末を過ごすために家に帰っていく。そんなふうにしてまた一週間が過ぎていった。キャンプの締めくくりとなる最大の山場は、三日間かけて一七試合を実施した紅白戦。僕はポジション争いをしているライバル同士を敵と味方に分けて戦わせた。ジョシュア・ツイソバ対サヴェ・ラワザ、セミ・クナタニ対レオネ・ナカラワ。

一日目は六試合。石にかじりついてでもメンバー入りしたい選手たちは、激しくぶつかり合った。正式な審判を招いて笛を吹いてもらった。僕とロパティは選手を入れ替え、全員に出番がくるようにした。二日目には六試合。プレーのスピードとタックルの凄まじさは目がくらむようだった。最終日には五試合。

この時点で、僕は登録メンバー一三人のうち一二人を心のなかで決めていた。問題は、サヴェ・ラワザをどうするかだった。サヴェの状態は上がっていたが、身勝手な振る舞いをやめてチームプレーをしてくれるかどうかが気がかりだった。チーム内には、まだこうした問題の種が残っていた。だからこそ、ロパティとウィリアムが探ってくれる内部事情が役に立った。「ベン、この選手の今日の練習態度にはたしかに怠慢なところがあった。でも彼は村でちょっとした問題を抱えていて、そのことで悩んでいたんだ」といった具合に。

さらに、オセアがチームの良心ともいうべき存在になってくれた。イサケ・カトニンバウには素晴らしい技術があったが、ピッチ外で若い選手に良くない影響を及ぼすことが懸念された。だから僕は最終的にメンバーから外す決断を下した。それを知ったオセアは、ジェサ、ジェリーと一緒に僕のところに来た。イサケはあんなにいい選手なのに、本当に外すのか、と。僕は理由を説明した。たしかにイサケは優れた選手だ。でも、ピッチの外でいつトラブルを起こすかわからない。オリンピック本番では、その類いの問題でチーム全体の規律や士気を乱すわけにはいかないんだ。三人は納得してくれた。意見を言いに来てくれて嬉しかった。

道で会う誰もが、メンバー選考についての自分の考えを持っていて、理想のスタメンや地元出身の贔屓の選手、ダークホースの選手を薦めてきた。一〇年前に活躍し、フィジーのセブンズ代表で通算一〇五度のトライを決めたウィリアム・ライダーを呼び戻すべきだと強く主張する記者も何人かいた。

僕はウィリアムが三四歳で、もう何年も真剣なトレーニングをしていないと反論しなければならなかった。

暖かい七月の夜に、チームの全員に選考結果を告げた。アップライジングの部屋に、ロパティ、ウィリアムと一緒に座り、選手を一人ずつ呼んだ。僕は現役時代、選手として選考結果を告げられる立場になったことが何度もある。その経験上、実感していることがあった。選考から漏れたことを知らされた選手は、頭が真っ白になってしまう。それでも、選手には理由をきちんと伝えなければならない。そのときは、絶対に正直でなければならない。本心ではなく上辺だけで慰めるような言葉を伝えようとすれば、選手はそれを見抜き、気分を害してしまう。君は素晴らしかったが、他の選手のほうが優れていたと、嘘偽りなく伝えなければならない。僕は自分の身振りで選手に誤解を与えてしまわないように気をつけた。

選手の意外な反応には驚かされた。オセアは確信が持てないという顔で入ってきた。リストの一番上に迷わず名前が挙げられる選手であることなど、まったく知りもしないように。サミ・ヴィリヴィリも、ライバルのジョシュア・ツイソバが合宿で存在感を示していたこともあって、不安げにやって来た。普段はスタッド・フランセ・パリでプレーしていて、遅れてチームに合流してきたフランスのトップ14のスター、巨漢ウイングのワイセア・ナヤザレヴには、選ばれて当然だという自信が感じられた。だが僕の目には、練習への取り組み方も、プレーそのものも、元からチームにいた選手を上回っているとは思えなかった。ヴィリアメ・マタを推薦する人は僕の周りにはいなかった。ピオのように身を翻して敵のあいだをすり抜ける技術もなければ、ネマニ・ナガサのようなスピードもない。つまり、フィジーの選手らしい特徴があるわけではなかった。だが、オフロードパスは確実で、敵にペナルティを与えないクリーンなプレーができ、コンディションが抜群に良かった。だからブラジルに連れて行くことにした。ピオ――哀れなピオは、ひょっとしたらまだ可能性はあるかもしれないという顔をしてゆっくり部屋に入ってきた。外れたことを告げると、世界全体を背負ったみたいに重い足取りで出て行った。

落選した選手は、随時、合宿所を去ることになる。外に酒を飲みに行く者もいた。ナヤザレヴもその一人だった。僕は彼らを微塵も責めたりはしなかった。みな、ここまで我慢を重ねてきたのだ。特に海外組の選手は大変な思いをしていたはずだ。ロパティは静かに言った。飲みに行くのはいいが、泥酔したら宿舎には戻らず、村で眠ってくれ。

愛すべき選手たちに辛い知らせを伝えなくてはならなかったが、僕は動じてはいなかった。選手全員のことを大切だと感じている限り、あとは私情を挟まずに正しい決断を下せばいい。どれだけ彼らのことが人間として好きでも、これまでどれほどの努力をしてきたかを知っていても、どれだけ過去に活躍していたとしても、それらを判断材料にすべきではない。大切なのは、今の状態に注目すること。だが、それが常に簡単だとは限らない。イングランド時代は、選手の心情に気を遣いすぎ、過去の実績に偏った選考をしたこともある。そのツケは、大きな大会のここ一番の試合で払うことになった。いずれにしても、フィジーの選手はそれまでにもさまざまな不運を体験してきた。誰の脛にも傷があった。選ばれないこともあれば、選ばれて金を稼げることもある。だから村人を食わせることができる。そんな空気も感じられた。

公式なメンバー発表は、スバの会場で盛大に行われた。首相であるフランク・バイニマラマが司会を務め、テレビで全国中継された。誰が選ばれたかは建前では秘密にされていたが、ココナッツワイヤレスですでに筒抜けになっていたし、どの選手の親が来ているかを見れば一目瞭然だった。

僕は嘘をつかなければならなかった。ピオを守るために、選ばなかったのは怪我のためだと言った。イサケにも負傷を理由にしてほしいと頼まれた。事実と異なる報告をすることに抵抗はなかった。わずかなクッションが、辛い衝撃を少しでも和らげてくれるのであれば。

どこを見ても、そこにノエルがいる気がした。

　僕は大人になり、フィジーにいた。二人が一番仲が良かったときから、三〇年が経っている。ノエルがあっという間に転落したのを見てきた僕は、フィジーの選手たちにも同じことが起きていると感じていた。選手たちはノエルと同じように道の途中で罠にはまり、いったん足を滑らせるとノエルと同じような速さで急斜面を転がり落ちていった。

　ノエルはきっと何にでもなれたはずだ。サッカー選手にも、ラグビー選手にも、コーチにも。僕は結局、自分がなりたかった職業に就いていた。

　家の外のパティオに置いたビーズクッションに座り、夜明けの光を眺めながら、今日はどんな練習をしよう、どんな変化を取り入れてみようかと考える。心のなかで、もう一人の自分が語りかけてくる声がする。

　ノエルを救うためにできたことはあったのではないのか？　手を差し伸べようとしたのに、ノエルが戻ってこなかったのはなぜなのか？　僕がフィジーの夜明けを見ているいまこの瞬間、ノエルはどこで何をしているのだろう？

　あのときの僕は未熟で、ノエルが変わり始めたことが怖くてたまらなかった。ノエルがつるんでいる不良たちは、ハイストリートの壁に他の子供たちを押しつけて金を巻き上げていた。自分も手を出されるのではないかと不安だった。なかに割って入ってノエルを助け出そうとするだけの腕力も度胸もなかった。

一七歳と一八歳のときに、再びノエルを立ち直らせようとした。でも、たぶんそれは遅すぎた。僕は大きな公立学校で過ごした数年でいろんな人間を見てきて、賢くはなっていた。学校の生徒総代は喧嘩で命を落とし、ゼーブルッヘ港でのフェリーの転覆事故で親族を失ってから非行に走った生徒もいた。サッカーの試合があった日にフーリガンとなって暴れたり、万引きをしたり、フェルサムの少年院に入れられた者もいる。だから以前よりは世の中のことが少しはわかっているつもりだった。でも、僕はノエルを説得できなかった。同じ世界に足を踏み入れることもできたが、そうはしなかった。溺れてしまうのがわかっていたからだ。僕は我が身を優先させた。

大人になると、子供のときのような友情は築けない。あの頃みたいに濃密な時間は過ごせないし、同じような冒険もできない。学校前にノエルと夢中になって卓球をしたあの一時間半みたいな時間は、もう味わえない。

年を取れば、人は慎重になり、複雑になっていく。子供のときみたいにお互いが成長し、日々変化しているのではなく、もう形が固まっているので、ぴったりと相手に合わせることが難しい。僕はノエルと一緒にいたときのように選手たちと一緒にいた。選手たちのなかにノエルを見ていた。ノエルに対してと同じように選手たちに接した。

ノエルの声が、僕の心のなかでずっと谺していた。その声が消えることはなかった。

フランクの後ろに立ち、選手が一人ずつ名前を呼ばれ、ステージに上がるのを見ていた。これからの挑戦に思いを馳せつつも、今日までの歩みも振り返らずにはいられなかった。乗り越えてきたこと、成し遂げてきたことが頭に浮かぶ。フランクは太陽のように輝き、サメの神〝ダクウェカ〟と同じ笑みを浮かべていた。テレビカメラが向けられ、サポーターが淡いブルーの国旗を振っている。

オセア・コリニサウは、僕たちのキャプテンだ。選手全員の兄であり、チームの大黒柱。みんなのために身を粉にして走り続ける男。一度はラグビーを諦めかけながらピッチに戻ってきた、牧師の息子。

キティオネ・タリガは、途中からチームに加わった新進気鋭の有望株。トライスコアラーで、ピッチの外ではいつも笑っている。誰もが閉じた扉しか見ていないときに、隙間を見つけ出す若者。

〝サヴェ〟ことサヴェナザ・ラワザは、豊かな才能と生まれ持ったパワーが売りで、ブア島の大男を意味する、〝ブア・ツラガ〟と呼ばれている。オリンピック後はロンドンのサラセンズでプレーすることが決まっている。コーチの僕を最後まで悩ませながら、なんとかメンバー入りを果たした。

ジョシュア・ツイソバは、所属クラブのトゥーロンと二年にわたる交渉の末にようやくチームに参加すると、迫力満点のプレーで同じポジションのサヴェにプレッシャーを与えた。〝サミ〟ことサミソニ・ヴィリヴィリは、他とはひと味違う滑らかな動きで、ディフェンスラインを鋭い斧のように切り裂く。ナンディのレストランで働く母親と、腹を空かせたきょうだいたちのために頑張る。

ヴァテモ・ラヴォウヴォウは、てんかんを患いながらもプレーする、実力を過小評価されていた選手だ。攻撃時の潤滑油となり、餌を撒いて敵をおびき寄せる、チームの漁師《カイワイ》。

ジェリー・トゥワイは、泥まみれになって裸足で遊び、道端で魚を売っていた虫歯だらけの少年だったが、チームの大型フォワードとバックスをつなぐ天才になった。変幻自在の動きでゴムボールのように向きを変えて走れば、誰も追いつけない。

次はフォワード陣。

アピザイ・ドモライライは大の馬好きで、ボールを持って突進すればタックルで倒すのは至難の業だ。隠れて煙草を吸うような悪さもするが、シンガトガの砂丘でも元気に笑顔を浮かべているほどタフな男だ。

ジェサ・ヴェレマルーアは、カットと呼ばれるサイドステップ・フェイントの達人。片手でボールを持ち、もう一方の手で槍のようなハンドオフで敵のタックルをはね除けながら、猛烈な勢いで斜めに走り込む。

レオネ・ナカラワは空の支配者で、敵を引き寄せ、跳ね返す、キックオフのターゲットだ。

ヴィリアメ・マタは正確さとパワーが武器で、ココナッツの木のような長身から手を伸ばしてボールをキャッチする。そのステップと加速は他のどのフォワードにも真似できない。

セミ・クナタニはチームにとってNBAのスター、レブロン・ジェームズのような存在だ。五人の育ての母の愛情を受けた野生児で、普段はウッドストックにいたヒッピー・キャンパーみたいに寛いでいるが、ピッチでは水中爆雷みたいに爆発する。

マスヴェシ・ダクワカは手足を自在に駆使してプレーする、片目の視力にハンディを背負ったプレーヤーで、普段は今のことだけ考えているような若者だ。

人事を尽くして天命を待つ

オリンピック目前のキャンプを迎えるにあたり、僕は選手たちに甘い物や白いパンを食べるのを一切禁止した。それは一種の賭けでもあった。長いあいだの訓練によって、選手の体力は向上している。それは漲るエネルギーや理想的な体組成、逞しい体つきを見れば明らかだった。ストレングス&コンディショニングコーチのナザ・カワニブカは素晴らしい仕事ぶりで、僕の望み通りに選手の状態を高めてくれていた。だけど僕は、砂糖が含まれた食品を多くとると、選手の身体のキレが悪くなる、日中に眠気を覚える、集中力が低下するといった症状が見られると感じていた。フィジー人の身体は鍛えればすぐに引き締まる。でも、簡単に太ってしまう体質でもある。その最大の理由は甘い物とパンだ。これは心構えの問題でもあった。〝できることは何でもする〟というメッセージを選手たちに伝えられるし、オリンピック本番の宿泊先の食堂で僕たちが皿の上に乗せる物に神経を使っているのを見れば、敵にとっても脅威になるだろう。今回のフィジーはいつもとは違う。奴らは本気だ、と。

とはいっても、我慢できずにこっそり甘い物を食べる選手は出てくるだろうし、後で大きな反動も生じるだろうとは思っていた。最初の二日間、選手たちは好きな物を食べられずにつまらなそうな顔をしているだけだった。その後、合宿所の近くにあるガソリンスタンドのスパイから、店でチョコレートや菓子を買っている選手がいるという報告が入ってきた。

僕はフィジーでの生活を通じて、この店のスタッフと親しくなっていた。ここは僕にとって、ミネラルウォーターをケースで補充したり、ガスボンベを交換したり、空港に行くためのタクシーを拾ったりする場所だった。併設されているこぢんまりしたカフェでコーヒーを飲みながら雑談を楽しむこともあった。不要になったラグビーボールや用具をあげたりもした。ラバサでの看守のチームとの試合で足の骨を折られたドナシオ・ラトゥンブリが店で酔っていると知らせてくれたのも、ここのスタッフたちだ。だから、僕は今回も協力を仰いだ。「チームではいま、身体に悪い食べ物を禁止してるんだ。君たちの店の売り物にケチをつけるわけじゃないけど、選手たちがチョコレートやスナック菓子といったジャンクなものを買いに来たら、僕に知らせてくれないか?」。これは最強のココナッツワイヤレスになった。誰が菓子を買いに来たかがわかるだけではなく、選手たちに僕が店の外でも目を光らせていることを示せたからだ。

それは穏便な独裁体制みたいなものだった。オセアが初日の夜に電話をかけてきた。甘い物がどうしても食べたいという。

「いいだろう。でも、これは一度しか使えないジョーカーだ。これっきりだぞ」

フィットネスの状態がとても良いので見逃してしまいがちなのだが、オセアはかなり炭水化物に偏った食事をしていて、あまり自覚しないまま、白いパンを大量に食べていた。こうした食事をしていると、血糖値が急上昇して、身体に悪い影響が出てしまう。僕は選手に、甘い物や糖質を大量にとることの影響に振り回されてほしくはなかった。安定してエネルギーを発揮してもらいたかった。

選手を管理するだけではなく、上にも気を遣わなければならなかった。首相のフランク・バイニマラマはもう僕のことを信頼し、必要なことをさせてくれるようになっていた。細かく管理はされてはいたものの、チームを率いることを僕に任せてくれていた。その代わり、僕はフランクがチームに関わっているという気分を味わってもらった。アップライジングの合宿所に招き、国のために頑張る選手たちに励ましの言葉をかけてもらう。ウォーミングアップの様子を見せ、チーム状態の良さを確認してもらう。何本か選手とパス交換をさせ、日頃からタッチラグビーをしているからまだまだ身体を動かせると実感してもらう。円陣を組んだ選手たちを指揮してロトゥを一緒に歌ってもらう（これほどマッチョな賛美歌もなかった）。フランクは自尊心を満たせるし、新聞記者は首相と国のヒーローたちが一緒にいる写真を撮れる。誰もが幸せになり、誰もが絆を深められる。

練習では日々進歩が感じられた。パレートの法則の通り、練習全体の二〇%が、成果全体の八〇%に結びついているように感じられた。大会が迫っていたので、一対一のタックル、ラインアウト、キックオフとキャッチなどの実践を意識した練習を重視した。チームは身長二メートルのレオネ・ナカラワ、一九八センチのヴィリアメ・マタ、一九五センチのセミ・クナタニと長身選手に恵まれていた。全体でうまくポジションを取り、これらの背の高い選手たちがボールの落下地点にいるようにすれば、アメリカやアルゼンチン、南アフリカといったキックを多用するチームにも対処できるだろう。幸い、激しい練習をしているわりには怪我人はほとんどいなかった。選手たちにはリオでの熾烈な戦いに備えるためのハードな練習をしてほしいと願いつつ、コーチが夜安心してぐっすり眠れるよう、包帯を巻いた姿は見せてほしくはないとも思っていた。

毎回のセッションの度に練習の精度を上げ、研ぎ澄ませていった。ペースを速め、テンポを上げる。リオに到着した後は、トレーニングの機会はあと二回しかない。そのセッションは、それぞれ四〇分以内で終わらせるつもりだった。必要な練習はすべて終わっている。あとは皿の回転が落ちないように、少し弾けばいいだけだ。

僕は、自分のエネルギーも管理しなければならなかった。炭酸飲料やチョコレートには手を伸ばさず、炭水化物も控えた。ストレスになるようなことは避けた。空き時間には、ノートパソコンで統計データを延々と眺めたり、携帯電話で無意味なグーグル検索をしたりしないように気をつけた。ラグビーとはまったく関係のないテレビドラマのＤＶＤを観たり、午後九時にプールに飛び込んで仰向けで水に浮かび、蚊の羽音を聞いたりマングローブ林から姿を現した夜空に浮かぶコウモリの群れを眺めたりした。日没前に一日の仕事が終わったときには、家の裏手にあるパシフィックハーバー・ゴルフクラブまで歩くこともあった。僕に気づいた人たちから、理想のスタメンについてのお節介なアドバイスをされることもあったが、たいていは一人でバギーに乗り、森に囲まれたフェアウェイとグリーンで静かにプレーを楽しめた。ボールを打ち、落下地点まで歩き、ホールにボールを落とし、またスタート地点に戻る。そんなふうにして無心で過ごすのは、悪くない時間のつぶし方だった。

そのときの僕は、プレッシャーで押しつぶされてもおかしくはなかった。あと一カ月で、この三年間で取り組んできたことのすべての答えが出る三日間がやって来る。長いあいだ夢に描いてきたことが、実現するか、泡と消えるか、だ。

同時に、その終わりの日が来てしまえば、ともかくすべてから解放されるのだという感覚もあった。クライマックスは八月一一日に訪れる。人事を尽くし、後は海に浮かぶココナッツの殻のように運を天に任せるしかなかった。

ベストな仕上がり、最高のムード

リオには、ケニアのチームがしていたように直行もできたし、イギリス連合《GB》のチームがしていたように、そこから北に飛行機で一時間のところにあるベロオリゾンテで直前キャンプを張るという手もあった。でも、僕は何か違うことをしたかった。リオに早めに入り、選手村で一二日間も過ごすのは、神経が休まらない気がした。きっとそこの空気はオリンピックの狂騒で落ち着きがなく、誰がメダルを獲るかという噂で持ちきりだ。食堂には無料のマクドナルドまである。かといってベロオリゾンテに行けば、そこにはイギリスチームがいる。僕がUKスポーツにそのまま勤めていれば、世話をすることになったはずのスタッフと同じ場所で過ごさなければならない。まるで自分の墓場の近くを歩いているみたいで嫌だ。

結局、直前キャンプの候補地をアルゼンチン、チリ、ペルーに絞り、チリを選んだ。サンティアゴにはニュージーランドのオークランドから直行便が出ているし、リオへもそう遠くない。高度は少し高く、オリンピックの熱気はない。サンティアゴ、ラ・レイナ地区のグレンジ・スクールという学校には、ニー・ヒルというイギリス人のラグビーコーチが勤めている。イングランド時代にアドバイスのメールをもらったことがあり、それ以来何度かやりとりをしたことがあった。チリでキャンプを張りたいと連絡すると、すぐに行動をとってくれた。学校のグラウンドを使わせてくれ、良いトレーニング施設を見つけてくれ、チリラグビー協会にかけあって支援を要請してくれた。こんな不思議な巡り合わせや温かいもてなしに恵まれることが多いのは、きっとフィジーのセブンズが世界じゅうの人々に愛されているからなのだろう。

こうして、僕たちはオリンピックのトレッドミルから外れることができた。ココナッツワイヤレスもオフにできた。ホテルの個室に泊まり、レストランでは砂糖や炭水化物抜きの料理をつくってもらった。ピッチでは強度の高い練習を集中して一時間だけ行った。二時間半もの激しい練習をしていたニュージーランドや、ごく軽い調整しかしていなかった南アフリカとは対照的だ。そこにいるのは一三人の選手だけで、気を散らすものは何もない。絆はさらに深まった。アンデスの山に、軽い観光にも出かけた。膝までの深さの雪が積もっていた。選手のうち約半分は、雪を触るのは初めてだという。雪合戦をして、ひとつかみの雪を誰かの背中に押し込んではしゃいだ。こんなふうにオリンピックの本番を迎えようとしているチームは他になかっただろう。

僕たちはとてもリラックスしていたので、リオに到着したのは、開会式を控えて選手村の入場が締め切られる二時間前だった。最後に着いたので、他のチームよりも到着後のストレスを味わわなくてもすんだ。選手村は、バーラ地区にあるメインのオリンピックパークの西に数キロ離れた、新築の高層マンション群。オーストラリアの選手団が一棟をほぼ占有し、その最上四階をフィジー、サモア、トンガ、ナウル、クック諸島のオセアニア諸国の小国が分け合っていた。

フィジーのオリンピック協会は一週間前に到着していた。表向きの理由は選手団を迎え入れるためだったが、トップスポーツ界での経験が皆無なので、修学旅行のようなお粗末な準備しかできていない。あちこちで混乱が起きていた。アントニオ・カルロス・ジョビン国際空港に到着した僕たちには水が用意されておらず、開会式の入場チケットはチームの人数分に足りなかった。協会の事務所の机の下には大量のカヴァの箱が隠されていた。儀式のためだと説明されたが、象の群れが儀式をできるくらいの量だった。

フィジーがそれまで一度もオリンピックでメダルを獲得したことがなかったのは、単に小さな島国だからではない。事務方はみんないい人たちだったが、アスリートに力を発揮させるために、どんな準備やサポートをすればいいかという考えや具体策を、まったく欠いていた。ドイツやオーストリア、ベルギーの選手たちは、選手村の広大な敷地を移動する際に足を疲れさせないように、母国から持ち込んだ自転車を利用していた。

一方のフィジーでは、用具が試合直前まで届かず、おまけに誤って違うメーカーのものを用意してしまい、ロゴ隠しのテープが貼られている始末。僕たちに割り当てられた選手村の寝室に至っては、一部はまだ準備が整っていなかった。カーテンもなく、トイレは紙を流すとすぐに詰まった。上階の誰かが朝に慌ただしくしていると、下階の部屋には騒々しい足音が筒抜け。きちんと準備をする国では、数週間前に現場に来てこうした問題を確認し、すべて対策を打った。だがフィジーのオリンピック協会の面々は、二〇キログラムのカヴァをうまく運び込めたことを大喜びしている有様だった。

それもあって、僕は開会式の数日後にラグビー競技が始まることにほっとしていた。余計なことに悩まされるリスクが少なく、直前キャンプのコンディション、雰囲気のまま試合に入っていきやすいからだ。今、チームにとって大切なことは心を一つにすること。携帯電話は一箇所に集め、開幕戦が終わるまで使えないようにした。毎日、全員で広大な食堂の奥のテーブルに座り、一緒に朝昼晩と食事をとる。それはみんなでゆっくりと話をする〝ダラノア〟の時間にもなった。ラルフローレンのチームブレザーを着たアメリカのチームもいた。テニスのラファエル・ナダルが笑顔で近くを歩いていたので、一緒に写真を撮ったりした。

選手村は気が散るものでいっぱいだった。食事もコカ・コーラも無料だし、見たこともないような長身の女性や巨漢の男性がいた。競技に特化した体型の他競技の選手もいた。肩や胸、腕は逞しいのに足が細いのはカヌーの選手、脚は逞しいのに上半身が細いのは自転車競技の選手。ただ、フィジーの選手たちは普段からシンプルな暮らしに慣れているので、こうした環境を楽しみこそすれ、興奮してのぼせ上がったりはしない。

こうして開会式の日を迎えた。フィジーオリンピック協会は、チーム全体で七枚しかチケットを用意していなかった。僕は文句を言った。

「チームは一つだ。開会式に出られる選手とそうでない選手に分けることなどできないよ」

結局、協会はチーム全員分のチケットをなんとか入手した。だけど、僕たちマネジメントチームのチケットはなかった。がっかりしているのを悟られないようにしながら選手たちに言った。

「みんな、開会式を楽しんできてくれ。僕はテレビで見てるから」

開会式に選手を出さないチームもあった。セレモニーが終わるまでの長時間、マラカナン・スタジアムのフィールドで飲み食いもせずに立っていなければならないし、暑く、どこかの国の選手が持ち込んでいるかもしれないウイルスに感染する危険もある。僕たちマネジメントチームも、開会式に出れば選手たちが選手村の部屋に戻るのが遅くなるのはわかっていた。まともな食事もできないだろう。

でも、それはチームプランに織り込み済みだった。生涯で二度とできないかもしれない体験を味わわせてやりたかった。オセアはフィジーの全選手団の代表として、素肌に黒と白の民族衣装を纏い、先頭で国旗を掲げて行進した。オセアは後で、テニス競技に出場するセリーナ・ウィリアムズに記念写真を求められた。

フランクも物々しくリオに到着した。車列の長さは中国の要人のそれを上回っていた。ブラジルで誰かに飲み水に毒を盛られるのを恐れ、フィジーから水を持参していた。僕にもこの水を飲むことを勧めてきた。冗談かと思ったが、本気だった。

二日後には試合が始まる。グループステージ最大の難敵はアルゼンチンだ。国境を越えて北からやって来る大勢のサポーターの後押しを受け、強烈なキックを武器にしたゲームを展開してくるだろう。タフな選手が揃っていて、怯むことなく猛烈な勢いで突進してくる。僕たちはそれを上回るパワーで迎え撃たなければならない。アメリカは良くも悪くもイギリス人コーチ、マイク・フライデー次第だ。マイクは常に自分たちに不利な点はないかとアンテナを張り巡らし、選手に大声で指示を出し、主審と副審に絶えず文句を叫んでいる。開催国のブラジルは……他の二チームに比べれば力は落ちるが、最初の数分は死にものぐるいで攻めてくるだろう。まずはそれを凌がなければならない。

自分ほど落ち着いているコーチはいないという自信はあった。僕はシンプルかつ穏やかに仕事を進めようとしていた。同じ日に数試合を戦わなければならないセブンズの一日は長く、疲れる。朝早く起き、激しい試合をいくつもこなして、遅くに帰路につく。だからコーチは選手が宿泊先に戻ったら、ゆっくり休めるようにスイッチをオフにしてやる必要がある。朝食後に会議室に集めて指示を出したり、夕食後にパワーポイントのスライドを見せながらプレーの分析結果を説明したりしても、選手の疲れが増すだけだ。でもアメリカやイングランド、ニュージーランド、南アフリカはそんなことをしていた。

それは選手のためというより、コーチの自己満足だ。コーチは、自分は何かをしているという気になれる。特に、チームが思うような成績を上げられなかったときには都合のいい言い訳になる。自分はできる限りのことをした、何時間も相手を分析し、問題点はすべて洗い出した、と。でも、いくら分析をしても、選手の心身が十分に回復していなければ意味はない。分析結果を指示されることと、それを実践することはまったく別の話だ。

選手には自立心が必要であり、自分らしく振る舞えるという感覚があることもとても重要だ。周りから認められ、チームの一員だという帰属意識を持ち、みんなと同じ目的に向かって主体的に行動しているると思えなければならない。感じていることを気兼ねなく口に出せ、自分らしく自然に振る舞えるような環境にいることが大切だ。コーチが一から十まで指示をし、機嫌が悪いときはコロッと態度を変えたりしていると、選手たちは自立心や自由を失ってしまう。コーチがテクノロジーを多用し、分析の専門家を雇って、ゲームのあらゆる側面の細かな指示をすると、選手は自分自身で考えてプレーするという裁量権を奪われたと感じてしまう。

フィジーは勝利のプレッシャーを感じている側のチームには違いない。僕たちにとって、金メダルを獲れるかどうかがすべてだった。これまで幾多の苦難を乗り越えてきた。ワールドシリーズでも二連覇を果たした。国ではサイクロン・ウィンストンの被害を受けた何十万人もの人たちが、今日も復興のために頑張っている。

互いを信頼し、シンプルに前に進むことが大切だった。選手村では、選手はツイン、僕はシングルの部屋に泊まった。休憩用の狭いスペースには、洗濯機とテレビが一台、ビーズクッションが二個、置いてある。選手たちの携帯電話は箱に入れてベッドの下にしまった。僕たちは雑談をし、ロトゥを歌い、温かな気持ちで抱擁した。愛情と笑顔が溢れていた。他にはすべきことはほとんどなかった。砂浜で緑色のココナッツを手にしていたアップライジングとは世界の反対側にあるコンクリートのタワーブロックで、余計なことは考えず、ただリラックスに努めた。僕は満ち足りた気持ちでベッドに横たわった。他のチームは間違いなく、この今もノートパソコンの画面を睨んで分析をしているのだろう。

僕たちには帰属意識があった。家族や出身の村とのつながりを感じていた。目的もあった。国のために、それまでフィジーのスポーツ界が一度も成し遂げていないことに挑戦する。安心感もあった。もう自分がメンバーに選ばれるかどうかを気にして新聞記事を読まなくてもいいし、フィジーラグビー協会とも契約を結んでいる。

信念もあった。この数週間、フィジーからサンティアゴ、リオへと移動するにつれ、僕の自信はますます深まっていた。僕たちは勝てる、オリンピックで優勝できる——。これほどの確信を感じたことはなかった。過去にこのチームで挑んだ個々の試合で、今日は勝てる、という自信を覚えたことはあった。でも、今回は僕たちにとって未曾有の挑戦だ。僕はもともと、何かを無闇に信じ込むような人間ではない。ラグビー以外で、未来のことに対して〝絶対に思った通りの結果が得られる〟と確信を抱くことなどない。

それが直感なのか論理的なものなのか、それともその中間にある、〝とにかくただそうなる運命なのだ〟という非現実的な考えなのかはわからなかった。僕は運命など信じない人間だ。人生は自分の意思で切り開いていくものだと信じている。イングランドのコーチを解雇されたときも、それが運命だとは感じなかった。僕はフィジーが勝つことを強く望んでいただけなのかもしれない。あるいは、天上にある大きな力の存在を信じ、必ず大きな報いが得られると疑わない、ロパティやウィリアム、オセアに囲まれていたことも影響していたのかもしれない。

でも、僕が〝運命めいたもの〟を感じていたのは事実だ。自分がなぜこの男たちと苦楽を共にするようになったのか、なぜ一緒にはるばるリオまでやって来ることになったのか、そもそもなぜ最初にフィジーのコーチ募集のツイートに心を動かされたのか、この国のことも、報酬のことも確認せず、半年も給料が支払われない事態になることも知らずに、なぜ突き動かされるようにして南太平洋に旅立ったのか。うまく説明はできなかったが、はっきりとその理由がわかるような気がしたのだ。

その確信は強力だった。だから僕は落ち着いていられた。もし無残にも負けてしまえば、それは自分の将来に暗い影を落とすことになるし、なにより僕の大切な大勢のフィジー人たちを深く悲しませてしまうことになる。その事実を思えば、心配で眠れなくなってもおかしくはなかった。でも、不安などなかった。残念な結果に終わったりはしないとわかっていたからだ。必ず金メダルを手にできる。これほど未来のことに疑いを持たなかったのは、人生で初めてだった。

それはチームにとっても大きな力になった。誰も、負けるかもしれないとは考えていなかった。すべては時が明らかにしてくれる。大丈夫、心配はいらない《セガナレンガ》。こうした考えは、僕たちの周りの人たちにも浸透していった。オフィシャルにも、審判にも。

オリンピック用に一時的に建設されたスタジアムがあるデオドロ地区に設置された大会事務局は、ストレスの多い場所になっていた。他のチームのコーチが、食事や控え室、練習場のピッチなどの不満を告げに、次々と血相を変えて乗り込んできていたからだ。でも僕たちがそこにいた理由は、エスプレッソマシンの質が選手村のものよりもはるかに良かったからだ。フィジーの選手たちはソファに腰掛け、ラグビー以外の話を楽しんだ。事務局に勤めるマジョーリーという女性が、ブラジルのセブンズ女子代表のイザドラ・セルーロと大会期間中にピッチ上でプロポーズをし、受け入れられた。僕たちはそれも祝福した。何の問題もなかった。コーチが「ここの食事はひどい、これじゃあ試合には勝てない」「何もかもツイてないことばかりだ。チャンスはないな」と考えていたら、それは負のエネルギーとなり、選手たちにもたちまち感染していく。ワールドラグビーの審判の責任者、パディ・オブライエンは僕たちと一緒にいるのを好んだ。他のチームコーチたちとは違い、僕たちが何も文句を言わないからだ。審判同士は話をしている。だから無意識にフィジーのコーチや選手は信頼できると感じていたのだろう。そのことが、ピッチで吹かれる笛に影響しないとも限らない。

僕たちは、理想的なチームに近づいていた。とても落ち着いていて、調子の良さも実感し、たしかな自信もある。こんな状態は、スポーツ人生のなかでも一、二度、体験できれば運が良いほうだろう。傲慢ではなく、根拠に基づいた自信がある。落ち着きながら、強い決意に満ちている。僕たちには、戦う準備ができていた。

第一四章

開幕

八月九日、木曜日。最終日の決勝でクライマックスを迎える、リオ五輪七人制ラグビー競技の三日間の戦いが幕を開けた。

僕たちはこの初日、グループステージの二試合を戦う。午後一時半からは、力は落ちるが開催国で地元の大声援を受けるはずのブラジルと、午後六時半からは、危険なアルゼンチンと激突する。デオドロ地区にあるこのスタジアムには、二日前にフィジーのセブンズ女子代表を応援するためにすでに訪れていたので、黄色と緑色の座席や、各国国旗が掲げられた旗竿の列、青い仕切りなどには馴染みがあった。

驚いたのは、僕たちがスタジアムに入る前に行われた試合の結果だった。施設内で知り合いの日本チームの選手、レメキ・ロマノ・ラヴァを見つけ、開幕戦のニュージーランドとの試合はどうだったかと尋ねたところ、勝ったという答えが返ってきた。二〇一五年のイングランドでの一五人制ラグビーのワールドカップで、日本が強豪南アフリカを破ったのと同じくらいの衝撃的な結果だ。思わずレメキを抱きしめた。凄いじゃないか！

そのとき、間が悪くニュージーランドのコーチ、ゴードン・ティッチェンが脇を通りかかり、恐ろしい表情で僕を睨みつけながら足早に去っていった。でも、気にしたりしない。ゴードンだって、同じ立場なら大喜びしていたはずだ。この結果、フィジーがグループステージ三戦を全勝するとすれば、ニュージーランドは準々決勝で僕たちとの対戦を避けるために、グループステージでイギリスに勝たなければならなくなった。この湿度の高い土地で果たすべき復讐のときが、近づいていた。

一試合目の先発メンバーを誰にするかは悩まなかった。相手は最大の強敵というわけではなかったが、ベストメンバーを選んだ。フォワードはジェサ・ヴェレマルーア、セミ・クナタニ、レオネ・ナカラワ。スクラムハーフにジェリー・トゥワイ。その後ろにオセア・コリニサウ、ヴァテモ・ラヴォウヴォウ、サヴェ・ラワザ。フォワードには高さとパワー、バックスには創造性のある選手を揃えた。良いキックのできる選手がピッチ上に三人いて、ベンチにも二人いる。チームには、ほぼすべてのポジションをこなせる選手や、多彩な能力を兼ね備えた選手もいる。みんな、ボールを持って生まれてきて、裸足で泥や砂浜を駆け回りながら、バランス感覚を養いながら育ってきた選手たちだ。

ブラジル側の観客席から騒々しい歓声が上がり、僕たちは静かに闘志を燃やした。相手の武器は、僕たちのディフェンスラインの裏を突くキックやチップキックだ。バックスの選手たちは十分な警戒が必要だ。でも、僕が心配していたのはサヴェ・ラワザのことだった。この二年半は猛烈な勢いでトライを重ねてきたが、パシフィックハーバーでの最終合宿から自己中心的なプレーに走り始め、調子を落としていた。案の定、開始一分でオフサイドをとられ、直後に簡単なパスをミスした。

僕は試合の早い段階でチームに流れ《フロー》が起こるのを待つ。それは僕たちが〝ソリア〟と呼ぶ、隣の選手に次々とパスを渡していくプレーのことだ。このパスの流れが起こるまでには試合開始からしばらく時間がかかる場合もあるし、パスが短すぎたり、味方の後ろすぎたりするといったミスが起こるここともある。でも、流れが起こり、一人、また一人とパスが渡ることで、回路を電流が駆け巡るようにチームにスイッチが入っていく。

〝ザ・カット〟と呼ぶプレーが起こるのも待つ。ボールを持った選手が相手の守備陣の鼻先を横切るようにしながらフィールドを対角線上に走る。敵が半身になり、タックルにきたところで、逆方向から同じくクロスの動きをしてきた味方にパスをつなぐ。相手のディフェンスは裏を取られて対応できない。これが僕たちが〝コティ〟とも呼ぶ、〝ザ・カット〟だ。

タックルされて地面に倒れ込むのはよくない展開だ。攻撃が遅くなるし、襲いかかってきた相手にボールを奪われる可能性もある。倒れた選手がボールを離さずに反則を取られることもある。餌を撒き、敵の手の届かないところで竿を揺らし続ける。痺れを切らして食いついてきたところで釣り竿を引くように反対方向にパスを出し、ディフェンスラインに裂け目をつくる。

もちろん試合が始まれば選手は興奮し、アドレナリンが溢れ出す。ヴァテモも熱くなり、タイミングが遅れ気味の、数センチ高い位置へのタックルを繰り出した。僕たちは、釣りはするが、自分たちが餌を撒かれたときはじっと待っていたりはしないのだ。そうこうしているうちに、先制点を許した。左サイドを突かれ、きれいにパスを渡されて、最後のディフェンダーをはがされた。コーナーぎりぎりにトライが決まり、スタジアムは熱狂の渦に包まれた。

でも僕は動じなかった。チームも浮き足だったりしない。自分たちのプレーを取り戻し、一分半で三回のトライを挙げて、あっという間に試合を手中に収めた。あとはアクセルを緩め、巡航するだけだ。

僕たちは流れが起きるのを待ち、それは来た。レオネが斜めに走る〝コティ〟の動きを見せるもマークにつかれたので、ジェサがさらに逆を突き、鋭いライン取りで敵のあいだをすり抜ける。選手たちはボディランゲージで意思伝達しながらパスをつなぎ、さらにトライを決めた。

僕はサイドラインに立ち、試合に集中した。前後半七分ずつのセブンズでは、あっという間に時間が過ぎていく。頭に浮かんだことは脳裡に刻まなければならない。メモをする暇はないからだ。一歩引いて試合を見ることはできず、ゲームに没入しなければならない。再びミスをしたサヴェの耳元で、オセアが何かを囁いている。僕はサヴェの交代を告げる合図をした。

セブンズでのハーフタイムでは、他の競技にはない光景が繰り広げられる。ピッチで円陣を組んだコーチと選手たちをテレビカメラがとらえ、音声スタッフが長いサウンドブームを突き出す。母国のファンはコーチが選手たちに出している指示を聞くことができる。この場面が画面に映らなかったり、音がうまく拾えていなかったりすると、フィジーの政府関係者から怒りのクレームが入る。なぜカメラを入れないのか、フィジー国民は何が起きているのか知りたいのだ、と。

だから僕はシンプルな指示を出し、言葉遣いにも気をつけた。戦術上の要点を二つ三つ伝え、選手全員の目を見て、コーチの自信が伝わるような身振りをした。ニュージーランドや南アフリカと対戦するときは、テレビを通じて僕の指示が敵のコーチ陣に伝わってしまう危険があるのがわかっていた。だからオセアを脇に呼んで細かい指示を与え、それをフィジー語で全員に伝えてもらった。さしものニュージーランドも、僕たちのチームの会話をテレビ画面から聞き取るためだけに、フィジー語の通訳を雇ったりはしていないはずだ。

ブラジル戦は、冷静に試合を観ていられた。チームには流れ《フロー》が感じられた。僕たちの勢いは止まらなかった。ジョシュア・ツイソバが二度、サヴェ、サミ・ヴィリヴィリ、キャプテンのオセアがそれぞれ一度トライを決め、ヴァテモが五度のコンバージョンをすべて成功させた。試合は四〇対一二で圧勝。観客は沈黙した。

試練

次の試合が始まるまでのあいだをどう過ごすかは重要だ。選手に水分と食べ物とをとらせ、いったん身体を冷やしてから、再び温める。ロパティと協議し、サヴェが本調子ではないと判断して、次戦ではジョシュアを先発させることにした。キャプテンからチーム全員に檄が飛んだ。

「これは他の大会とは違い、初日は楽に戦えたりはしない。開催国のブラジルを除くチームはすべて、厳しい予選を勝ち抜いてきた強豪ばかりだ。だから、最初から全力でぶつからなければ駄目だ」

リオの空が暗くなり始めた。投光照明のスイッチが入れられ、ピッチが明るく照らされた。その日の午後、僕たちと同じグループAではアルゼンチンがアメリカを破っていた。予選リーグでは出場全一二チームが三組四チームに分かれて総当たり戦を行い、各組の上位二チームと、三位のなかから成績上位の二チームが準々決勝に進む。もし僕たちが次のアルゼンチン戦に勝てば勝ち点六となり、実質的に決勝トーナメント進出が決定する。翌日のアメリカとの試合の結果次第で、何位でグループステージを抜けるか、準々決勝でどこと対戦するかが決まることになる。

ジェリーはブラジル戦では激しい接触プレーがあったので、ウィリアムのアドバイスに従って次戦では温存することにした。空いたポジションにはヴァテモを移動させた。僕は控えの選手たちに言葉をかけた。誰が先発をするかは問題じゃない。途中交代をした選手は、最終的な試合結果に大きな影響を及ぼすプレーをするチャンスがある。輪になった選手たちが片手を重ね合わせて人差し指を天に突き出し、神に勝利を祈った。

ジョシュアは今回のチームでは、ワールドシリーズの一大会でプレーしただけだった。オセアが一度はラグビーを諦めかけたように、ジェリーがスラム街に引きこもっていたことがあるように、ヴァテモが発作で苦しんだように、ジョシュアにも復活の物語があった。

一〇代のとき、僕の前任者であるコーチにセブンズフィジー代表メンバーに選ばれ、ウェリントンでの大会に出場した。だがトンガ戦で思うようなプレーができず、途中交代をさせられるように怪我をしたふりをした。フィジーがこの大会で早々に敗退すると戦犯扱いされて新聞やフェイスブックで徹底的に叩かれ、コーチからも二度と招集しないと宣告された。フィジーでは、若くて精神的に未熟な選手や、大試合のプレッシャーに耐えられない選手が、苦しい試合から抜け出すために仮病を使うのは珍しくはない。兄のピオ・トゥワイがフィジー代表として派手なオフロードパスと度重なるトライで華々しい脚光を浴びているなか、ジョシュアは生き延びるためにフランスに渡り、トゥーロンの育成チームと契約を結んだ。

トゥーロンはその豊かな才能に気づき、ヴィリミ・ヴァカタワのようにフランスの市民権を取得させてフランス代表《レ・ブルー》として試合に出場させようとした。だがフィジーでの代表歴があったためにその資格は得られなかった。そして今、坂道を転げ落ちていったピオと入れ替わるように、敵のあいだを回転しながらすり抜けるまさにその絶妙なタイミングさながらに、ジョシュアは僕たちのチームに現れたのだった。

観客席から、隣国アルゼンチンから乗り込んできた大応援団が奏でる賑やかな音が聞こえてくる。青と白のジャージを着た敵の選手は眼光も鋭く、口元を固く引き締めている。僕たちはいつものように自然体だった。スタンドにはフィジーのサポーターも大勢いて、青いカツラを被ったり、上半身裸になったりしている。オーストラリアの国営宝くじで当てた金でリオに来た人もいれば、ペルーの鉱山で働いて金を貯め車でアンデス山脈を乗り越えて来た人もいるらしい。

選手の手首には、フィジカルトレーナーのウィリアムによって白いスポーツテープが巻かれていた。オリンピックでは用具に政治的、宗教的なスローガンを書くことは許されていない。だからテープは二重にした。一重目にはいつものように聖書の文言や励ましの言葉を黒のペンで書き、その上からもう一重テープを巻く。アルゼンチンには才能の豊かな選手が揃っていたが、僕は自分たちのベンチには他のどのチームのスタメンよりも優れた選手が五人もいることを知っていた。

試合は予想外のアクシデントで幕を開けた。開始まもなく、まだ大きな動きもなく得点も入っていない段階で、サミ・ヴィリヴィリが足首を捻り、他の選手の上に折り重なるようにして倒れたのだ。

骨折したか、靭帯を損傷したように見えた。車に乗せ、急いでキャンプに戻らせた。そこには「ゲームレディ」《Game Ready》という応急道具を用意している。サウスベイイダベイという団体が、過去三年のあいだにフィジー代表のための資金として五万ドルを集めてくれていた。僕はその夏、この応急道具の購入費を集めるために、この団体を通し、海外在住のフィジーの財界人を対象にクラウドソーシングを呼びかけた。冷水と氷が入った赤と黒のボックスと管でつながれたサポーターで傷めた筋肉や関節を包んで冷やし、炎症を抑えて回復を早めるという器具だ。一つ七〇〇〇ポンドもするので、フィジーラグビー協会の予算ではまかなえない。この大会でサミを失うことになれば、チームにとって大打撃になる。僕はゲームレディがその名の通りの働きをしてくれることを祈った。

ジョシュアの滑り出しは上々だった。まだ派手なプレーもせず、サヴェのように強引に相手の守備網をこじ開けるようなこともせず、手探りの段階だった。相手はフィジーのオフロードパスを警戒していて、ジョシュアのパスに目を光らせていた。オセアがサイドを走り回って敵を混乱させ、パスが流れるようにつながり、ジョシュアが先制のトライを決めた。

僕たちは守備でも連係した。タックルで敵を倒したときに使う指示は三種類。〝ポロ〟は地面のボールを奪いにいくこと。〝ビウタ〟はボールを取るのは諦めてディフェンスラインを整えようとすること。〝バラシ〟は二人の選手がカウンターモールで相手を押し込んでもう一人がボールに行くこと。常に〝トラス〟、すなわち三人が連係することを意識した。

アルゼンチンのフランコ・サバトにコーナーでトライを決められたが、僕たちは冷静だった。ボールをつなぎ、オフロードのタイミングを探す。ヴィリアメ・マタが効果的にボールに絡み始めた。七週間の合宿で培った連係が成果を見せ始める。ジェサは練習通りに空中戦でことごとく相手に競り勝った。

試合が始まれば、コーチに先のことに思いを馳せている暇はなく、目の前で次々と起こる出来事に集中しなければならない。ラインブレイクされたのは、あの選手が疲れているように見えるのと関係があるのか？　バランスを取り戻すには、どの選手を交代で出せばいい？　敵のあの選手は穴だ。フィジーのサイドステップにシューズを釘で芝生に打ちつけられているみたいに反応できていない。積極的に狙わせよう。ロパティ、ヴァテモの動きを見ていてくれ。ナザ、キティオネ・タリガを一分後に使いたい。アップを頼む。

ここでアルゼンチンに得点をされれば、窮地に追い込まれる。実際、その通りの展開になった。トライを決めたサンティアゴ・アルバレスが、仲間に抱擁されている。七対一四とリードされ、残り時間は五分。以前のフィジーなら、パニックに陥ったはずだ。ガス欠になり、無謀なパスや危険なハイタックルに頼っていただろう。

僕たちのプレーには、まだ小さなミスも見られた。一年前なら、〝もうダメかもしれない、このまま相手に押し切られるだろう〟という疑念が首をもたげてきてもおかしくなかった。フィジー陣内深くでスクラムが組まれた。アルゼンチンは、その日のアメリカ戦で用いたのと同じ戦術を狙っているように見えた。それまでのフィジーなら、相手の手を読めなかったはずだ。敵の具体的な戦術に対応する練習が不足していたからだ。アルゼンチンのスクラムハーフがボールを持ち、背後からノーマークの選手が走り込もうとしている。でも、僕たちはその攻撃を予測し、タックルで防ぎきった。

キティオネが、ピオ・トゥワイを押しのけてメンバーに選ばれた理由を証明するかのように、強靱な足腰で相手の組織的な守備網を突破し、トライを決めた。続いてオセアがタッチライン付近からのコンバージョンを成功させ、一四対一四のイーブンに持ち込んだ。

今度はアルゼンチンが疑念を抱く番だった。フィジーがキックオフのボールを奪った。時間が刻々と過ぎていく。僕たちには手堅く戦うつもりは毛頭なかった。ロトゥやタラノアをするのが当たり前なように、ごく自然にリスク覚悟で攻撃的なプレーを続けた。再びキティオネが、敵のディフェンスラインのなかに誰にも見えないような穴を見つけ、猛烈なタックルをはじき返し、ジャンプしてトライ。二一対一四と逆転に成功し、嫌な展開が続いたこのゲームで初めて晴れ間が見えた。

これまで、選手たちは接戦になるとパニックに陥いることがあった。その年の初めにラグビーユニオンでも活躍したスター選手、ソニー・ビル・ウィリアムズがニュージーランド代表に加わったとき、フィジーの選手たちは敵のヒーローの存在に浮き足立った。コーチ一年目のワールドシリーズ、スコットランドとロンドンの二つの準決勝でニュージーランドに敗れたときは、試合終了まであとわずかというところまでリードしておきながら、愚かな判断をして逆転された。この日の試合でも、途中交代で入ったサヴェ・ラワザが、パシフィックハーバーに心を置き残してきたみたいな緩慢なプレーをして、チームを危機に陥れる局面を招いた。

ボールを持った敵の選手が右サイドをすり抜けていく。そのとき、試合の最終的な結果に影響を与えるべく途中出場したジェリー・トゥワイが猛然と現れ、コーナー付近で壮観なタックルを披露し、相手選手をタッチラインの外に押し飛ばした。練習をサボりがちだったあのジェリーが、虫歯だらけでスバの歯医者に引っ張っていかなければならなかったあのジェリーが、凄まじいプレーを披露してくれている。試合終了の笛が鳴ったとき、僕は真っ先にジェリーのところに駆け寄った。ジェリー、今頃ニュータウンのみんなは大喜びして通りで踊ってるぞ。

二一対一四の辛勝は、僕たちの出来が悪かったというより、アルゼンチンの強さを印象付けるものだった。アルゼンチンは結果的には表彰台を逃したが、おそらく全チームで三番手の実力があった。僕は選手たちに、このスコアを肯定的に受け止めるように言葉をかけた。試合後、オセアと紅茶を飲みながら話をした。この試合で浮き彫りになった問題点を、オセアたちが自ら対処しようとしているはずだと思いながら。

「オセア、今日の勝ちは大きい。サミの他には怪我人もいないし、全員が試合に出場できた」

「ベン、でも守備をもっと引き締めなければ駄目だ。一試合で二つのトライを許すのは多すぎるよ」

「そうだな、その通りだ」

攻め続ける

大会二日目。八月一〇日、水曜日。僕がフィジーのコーチとして戦うのも、あと四試合。この日は午後一時半からグループステージ最終戦となるアメリカとの試合があり、順当ならばそのわずか三時間後に準々決勝を戦うことになる。

リオの空を覆った灰色の雲が、スコールを降らせていた。フィジカルトレーナーのウィリアムからいいニュースが入ってきた。「ゲームレディ」がサミ・ヴィリヴィリに奇跡を起こした。足首はまだ腫れているが動かせる。プレーは可能だ。

僕たちは難しい判断を迫られていた。この日、同じA組のアルゼンチンがブラジルに勝ったことで、僕たちの予選リーグ突破は確定。だが最大のライバルであるニュージーランドはイギリスに敗れていた。僕たちがアメリカに勝てばA組一位となり、ゴードン・ティッチェン率いるニュージーランドと準々決勝で激突することになる。ワールドシリーズで最多の優勝を誇るこの強豪との対戦を避けるために、僕たちはわざとアメリカに負けるべきなのか？

僕たちは、迷わずアメリカ戦も勝ちにいくことにした。強い相手を避けようとするのはフィジーではない。自分たちが自分たちらしく戦えないチームに勝利は訪れない。栄光をつかむには、一見、不利になりそうに見える決断が正解であることも少なくない。自分たちを信じられるチームに成長していたフィジーにとって、これは賭けでも何でもなかった。

唯一の賭けがあったとするならば、それは、サヴェ・ラワザの起用だった。以前のようなプレーを見せてくれるのか、過去二カ月間の低調ぶりから脱することができないのか、見極めの最後のチャンスだった。大丈夫かと尋ねると、問題ないという短い答えが返ってきた。オセアも話しかけたが、素っ気ない返事しか戻ってこない。ロパティでさえも心を開くことはできない。それまでのサヴェはいつも笑顔で、情熱的だった。夕食時にはどんなものを食べているかを示すために僕に皿を見せ、練習時には自分の出来はどうかと尋ねてきた。そんなサヴェはもういなかった。ピッチを離れると一人になり、チームでの行動をとろうとしなくなっていた。

その点を除けば、チームの状態は万全だった。先発はジェサ、セミ、レオネ、ジェリー、ヴァテモ、オセア、サヴェ。

試合序盤、パスを受けたサヴェは一人でプレーをしようとして、タックルでタッチラインの外にはじき飛ばされた。数分後、アメリカのダニー・バレットがフィジーのディフェンスの手をくぐり抜け、ゴールポストのあいだにトライを決めた。これで〇対七。サヴェは首を横に振った。

その後、タックルで相手が倒れたタイミングで、僕たちは作戦通り、〝バラシ〟の掛け声と共にカウンターラックを仕掛け、オセアがボールを奪った。これはコーチが試合で目にするなかでも一番嬉しい瞬間だ。チャンスを窺い、練習を重ねてきた戦術をここぞという場面で繰り出し、成功させる。

サヴェのプレーは反対だった。タックルされるとボールを簡単にこぼし、身勝手なプレーをして、せっかくのトライのチャンスをふいにする。僕はハーフタイムの時点でサヴェを交代させると決めた。もうこの大会で出場させるのは難しいだろう。ブラジル戦では先発として十分な働きができず、アルゼンチン戦では交代選手として効果を生み出せず、このアメリカ戦でもワンマンプレーでチームの足を引っ張っている。サヴェ一人だけで他の全員よりミスが多い。コーチにも選手にも背を向け、拗ねた子供みたいに自分の非を認めようとせず、ドアを閉ざしていた。誰も鍵を見つけられなかった。

オセアがハイタックルでイエローカードを受けたが、チームは〝バラシ〟のカウンターラックを続けた。ヴァテモがブレイクダウンからボールを奪取し、トライ。前半残り三分のところでヴィリアメもトライ。後半、セミがコーナーにトライを決めて二四対一四。最後に相手のウイングにタッチラインを破られてトライを奪われたが、二四対一九で勝利した。

僕たちは他のチームには決して真似できないスタイルで敵のディフェンスを脅かした。いとも簡単にやってのけるという意味で、史上最高レベルと呼べるほどのフェイントを頻発した。砂丘で足腰を鍛えていたので、味方を分厚くサポートする走りができる。選手はチームに安心感を覚え、認められていると感じていたので、自由にプレーできた。お互いのリズムやプレーの特徴を知り抜いていたからこそ、一九七〇年のサッカー、ブラジル代表のような創造性を発揮できた。

アメリカのコーチ、マイク・フライデーは、例によって頭に血を上らせていた。このシーズン、マイクは自軍のブレイクダウンの巧さやタックルの強さを自慢してきた。それがこの試合では、フィジーにつけ込まれる弱点になっていた。受け入れ難い現実を前に、マイクのコンピューターはショートした。誰かのせいだ。自分の考えや準備が間違っていたからではない。レフリーや選手が果たすべき仕事をしていないか、フィジーの選手が違法なことをしているからに違いない。

マイクは試合後、アメリカの選手たちがピッチの芝に戸惑ったことが敗因だとメディアに吐き捨てて去った。僕は敵将からの賛辞の言葉は何も期待しなかった。結果には満足できた。それにフィジーのコーチになってから、マイクが率いるアメリカとは一三回対戦して一一回勝っている。しかも、負けたのは二試合とも重要なノックアウトステージでのゲームではなかった。

佳境へ

準々決勝に進出した僕たちは、数時間後にいよいよニュージーランドと対戦する。

気温は下がり、頭上に黒い雨雲が垂れてきた。

フィジーの選手たちは、ニュージーランドとの試合になるといつもに増して気合いが入った。その理由は、彼らが大いなるライバルであることだけではなく、金を稼ぐためにニュージーランドに渡り、市民権を得て、フィジーの白ではなく有名な黒のジャージを着る島の選手がいたからでもあった。毎年のようにニュージーランドに渡っていく少数の選手たちは、反逆者とは見なされていなかった。フィジーを卒業して、良いチームと豊かな世界に呼ばれていったように見なされていた。

僕は不安になってもおかしくはなかった。ゴードンはセブンズ史上もっとも輝かしい栄光に彩られてきたコーチであり、ニュージーランドはラグビー史上最大の成功を収めてきた国なのだから。でも心配はしてはいなかった。今大会、ニュージーランドは不調に悩まされている。僕の目には、その原因はトレーニングのしすぎと思えた。選手たちの歩き方を見るだけで、疲労が蓄積しているのがわかる。みんな、いつもソファを探して横になりたがっているみたいだった。優れた選手を揃え、何人かは偉大なプレーヤーと呼ぶべき存在でもあったが、満身創痍だった。スーパースターのソニー・ビル・ウィリアムズはアキレス腱の怪我でチームを離脱し、同じくオールブラックスでも活躍したリアム・メッサムもふくらはぎに問題を抱えてリオでは控えに回っていた。才能豊かなカート・ベイカーも首脳陣と衝突し、帰国していた。

僕はニュージーランドがブレイクダウンでフィジーを苦しめようとしてくるのがわかっていた。僕たちの天然のスピードや流れるようなパスワークを封じるために、スローな試合展開に引き込もうとしていることも。だから僕たちはブレイクダウンを避けることにした。タックルで止められないようにボールを回し続け、敵を走らせ続けるというゲームプランだ。相手が狙うスローな試合にはつき合わず、速いテンポで戦う。向こうはマラソンランナーのような練習をしてきたのかもしれないが、こっちはセブンズに適した瞬発力を高める訓練を積んできている。

先発メンバーを選ぶのは簡単だった。ジェサ、セミ、レオネ、ジェリー、ヴァテモ、オセア、ジョシュア。

運命の一戦が始まった。

序盤はプレーが落ち着かず、混沌とした展開になった。ボールはあちこちを跳ね回り、パスは味方の後ろに逸れていく。欧米のコーチなら、組織が崩れてパニックになっていると考えるだろう。でもフィジーでは、フローが来るのを待っているととらえられる。選手同士が感覚を探り合い、オリンピックの準々決勝という舞台でもボールと戯れるのを楽しんでいる。ノエルと裏庭でボールを蹴って遊んだり、校庭で卓球をしたりしていたときと同じような自由があった。リスク？　試してみて失敗したら、それがリスクになるだけだ。

ニュージーランドは全員が常に懸命にプレーする。僕たちは相手のラインを間延びさせ、創造的なプレーで裏を突き、斜めに走る〝コティ〟の動きで攪乱した。ジョシュアが、相手陣内中央でボールを持って突進したオセアの逆方向から走り込み、パスをキャッチ。ゴールラインまで一五メートル地点でタックルで倒されると、オフロードで後ろにパス。ヴァテモがニュージーランドのディフェンダーがひしめく右サイドにいったんはパスを出すと見せ掛けて左側を走り、最後のディフェンダーを引きつけてから左にパス。受けたオセアがインゴールに飛び込んでトライを決めた。

これで五対〇。コンバージョンは失敗に終わった。僕はタッチライン上でなんとか冷静を保とうとした。じっと我慢しながら戦況を見つめていて、突然の鮮やかなプレーで自分のチームが得点したとき、無反応でいるのは難しい。笑顔になって叫び、ロパティの広い肩に腕を回して抱き合いたくなる。

ゴードンが何かを真剣に考えているのがわかった。この状況においてニュージーランドがどんなテクニックやタックル、パスを組み合わせるのが最適なのか、答えを弾き出そうとしているのだ。ロパティと僕は、コンピューターみたいに計算はしていなかった。喩えるならば、まるでアートを見ているように試合と選手たちを見つめていた。フィジーの選手は筋肉の隆起した男たちによるバレエの舞みたいに、優雅なスピンやステップで相手のディフェンダーを翻弄している。餌を撒いて敵をおびき寄せ、近寄ると引き返し、再びそれを繰り返す。わざと隙を見せ、相手が食いついてきたところで流れるようなプレーを展開して守備網を切り裂いていく。ニュージーランドが機械なら、フィジーは幽霊だった。

敵《キウイ》に苛立ちが見え始めた。若手ウインガーのリエコ・イオアネがタックル後にジェリーを抱え上げ、濡れた地面に叩き落とした。イエローカードが出され、ゴードンは激怒した。

ニュージーランドの最高の選手が、フィジーの向こうを張った創造的なプレーを繰り出した。ギリーズ・カカはその即興性に頼るプレーのためにゴードンからはあまり信頼されていなかった。コーチの理念には反していても、自分が思ったことを口にする選手だった。このときはそんなカカの瞬時の判断が奏功した。フィジーの守備ラインの後ろにチップキックを蹴り、そのボールを自ら拾ってゴールポストの真下にトライ。コンバージョンも決められ、僕たちは五対七と逆転された。

ハーフタイム、僕は円陣の中央に立ち、右手で左肩を叩く仕草をした。

「悪魔を払い落とすんだ。みんな、悪魔を落とせ」

練習時から話していたことだった。疲れているが、味方のパスを受けたりスペースをカバーしたりするためにもう一踏ん張りして走らなければならないとき、肩の上に悪魔がやってきて囁くことがある。

「やめとけ。どうせ走ったって無駄さ」

僕たちはこの誘惑の囁きに負けないために、悪魔をイメージするという方法を使っていた。悪魔が現れたら、肩から払い落とす。あっちに行ってくれ。俺はチームのために走るぞ――。

おそらくゴードンは、選手たちに〝後半、必ず最初に得点を挙げろ〟と指示しているのだろう。でも僕に言わせれば、そんなのは無意味だ。相手より後に点を取ろうとしてピッチに向かうチームなどいない。

「みんなには、間違いなくこの試合に勝てる力がある。でも、次の七分でその力を出せなければ、僕たちの挑戦は終わってしまう」。選手たちの瞳に迷いはなかった。絆がさらに深まり、チームの輪のなかに強い決意が湧き上がる。さあ、やるぞ!

観客は僕たちを応援していた。大国ニュージーランドに挑む小国フィジーという図式でとらえ、僕たちに肩入れしてくれていたのだ。フィジー人のサポーターも透明のレインコートを着て、太鼓を叩き、雨に濡れた旗を振っている。

相手を誘い出すようにパスを回し続けた。僕たちがボールを保持し続けるにつれて、ニュージーランドの疲労が刻一刻と増していく。シンビンからリエコ・イオアネが復帰していたが、にもかかわらず相手の守備に綻びが生じ始めていた。

ここで大きな役目を果たしたのはジェリーだった。敵陣のゴールライン近くでセミ・クナタニからのパスを受けると、タッチラインぎりぎりのところで待ち構えていたオセアにボールを渡す素振りをしてそのまま一気に加速。サム・ディクソンは身動きがとれず、リエコ・イオアネもゴールポストの下まで走り切ったジェリーの身体にかろうじて触れることしかできなかった。

これが、僕がジェリーに賭けた理由だった。持てる力を発揮したとき、わずか数秒で決定的な仕事ができる。この三年間で一番重要なゲームで、かつリードを許している状況で、誰もがパスだと思っている局面で、敵の裏を掻き、爆発的な速さですり抜けていく。

ウィリアム・ライダーが全盛期に輝いたのも、ワイサレ・セレヴィがセブンズの王様と呼ばれるようになったのも、まさにこのプレーができたからだ。ディフェンダーは、ボールを見ていると快足に置き去りにされ、かといってステップに意識を向けると目がくらむようなフェイントで逆を取られる。瞬きをしている間に、もうジェリーの姿はない。

ニュージーランドは粘り強いチームだ。劣勢でも守備で凌ぎ、逆襲を狙ってくる。僕たちはボール保持率では上回っていた――ただ、たとえ保持率が二割でも、ゲームに勝てる自信はあった。でも、勝負に徹する戦い方も、セオリー通りの戦い方もしていなかった。残り一分でワンスコアをリードし、ペナルティを得たとする。ニュージーランドや南アフリカなら、キッカーは一息入れて時間を使い、助走をたっぷりとってボールをタッチラインの外に大きく蹴り出すだろう。さらに時間を稼ぐために、ゆっくり歩いてラインアウトの準備をする。ラインアウトスローを誰かがキャッチした時には、タイムアップになるだろう。それが現実的な戦い方だ。

しかし、フィジーの選手たちは、八点差以上をつけて勝利を確実なものにすべく、トライを狙うことを選んだ。

二年前の僕なら、不安と苛立ちで怒鳴っていただろう。でも今は、こういうときは静かに戦況を見つめるべきだということを学んでいた。香港セブンズでの準決勝でも、同じような場面でセオリー通りのキックを狙わず、ランプレーを選択してトライを決めたことがあった。選手たちはゲームの流れを読めるし、裏目に出るかもしれないという不安も感じていない。

だから、選手たちがラストプレーでボールを奪われ、ニュージーランドに起死回生のチャンスを与えてしまったときも、僕は怒るわけにはいかなかった。これが僕たちの戦い方なのだ。コーチは、選手が適切な判断でリスクをとったことを非難してはいけない。そのプレーが成功したときに喜ぶのなら、なおさらだ。

剣によって生きるのなら、その刃の鋭さを感じるべきだ。胸の鼓動が激しくなる。

ロパティが片眉を上げてこっちを見た——まさか、ここで負けたりはしないよな?

その少し前、ジョシュアが疲れていたので、サヴェに交代の準備を命じたところ、拒否された。他のメンバーがフィジー語でサヴェを咎めた。僕はサヴェの目を見て言った。ピッチに出てくれ。チームのためにプレーするんだ。

攻撃を仕掛けてきたニュージーランドにフィジーが強烈なタックル。ボールが地面に転がり、相手選手が激しく飛び込んできた。「ポロ」の掛け声と共にキティオネ・タリガが敵とボールを奪い合う。レフリーがホイッスルを吹き、フィジーがペナルティを獲得。次のプレーで僕たちのキッカーがボールを外に蹴り出せばゲームオーバーになる。実質的に試合は終わった。

そのとき、血相を変えたサヴェが折り重なる選手たちに割り込み、相手を強く脇に押した。怒った黒いジャージの選手たちがサヴェにつかみかかった。レフリーがサヴェの背番号を叫んだ。「11番！落ち着け！」「11番！　11番！　離れろ！」。ゴードンはペナルティの判定が覆り、自分たちに再度逆転のチャンスが転がり込むことを期待した。

フィジーの選手たちは兄が弟を叱るようにサヴェに向かって叫んだ。サミがサヴェを大勢がもみ合う場所の外に押し戻す。オセアが怒った表情で、「サヴェ！　サヴェ！」と落ち着いてプレーに戻るように指示した。レフリーの判定は変わらず、フィジーのペナルティキック。オセアがボールをタッチラインの外に蹴り出し、試合終了。

僕たちは勝った。

試合後、まず、決勝点を決めたジェリーの肩を抱いた。最高だったぞ。ジェリーは、今頃国では大変な騒ぎになっているだろうね、と笑った。もう一度強く抱きしめ、明日が待ち遠しくはないかと尋ねると、身体から弾むような興奮が伝わってきた。

次にサヴェに向かって、あとで話があると告げた。タッチラインで二人きりになったタイミングで、こう伝えた。何に怒っていたのかは知らないが、ともかくもう二度とあんな真似はしないでくれ。

控え室で、オセアがサヴェを座らせた。選手たちがそれぞれ思っていることを口にした。怒鳴ったりはせず、正直な言葉を伝えた。サヴェが「すまない《ボスタ》」、と無表情でつぶやいた。

サヴェを外すべきときだった。すぐに決断しなければならない。残りはあと一日。オリンピックの準決勝と、勝てば決勝だ。もう控え室にサヴェを置いてはおけない。携帯電話を使いたいという不満も聞きたくない。チームの和を乱す選手を、これ以上ピッチの近くにいさせるわけにはいかない。フィジカルトレーナーのウィリアムが、サヴェが手を痛がっていると言った。この怪我がサヴェをメンバーから外すことの表向きの理由になるかもしれない。大会専属のドクターが負傷を認めたら、代わりにマスヴェシ・ダクワカを起用できる。

ウィリアムが検査を手配したが、サヴェは器機に逆の手を入れた。僕たちはサヴェを叱った。五時間後の再検査の結果、骨折が判明した。サヴェはまだ、ふてくされた子供のように振る舞っていた。メンバーから外し、マスヴェシを起用した。

サヴェはしばらく前から骨折していた可能性がある。アメリカ戦の前に、包帯を巻いてほしいと言っていたからだ。この怪我が、その苛立ちをさらに膨らませていのかもしれない。サヴェの行動は受け入れられないものだった。看過すれば、チーム全体を侮辱することになる。サヴェは他の選手とは違い、チーム全体よりも自分を優先させていた。

振り返って見れば、初日からサヴェを外すべきだった。素晴らしい選手だったが、自分勝手な感情に突き動かされていた。それに気づいた段階で、早急な決断を下すべきだった。コーチにとっては魅力的な才能を持っていても、選手がそれを無駄にしてしまうことがある。

最終日

八月一一日。

リオデジャネイロオリンピック。セブンズラグビー準決勝、決勝。

ついに自分の運命を決定づける一日が始まる。

不思議な気分だった。オリンピック村の部屋に鍵を掛け、首から吊したＩＤカードで認証手続きをし、バッグに大きな鍵の束を入れた。次にこの鍵に触れるときには、すべてが終わっている。このドアの前に再び立ったときには、僕は結果を知っている。金か、銀か、銅か、あるいはメダルなしか。

日本との準決勝は午後二時三〇分、決勝は午後七時に始まる。前の晩は、ロパティの部屋に行った。オリンピックの各競技の映像をテレビで見て、食堂で一緒にホットチョコレートを飲み、たわいのない話をした。パシフィックハーバーに戻ったみたいな気分だった。

その夜、選手たちにはロトゥを楽しみ、ぐっすり眠るように伝えた。試合のことは何も言わなかった。翌朝、ロパティと対策を練っていた日本戦の注意点をチームに伝えた。日本はラインアウトでトリッキーなことをしてくるだろう。受け手を四人にしたり、ボールを投げる瞬間の動きを変えたり。先頭の選手を回り込ませて、ディフェンスのバックラインとスタンドオフのあいだを突こうとするかもしれない。日本は相手ディフェンスの逆をとるのが得意で、コーチは革新的だった。良い準備をしてくるチームなうえに、グループステージでニュージーランドを破って自信をつけている。

その朝は家族と話をしなかった。ナタリーはフィジーにいたが、僕はロパティを除くチーム全員と同じく、携帯電話を一箇所に預けている。チームと外界の接点は、大会事務局と薬物検査、僕たちに会いたがるフランクだけだ。

朝早く目を覚まし、オリンピック村を散歩した。仮設銀行の前に、美味しいエスプレッソが飲める屋台があり、バリスタは恰好いいタトゥーを入れていた。自分も大会が終わったらタトゥーを彫ってみたい、という話をして、淹れてもらったダブルエスプレッソを広い芝生に持っていった。長方形の人工芝には、腰掛けられるプラスチック製の立方体が置いてある。

フェンスに背を向けて地面に座り、今日のことを考えた。選手たちは朝七時から、プールで身体をほぐしている。現場は、信頼の置けるストレングス&コンディショニングコーチのナザがうまく取り仕切ってくれているはずだ。

プールに近づいていくと、笑い声と水の跳ねる音が聞こえてきた。プールはブロックで共有されていた。賑やかな物音を耳にして、さまざまな体型のオーストラリア人選手たちがプールの様子を見ている。

「フィジーのチームだ」

「セブンズは今日が決勝だね」

「この選手たちが大好きだ」

誇らしい気分になった。フィジーの選手たちはスポーツ人生で最大の試合を迎えたその日に、楽しみ、寛ぎ、見知らぬ人たちに微笑みかけ、場の雰囲気を良くしている。プールでロトゥをした。歌声は、さらに大勢の注目を集めた。いたずらっぽい顔をした選手が手で掬った水を浴びせてきた。オセアとハグをすると、笑顔で「今日は良い一日になるよ」と言った。

朝食に向かいながら、思わず笑みがこぼれた。僕たちは今、数多のプロスポーツチームが多額の費用をかけて目指している状態に達していた。全員が同じ目標を向き、どれほどその挑戦が大きくてもリラックスし、その過程を楽しんでいる。

イングランドのキャンプでは、コーチだけは常にストレスを感じていた。その不安はチーム全体に伝わった。フィジーではみんなが同じ気持ちだった。それは嘘偽りがなく、強制もできないものだった。試合のときと同じように、ピッチの外にもフローがあった。イングランドから来たコーチとして、僕はこんなチームの考え方が肌に合わなくてもおかしくはなかった。

でもそうではなかった。

今の僕はこの雰囲気を心から愛している。そのムードは自然にチームにもたらされていた。他のチームには真似のできないことだ。僕たちフィジーにとって、このチーム哲学や雰囲気こそが、一番の秘密兵器だったのかもしれない。

プレッシャーを感じて当然の状況だった。フィジーには僕たちの勝利を疑わない国民がいる。でも、誰も硬くはなっていなかった。相手がどのチームで、どんな選手と対戦するかも気にしていない。何らかの問題が起こる可能性はあった。体調を崩す選手が出てきたり、グラウンドに向かうまでにトラブルが発生したり、ウォーミングアップで誰かが怪我をしたり。でも、それは自分たちではどうすることもできない問題だ。だから僕は気にしなかった。僕たちにできることは、ピッチに七人の選手を送り出すことだけ。サヴェにはチームから外れてもらった。フランクには初日のブラジル戦の前にチームの円陣に加わってもらった。フランクはすでに決勝前の大演説も用意していた。他には、チームの気を逸らすものはない。僕たちは余計なことはせず、小さな集団として行動していた。

そんな充実した状態で、フィジーの選手たちは準決勝の舞台であるデオドロのピッチに飛び出していった。

選手たちに、僕は指示を三つ与えた。日本を甘く見てはいけない。相手を誘い出そう。楽しんでプレーしよう。

日本のコーチはおそらくこんな指示を出していたはずだ。ボールをキープしよう。フィジーの攻めを遅らせよう。オフロードのパスを追いかけよう。相手を苛立たせ、イエローカードを誘発しよう。

試合が始まると、どちらのコーチの指示も当たっていたのがわかった。開始六五秒、ヴァテモが見事なトライを決めたが、直後にショルダーチャージでイエローカードを出された。ヴァテモはシンビンで二分間の一時退出となり、数的優位になった日本が息を吹き返した。後藤輝也が左サイドを切り裂いてトライ。これで五対五。タッチラインの外にいるヴァテモが、両手で顔を覆った。間違いなく、世界中のフィジー人が、テレビ画面を見ながら「何をやってるんだ!」と叫んでいる。

でも、パニックにはならなかった。僕はこのチームのことを理解していた。流れ《フロー》が起こりつつあるのはわかった。白いジャージが形をつくり、プレーの速さが増していく。途切れることはあるが、すぐに勢いを取り戻す。選手たちが大胆に、自信を持ってプレーを続けている。鋭い急加速でジョシュア・ツイソバが相手ディフェンスのあいだを抜け、左隅に飛び込んだ。

このムードになったとき、フィジーはラウンド終了のゴングが鳴るまで相手を弄ぶように戦うボクサーのように見えることがある。コーチの僕ですら、選手が最大限の力を発揮するために試合がもっと接戦になればいいのにと思ってしまうこともあった。フィジーの選手たちが大きな報酬が得られるリスクあるプレーを好むのはこのためだ。危険にさらされていなければ、そこには楽しさもないからだ。

セミ・クナタニが後半開始早々に豪快なトライを決めて一五対五。さらにジェリー・トゥワイが鮮やかなフェイントで相手ディフェンスの穴を突き、インゴールにボールを運んだ。

もう練習をサボりがちな、チョコレート中毒のジェリーはいなかった。ゴールポストの真下に影ができるまで、速度を落とさずにピッチを駆け抜ける——その凄まじい速さと急激な方向転換が、影を置き去りにしていないのを確かめるようにして。試合終了のホイッスルが鳴った。二〇対五。ジェリーの〝ナイフとフォーク〟であるラグビーシューズが、僕たちを決勝に導いた。フィジーにとって、あらゆる種目での初のオリンピックメダルが確実になった。最低でも銀。金もすぐその先にある。

クライマックス

決勝まであと三時間。

まずは最初の三〇分で、選手に食事と飲み物をとらせた。その後、僕はスタンドに戻り、イギリス対南アフリカの準決勝を観戦した。イギリスは準々決勝で、僕が二〇一二年にイングランド代表に初選出したダン・ビビーによるロスタイムでのトライで、五対〇とアルゼンチンを下していた。この南アフリカ戦でも、前半終了時点で〇対五とリードされながら、他のイングランドの選手と同様に僕がよく知るダン・ノートンが相手守備網を打ち破って得点を挙げた。僕のチームでキャプテンを務めたこともあるトム・ミッチェルがコンバージョンを決め、そのまま守り切って勝利した。僕にとっては運命を感じるような劇的な展開だ。自分が手塩にかけた選手たちのいる、水と油の関係だった元主将が指揮官として率いるチームと、自分がこの三年間すべてを注いできたチームが相まみえる。古い自分の一部と、新しい自分のすべてとの戦いだ。これもまた運命なのか。

ナザが選手の回復を促した。ストレッチをし、控え室での温冷交代浴で乳酸を追い出す。チキンとライスのシンプルな食事。朝食の残りのマフィン。オレンジ、リンゴ、バナナ。暑い日に風があると汗の量を低く見積もりがちになることを注意する。

人生で一番長く感じる三時間になってもおかしくはなかったが、僕たちはうまく過ごせた。歩き回ったりせず、スタンドの椅子に深く腰掛け、見るともなしに他のチームによる順位決定戦を眺めた。ウォーミングアップは軽いジョグ程度に留め、身体だけではなく頭を目覚めさせることを意識した。

僕は他のチームのコーチみたいに「さあ、リカバリードリンクを飲むんだ」「アイスバスに入れ！」「試合まであと五分三〇秒だぞ！」と叫んだりはせず、選手たちがいい緊張感を持ちながらリラックスしている黄金のゾーンに居続けられるように努めた。自分もチキンとライスで腹ごしらえをし、フィジーのセブンズ女子代表コーチのクリス・クラックネルと一緒に大会事務局に顔を出して最後のエスプレッソを飲み、婚約したばかりの同性カップルと軽く言葉を交わした。

遠くイングランドはもうすぐ夜の一一時。僕の母と姉妹はブレントフォードにあるタンドリー料理レストランで食事を済ませた後、冷蔵庫にシャンパンを何本もストックした自宅のテレビの前に座っていた。

真昼のスバでは一切の活動が止まっていた。あらゆる予定はキャンセルされた。道にも畑にも人はいない。ナタリーは友人やアップライジングのスタッフたちと大きなオープンサイド・バーでテレビの画面を見守り、ナショナルスタジアムでは満員の観客が特設の巨大スクリーンで試合開始を待っていた。オバラウ島は静まり返り、レブカのバーは客で溢れ、セントジョンズ・カレッジでは授業が休講になり、ラバサは沈黙し、バヌアレブも息を潜めた。サイクロンの大被害を受けたコロ島でも電力が復旧し、人々はビニールシートの下のテレビの前に集まっていた。ジェリーの妻はニュータウンの一族でいっぱいの部屋の奥で娘を抱えていた。

本当なら、僕は試合前に本格的な演説をするつもりだった。僕たちが運命に導かれるようにして、一九二四年以来の採用となったオリンピックでのラグビーの決勝に進出したこと。それをどれだけ誇りに思っているか、国民にどれほど大きな価値があるか。

でも、結局、僕は演説めいたものは一切しなかった。控え室を見渡すと、選手たちが歌い、踊っていた。ビーチでタッチラグビーをして遊ぼうとしているナンディの子供たちみたいに。何も言う必要はなかった。どんなもっともらしい言葉をかけても無意味だったろう。選手たちはもう、最高の状態にいたのだから。

スピーチをしても、それは僕のためにしかならない。コーチはこうした瞬間を好む。自分が選手たちに感銘を与え、その言葉で世界を変えようとしているのだと思いたがる。でも、それはたわごとだ。大切なのは、シンプルなメッセージをシンプルに伝えること。楽しんでプレーしよう、と一声かけて、ウインクして選手たちをピッチに送り出せばいい。

夕方になり、スタジアムは涼しくなっていた。気温は一八度。冷たく心地よい風が旗を揺らしている。コーナーの大型の青い電光掲示板が輝き、両コーナーの後ろに聳える投光照明がピッチを明るく照らしていた。ハーフウェイラインには両国の大きな旗を持った二人のオフィシャルが立ち、その真ん中の緑の台に、二〇一六年リオ五輪の公式ボールが乗せられている。

先発メンバーは迷わず選んだ。

ジェサ・ヴェレマルーア、セミ・クナタニ、レオネ・ナカラワ、オセア・コリニサウ、ジェリー・トゥワイ、サミ・ヴィリヴィリ、ヴァテモ・ラヴォウヴォウ。ベンチには、アピザイ・ドモライライ、ヴィリアメ・マタ、キティオネ・タリガ、ジョシュア・ツイソバ、マスヴェシ・ダクワカ。

ジョシュアではなくサミを先発させたのは、イギリスがフィジーの巨漢の選手を走らせ、消耗させる戦術をとってくると思ったからだ。ジョシュアはまだ二一歳だったが、人間的に成熟していて、事情を理解してくれた。問題ないさ、ベン、後半に出してくれると信じてるよ。もちろんそうするつもりさ、ジョシュ。

ピッチに姿を現したイギリスの選手たちは明らかに緊張していた。フィル・バージェスは僕がイングランド時代に代表に招集した最後の選手だ。ダン・ノートンは若手の頃に招集した。ジェームス・ロッドウェルはイングランド・カウンティ時代に指導した。トム・ミッチェルはブリストル大学の新人時代にプレーを見たことがある。ダン・ビビーはＵＷＩＣとノースウェールズ・エグザイルのセブンズ時代に注目した。オリー・リンゼイ＝ヘイグはミルフィールド校、ハーレクインと注目を続けて、最後に招集した。マーカス・ワトソンはロンドンのアイリッシュアカデミーを出たところで招集した。

準決勝の後、ウォーミングアップエリアに向かうイギリスの選手たちからは、決勝進出を喜んでいるのが伝わってきた。銀メダルを確保したことに満足しているようにも見えた。ピッチに向かうトンネルに立つイギリスの選手たちは、ぎこちなく直立していた。フィジーの選手たちは冗談を交わしながらピッチに向かった。オセアは通り過ぎるときに審判の尻を叩こうとしたが、さすがに馴れ馴れしすぎると思ったのか、直前で手を上げて背中をポンと叩いた。

イギリスは僕たちが使うべきサイドでアップをしていた。意図的なのか偶然なのかはわからない。ともかく僕たちが替わってくれと伝えても、動こうとしない。クリス・クラックネルがもう一度イギリスチームに文句を言いに行くと、「クリス、小さなことでゴタゴタぬかすなよ」と突っぱねられた。これはラグビーの世界では時々起こることだった。言いなりにはならないといった態度を示して、相手を戸惑わせようとするのだ。僕は議論をするつもりはなかった。相手のこざかしい策略につき合ってはいられない。僕たちは逆のエリアで、コーンを二つ用いただけの簡単なアップを始めた。イギリスのアップは本格的だった。タックルバッグにぶつかり、全力でダッシュをしていた。僕たちはスキップでふくらはぎの筋肉をほぐし、踵でボールを軽く蹴ってハムストリングを温め、横方向にステップを踏み、後ろ向きでジョギングをした。ある選手がわざと英語風のアクセントでアップの掛け声を発音すると、みんなが笑った。

他のチームのコーチから見れば、僕たちはだらしなく、プロらしくもなく、気が抜けていると思ったかもしれない。相手チームはいつでも全力でウォーミングアップをしていた。でも、大学でスポーツ科学を学んだ僕は、このようにアップにエネルギーを使うことは効果がないという考えを持っている。フィジーでの体験が、それを証明してくれた。フィジーの選手たちは、大切なのは深刻な顔をしてウォーミングアップをすることではなく、それまでに練習したタックルの数だと考えていた。

スタンドにフランクと側近の姿が見える。少し先には、長年パトロンとしてスコットランドラグビー協会を支え、この日のメダル授与式でプレゼンターを務めるイギリスのアン王女もいる。ワールドラグビーの会長ビル・ボーモントや、母国のチームを応援しようとかけつけた他競技のアスリートもいる。思わず固唾を飲んだ。これは世界が注目する五輪の決勝なのだ。

イギリスのコーチ、サイモン・アモールが、誰とも目を合わさずにダッグアウトに入った。気にならなかった。試合前にコーチ同士が心にもない幸運の言葉をかけ合うのは好きではない。だから僕もイギリス陣営を避けてダッグアウトに入った。黒いレインジャケットと黒いショートパンツという恰好の僕は、不思議なくらいの落ち着きを感じていた。フィジーやイングランドでテレビ観戦している人たちのことは考えず、トンネルをくぐり抜けてピッチに向かう選手たちをじっと見ていた。

イギリスの選手は歩いていたが、フィジーの選手たちは休み時間の始まりを告げるチャイムと同時に運動場に飛び出していく子供みたいだった。先頭は笑顔のオセア、その後ろにジェリー。七人全員の手足の動きが揃い、心と体が一つになっていることを感じさせる瞬間もあった。選手たちが輪になり、高く掲げた右手を重ね合わせる。逞しい腕のピラミッドだ。

僕たちは、キックオフは攻撃の狙い目だと話し合っていた。イギリスは空中戦が弱いと思っていたからだ。〝バラシ〟――すなわちカウンターラックもできる限り使うつもりだった。白いジャージの波で相手を攻撃する。

さあ、試合が始まる。

僕は良いゲームを期待していた。

だが選手たちは、完璧なゲームをしてくれた。

キックオフのボールを自陣でキャッチしたフィジーは、左サイドにパスを展開。ジェリーがオセアにつなぎ、ハーフウェイライン付近までボールを運ぶ。レオネが倒されたボールを味方が拾い、ジェリーが左に展開、待ち受けていたオセアが内側に切り込むと見せかけて前方に突進、タックルを受けたが両手を伸ばしてボールをインゴールにグラウンディングした。

開始二五秒。瞬く間のトライ。

イギリスはまだ一度もボールに触れていない。

青いかつらと半裸のフィジーサポーターが飛び跳ねている。

チーム全体にフローがあった。大胆さ、速さ、予測、パワーがあった。

もう心配はいらない。

選手たちはもう僕が何かをする必要がないレベルまで成長している。

それぞれが自分のやるべきことを自覚し、自らの判断で、それを実行している。

二分後、決勝トーナメントに入っての合計三〇分間で一度しかトライを許していないイギリスは、まだフィジー陣内に攻め込むことすらできない。

フィジーはボールを右サイドでつなぎ、サミ・ヴィリヴィリが二人のタックルを受けながら突進、タッチライン沿いでパスを受けたジェリーが、必死に追いすがるディフェンダーを引き離してゴールポストの下にトライ。

開始三分で一二対〇。

続いてサミがまたも突進し、フェイントを入れながら加速。ディフェンダーは熊の身体から振り落とされるいがのようにサミに離され、フラットパスを受けたジェサがフィジー三つ目のトライ。さらにキックオフのハイボールをダン・ノートンはキャッチできず、セミがリバウンドを摑んでインサイドにフリックパス。受けたレオンが悠然とトライを決めた。

残り八分で、四トライのリード。スタンドはお祭り騒ぎだ。

〝こうなったら電光掲示板に表示しきれないくらいの点を取ってやれ〟

僕の心には、そんな欲まで湧いてきた。夢を見ているような純粋な喜びを感じた。

一番大切なときに、すべてが最高潮に達するときに、この三年間、葛藤と疑念と暗闇を味わいながら必死に求め続けてきた理想のラグビーを実現しているのだ。

それは美しく、獰猛で、攻撃と芸術が混じり合った、抗うことのできない絶えざる突進だった。

セミ・クナタニが二人の赤いジャージの真ん中に突撃し、もう一人のディフェンダーが太い脚にからみつこうとしたそのとき、外側のヴァテモに完璧なタイミングでパス。ヴァテモはトム・ミッチェルに走り勝ってコーナーにトライ。トムは哀れにさえ見えた。全力で追いかけたが差は縮められず、最後に空しくヴァテモの足めがけて飛び込んだが、グレイハウンド犬に銜えられたおもちゃのウサギみたいに無防備に転がっていった。

ハーフタイムの段階で二九対〇。もしコンバージョンがすべて成功していたら、三三点が入っていた。

これほど完璧なセブンズのハーフを見たことはなかった。

トライを五つ決め、ボールを持った敵の自陣への侵入を許さなかった。僕たちは巧さと強さを存分に発揮し、意のままに得点した。それは止められない力であり、美しき混沌だった。

スタンドから、『勝利を我らに』のフィジー語や英語での歌声が聞こえてきた。輪になった選手たちには、気を緩めるなと言うしかなかった。

ロパティは感情を抑えようとしているが、瞳は躍り、指先は痙攣しているみたいに動いている。

後半が始まった。

イギリスが必死に自陣から攻撃を仕掛けてきたが、僕たちは見事な〝バラシ〟のカウンターラックで対抗。セミがボールを奪って中央を突き進み、パスを受けたジェサがポストの下に走った。ジェサはボールを地面に置かず、後ろから走ってきたジョシュアにトス。トライをプレゼントして、パーティーの輪に加わらせた。

これで三六点を獲得。イギリスにこの試合唯一の得点を許したとき、試合時間は残り四分だった。それでも僕たちは相手陣内に攻め入り、ラックで押し込み、途中出場したもう一人の選手、ヴィリアメ・マタが大きな腕を伸ばして混戦のなかで七つ目のトライを決めた。

周りを見渡すと、みんなが涙を流していた。ベンチに座るレオネは掌で顔を覆っている。オセアも同じだ。

亡き父のことを思った。父に裏庭でスクリューパスを教えてもらったことが、すべての始まりだった。父は人生で何か他のことを成し遂げたかったと口にしていた。きっと今、この勝利を誇らしく思ってくれているはずだ。

僕は感謝した。この戦いを楽しめたことに。

控え選手を全員ピッチに送り出し、オリンピック決勝の舞台にわずかでも立たせてあげられたことに。

歓喜の瞬間が、刻一刻と近づいてくる。

タイムアップになったとき、ボールを外に蹴り出すのではなく、交代で入ったばかりの選手にもっとボールを触れさせてあげたいとすら思った。

フローを感じるプレーをこのまま続け、あと何回か歓喜の瞬間を味わいたかった。いっそ五〇点を取ってほしかった。ラグビーをすることの純粋な喜びを味わうために、プレーを続けてほしかった。

それくらい、選手たちは美しく、プレーは光り輝いていた。

そして待ちわびていた、それでいて、あまりの幸せに、まだ来てほしくなかった瞬間が訪れる。

フィジーの選手がボールをタッチラインの外に蹴り出すと、ホイッスルの音が響いた。

試合は終わった。

選手は抱き合い、跪き、地面に両腕と頭を埋めた。

ヴァテモはボールを胸にしっかりと抱いたまま仰向きになっていた。

ロパティと一緒に、ゆっくりピッチを歩いた。一人ひとり、選手のところに向かった。強く抱擁し、耳元で言葉を囁いた。

オリンピックのチャンピオンになったんだ。君が。

第一五章

歓喜

お互いに耳元で言葉を囁くのは、実に感動的な瞬間だった。特に心に残ったのは、僕の肩で喜び、涙にむせぶキャプテンのオセアとの抱擁だった。その後は、美しい儀式が始まった。

勝利の余韻に浸っていたかったが、コーチとしての自分がそれを許してくれなかった。選手全員をトラックスーツに着替えさせて、メダル授与式に向かわせる。ロパティがピッチに膝をつく選手たちを立ち上がらせ、サポーターから引き離し、長い表彰台の上に並ばせた。

表彰台の前に歩み出たアン王女が、右手にいるオフィシャルから受け取ったメダルのリボンを、一人ずつ跪くフィジーの選手の首にかけていく。オリンピック史上、こんなふうに跪いてメダルを受け取った選手はいなかった。南太平洋人の白人女性への敬意、あるいは植民地時代の名残だと見なす人もいたが、これは単にフィジー人が贈り物を受けとる作法なのだ。与える人より低い姿勢をとり、物を受け取ると掌を丸めて上下に二回拍手する。アン王女も事前に説明されてはいなかったが、同じような授与式に参加していた経験があったので、選手と同じように拍手をした。選手と同じように笑顔も浮かべていた。

僕は二〇メートル離れた場所にいた。順番にメダルを受け取る選手を見ていると、さまざまな記憶が蘇った。そこにあったのは、恍惚感というより充足感だった。長い努力や計画、練習が報われたという思いだ。フィジーにいる人たちや、ブレントフォードの自宅のリビングにいる母のことが脳裡をよぎった。

僕はチームの記念写真の輪のなかに入ることをためらっていた。所在なく佇んでいたら、選手たちが手招きして呼んでくれた。フランクも堂々と真ん中に入り込もうとしていた。僕は選手たちの後ろ側まで歩き、隅に立った。アピザイが、ワールドシリーズで二度総合優勝したときと同じように僕を肩車した。僕は嬉しくて掌でアピザイの頭を軽く叩いたが、それはフィジー人に対しては無礼な仕草だと思い出して手を引っ込め、代わりにぎこちなくガッツポーズをつくった。

選手一人ひとりの肩と背中を叩いていたフランクは、勢いでレオネにパンチをするポーズをした。みんなぎょっとした。この場面で、同じことをする国家元首を他に想像できなかった。そもそも、記念写真の中央に衒《てら》いもなく立とうとすることがあり得ない。それでも、フィジーほどこの瞬間を長く待っていた国がなかったのもまた事実だった。

地球の裏側で、一週間も続く宴が始まった。フィジーの国営放送局は、さっそく決勝戦までの全試合の再放送を開始し、人々はまるで生中継を観ているようにテレビ画面に向かって叫び、歓声を送った。喜びのクラクションを鳴らす車や狂喜乱舞する国民で溢れる島々の通りや広場。学校は閉鎖され、祝宴が準備され、肥えた豚には突然の残酷な運命が待っていた。カヴァはすべて椀からこぼれ落ちる〝ツナミ〟で振る舞われた。

リオでは儀式が続いていた。僕はオセアと記者会見に臨んだ。見たこともないほど大勢のジャーナリストが目の前にいた。選手にまつわるエピソードや、チームが乗り越えてきた困難を話しながら、みんなが成し遂げたことをあらためて誇りに思った。僕は選手たちへの愛を語った。その思いを世界に伝えたかった。

控え室には、興奮した喜びというよりも、深い絆と心地よい満足感が漂っていた。映画『ショーシャンクの空に』で、主人公のアンドリュー・デュフレーンが意地悪な看守を説得して、暑い日に刑務所の屋根にコールタールを塗る作業をした囚人たちに冷たいビールを飲ませるシーンがあるが、同じような雰囲気だった。みんな、泥と汗で汚れた顔で疲れて腰掛け、ぐっしょりと濡れたシャツを着て、驚きに満ちた瞳でお互いを見ている。

儀式は続いた。オリンピックの金メダルを獲った夜を、これ以上ないくらいに盛大に祝おうという雰囲気があった。誰よりも張り切っていたのはフランクだった。シュガーローフ・マウンテンの麓にあるフィジー大使の臨時の滞在場所で祝賀会を催し、選手を運ぶ車を手配した。酒の飲めないジョシュアやジェサ、ジェリーは選手村に留まった。選手村の無料のマクドナルドに直行し、気の済むまでハンバーガーを貪った選手たちもいた。

冷たいビールやカイピリーニャ、ダブルチーズバーガーにフライドポテト——どんな形であれ、選手たちが金メダルの喜びを噛みしめているのが嬉しかった。僕はもうクタクタだった。祝賀会から戻り、メディアへの対応を終えて選手村に戻ったときは、もう深夜零時を回っていた。シングルルームの扉の錠を開けてなかに入ったとき、もうビールを飲む気にもなれず、薄い羽毛のシーツに滑り込んで勝利を祝いながら眠りについた。丸二日間はメールの着信音が鳴り続けるだろう、ようやく戻ってきた携帯電話も、鞄に入れたままにしておいた。メッセージは翌朝、笑顔でじっくりと楽しめるときに読みたかった。

こんなにぐっすりと眠れた夜もなかった。もう、夜中にうなされたりはしなかった。朝、完璧に疲れがとれたという感触で目覚めた。思わず笑みがこぼれる。金メダルをとったのだとあらためて思った。

チームはそのまま一週間リオに滞在した。サヴェだけは、メダルも持たず、チームと共にいることも望まず、一人で帰国の途についた。

僕は元スポーツマニアの少年として、この機会にできる限り他競技を観戦した。陸上競技場には毎晩通い詰めたし、自転車やハンドボール、バスケットボールも観た。男子四〇〇メートル走で世界新記録を更新して優勝した南アフリカのウェイド・バンニーキルクが僕たちのところにやってきて、一緒にロトゥを歌った。オセアとはすぐに意気投合していた。

早く帰国し、村に戻って家族と再会し、この三年間、毎日応援し続けてくれた人たちと真のお祝いをしたかった。身長二メートル、体重一〇〇キロもある大柄な選手も、すべてエコノミー席に身を屈めなければならなかったが、それでもついにフィジーに向かう便に乗り込めた。ニュージーランドのオークランドでの乗り換え時、ニュージーランド航空から僕の座席をビジネスクラスにアップグレードするという申し出があった。だけど僕は、自分よりも、もっと大柄な選手たちの席を替えてあげてほしいと頼んだ。選手たちに気づいた航空会社のスタッフは、一〇分待ってくれといい、全員をビジネスクラスに移動させてくれた。僕たちは大歓迎の待つフィジーに向かう最後の三時間、足を伸ばして貴重な睡眠を得ることができた。

ナンディ国際空港に着陸すると、滑走路にも僕たちを待ち構えている人たちがいた。停止した飛行機の窓からは、ターミナルに入り切れなかったファンが通りに溢れているのが見える。目の前には淡いブルーの国旗が大海原のように広がり、僕たちは抱擁とキスと花輪の海で出迎えられた。プリンスチャールズ・パークを埋めた人々の前でのレセプションが終わると、スバ行きの便に乗り換えた。そこではケタ違いの歓迎が僕たちを待っていた。空港からグランドパシフィックホテルまではいつもならバスで二五分だが、二時間で到着できて幸運だった。道路は人混みで完全に埋まり、警察の先導がなければ動けない。人々は通りや建物、バルコニー、木に鈴なりになり、僕たちに向かって手を振り、声を送っていた。

グランドパシフィックホテルの長く白いバルコニーで、僕たちは結婚式を終えたばかりのチャールズ皇太子とダイアナ妃のように整列して、下の大通りにいる観衆に手を振った。ずっと僕たちを待っていた家族がいた。ジェリーの幼い娘と妻。セミの育ての母親たち。出稼ぎ先のイラクから駆けつけたヴィリアメの父シチベニ。民族衣装「ブルマ」を全身に纏った女性、小さなインド人の子供、大柄なフィジーの島民が隣に並んで立って祝福してくれていた。民族的な背景が大きく異なり、分断されて生きていることも多いこの国の人々が、この瞬間は一つになり、フィジー人であることの誇りを分かち合っている。

ナタリーもいた。これから先、僕たち夫婦がどうなるかはわからなかったけれど、嬉しかった。ナタリーに感謝したかった。彼女はできることをすべてしてくれた。ロンドンを遠く離れ、僕がコーチの仕事に没頭しているときも、フィジーでの生活に耐えてくれた。その夜は二人で夕食をとった。僕は死んだように眠った。あまりの疲労で、二人の将来について話すことも、不安に向き合うこともできなかった。

これはまだ始まりにすぎなかった。フランクは、翌日を国民の祝日にすると宣言していた。僕たちはオープントップのバスに乗り、前日からずっと人々で覆い尽くされているように思える通りをゆっくりと進んだ。クイーンエリザベス通りのナショナルスタジアムに着くまでに、何時間もかかった。スタジアムの片側に設置された舞台には、フランクと妻がいた。普段はフランクと同じイベントに同席することを許されていない愛すべき年老いたフィジーの大統領、ジオジ・コロテもいた。

見渡す限り、誰の手にも国旗が揺れている。選手とコーチ陣は薄いブルーのシャツを着て、手に花を持った。

空港から乗ったバスからは、フィジーの元代表選手が道路脇で喜びに沸く姿も見えた。観客席には最終の登録メンバーに落選したアメノニ・ナシラシラの姿もあった。僕はイサケ・カトニンバウやピオ・トゥワイ、アリベレティ・ヴァイトカーニとジョシュア・ヴィシたちもここにいることを願った。代表の合宿に参加した大勢の選手たちとの切磋琢磨がなければ、決して金メダルは獲得できなかった。最終合宿での三日間、一七試合の骨身を削るような紅白戦は、オリンピックよりも厳しい戦いだった。

僕は舞台で跪くよう求められ、大統領から公式に民間人として最高位の勲章が与えられた。選手たちも勲章を授与された。フランクが台に立って演説を始めると、スタジアムが静かになった。

今日は我が国の発展にとって画期的な日だ。フィジーがメルボルンオリンピックに初参加してからちょうど六〇年、初めて念願のメダルを獲得した。しかも金メダルだ。太平洋の太陽のように輝く金だ。

今日勲章を授けられたベン、オセア、選手たち、三人のチームの関係者に、心から感謝する。あなたたちは国民を誇らしくさせてくれた。勇気と希望を与えてくれた。小さな国の人間でも、力を合わせれば大きなことができると教えてくれた。

我々は幸運だ。独立から四六年、誰もが願いながら、チームとして力を発揮できず、叶えられなかった目標を達成した。

ベンは我々に宝物を残してくれた。それは、フィジー人は海外の優れた人々から何かを学ぼうとすることを決して恐れてはならない、という考えだ。自分たちが一番だと考えていたら、成長はできない。

フィジーには豊かな才能を持つ人間が多いからこそ、方向を示してくれる人が必要になることもある。我々を鍛え、優れた技術を教えてくれる人だ。それが、ベンがフィジーに与えてくれた最大の教訓だ。ラグビーのコーチであれ、港の運営者であれ、公務員であれ、外の世界から学ぶことが大切だ。そのことで我々は力を得て、さらなる高みへと向かうことができる。それが、今回のセブンズのチームで起きたことだ。

ヴィナカ バカレブ《ありがとう》。ベン、オセア、選手たち。小国でも力を尽くせば偉業を成し遂げられると教えてくれた。君たちの勝利が忘れられることはない。ここにいる人々がいなくなった時代にも、残り続ける勝利だ。

これは歴史的な勝利だ。すべてのフィジー人の勝利だ。ヴィナカ　バカレブ！　ありがとう！

僕はスピーチの準備は何もしていなかった。すべてを出し尽くしたリオでの決勝戦の後で、もう何かを準備する余力はなかった。でもこの午前中は、言葉が滑らかに出てきた。

僕たちは肩に重荷を感じてはいませんでした。なぜなら、フィジー人全員の肩の上に乗っていたから。

チームはこの島に金メダルを持ち帰るためにリオに行き、一二個のメダルをとってきました。一二人は見本を示しました。フィジーに遺産をもたらし、若者に夢を与え、努力をすれば何事も叶うと教えてくれました。

皆さんは、金メダルを勝ち取った選手たちを道標にできます。選手たちは、スポーツだけでなく、フィジーの人々がさまざまな領域で力を発揮できるという希望の光なのです。

僕の契約は九月一日で正式に終了する。でもその前にもう一つ、奇想天外な出来事があった。僕はアップライジングのあるセルア州の首長会議によって名誉首長に任命され、ラトゥ・ペニ・ライアニ・ラティアナラというフィジー式の名前と、土地三エーカーの報酬を与えられることになったのだ。一六〇メートルの美しいビーチと、後ろの丘に広がる森が含まれている。

リオから戻って以来、家の外にはずっと護衛の警官がいた。オリンピック前は自由に行動できたが、もうプライバシーはない。表に出れば、すぐにサインやセルフィー攻めに遭ってしまう。メガネの赤毛の男には慣れない現実だ。玄関のチャイムも、ファンや記念写真を求める人たちにしょっちゅう鳴らされる。名誉首長の任命式に向かうときも、警察に先導された。こちらへどうぞ、サー。きっと楽しい一日になりますよ。

フィジーのシャツと民族衣装のスカート〝スル〟の正装に着替え、広場に案内された。村の女たちが勢揃いしている。儀式の内容は事前に知らされていた。このなかの一人が〝タブア〟と呼ばれる鯨の歯を持っている。僕はそれを見つけなければならないのだ。女性たちがいっせいに逃げ出し、僕はそれを追いかけた。テレビでこの様子が生中継されている。まるで「イッツ・ア・ノックアウト」「ベニー・ヒル・ショー」と、求愛の儀式のあいだをとったみたいだった。女性たちは集団で逃げた。赤いカツラを被っている者もいる。僕は元四〇〇メートルハードルの選手としてのスピードと持久力で追いかけた。周りから笑い声と歓声が上がった。

鯨の歯を持っていると思われる女性に標的を定めた。黄色のジャージ姿で集団の真ん中にいて、他の女性たちから守られている。加速して近づくと、彼女はトライを狙うセミ・クナタニのように腕を伸ばしてハンドオフで僕を突き放そうとした。

彼女をつかまえると、女性たちに囲まれた。彼女たちはかつらをずり落としながら大声で笑い、鯨の歯が高々と空に掲げられた。ロンドンのトゥイッケナムではあり得ない光景だった。

こんな瞬間、フィジーを離れる決断が正しいのかどうか、わからなくなった。ロンドンへの帰国便の予約はしていたが、フィジーラグビー協会からは慰留されていたし、新コーチの公募もまだだった。

セルアは故郷《バレ》のように感じられた。もしフィジーラグビー協会がもっと信頼でき、ナタリーとの関係に何も問題がなければ、この国に居続けていたかもしれない。でも、僕はイングランド時代の経験から、コーチが跡を濁さずに去るのは簡単ではないと知っていた。国で初のオリンピック金メダルの後ほど、身を引くのにいいタイミングがあるだろうか？

フィジーラグビー協会のCEO、ジョン・オコナーが空港に見送りに来てくれた。「ベン、これで本当に新コーチ募集の告知を出してもいいことになるな」。空港スタッフがサプライズで合唱をしてくれた。手荷物や受付のスタッフ、売店の女性が出てきて、抱き合い、握手をした。

機内に乗り込むと、胸がいっぱいになった。小さな窓の外に、たくさんの笑顔と国旗があった。無事チームとして目標を果たせたことに、あらためて安堵した。三年前にここに初めて来たときの記憶が蘇る。時差ボケで苦しみ、猛烈な不安に襲われていた。さまざまな思い出が走馬燈のように脳裡を駆け巡っていく。フィジーで僕は変わった。もう昔の自分はいない。

その後

変わったのは、僕だけではなかった。

ロパティはそれから半年、セブンズ代表のチームマネージャーを務めた。だがフィジーラグビー協会からは、また給料をもらえなかった。海外の大会に参加したときに日当が支払われただけだ。ワールドシリーズのケープタウン大会の後、協会から手紙が来た。

「マネージャーを辞めることを考えているという噂を耳にした。だから、この文書で正式に解雇を通達する」

いつもの協会のやり方だった。ロパティは運搬業の会社を興すことにした。彼の能力を活かせる、ぴったりの仕事だと思う。僕も資金を援助した。僕は名誉首長として分け与えてもらった土地で、地元の人間を雇い、小さな休暇用の施設を建設することにした。そして、ロパティに建設プロジェクトを任せた。その仕事を任せるのに、これ以上相応しい人材はいない。僕はロパティが誰よりも恋しい。今でも毎週欠かさず、メールやスカイプで連絡をしている。

チームの成功に不可欠だったクリス・クラックネルもイギリスに戻った。現役時代には試合で対戦したこともあるチームの選手たちから尊敬され、地元の年配の女性からもブラウンシュガーという愛称で呼ばれた。僕と同じようにロンドンから脱出して人生をリセットする必要を感じていて、フィジーに来たのはタイミング的にもちょうどよく、この国のライフスタイルも合っていた。疑問があればぶつけてくれたのは、僕にとって助かった。僕がメンターになろうとしたことは、年下のクリスが今後の人生計画を立てるうえで役立ったと思う。

オセアは翌シーズンもセブンズ代表でプレーしたが、試合の序盤で交代させられることが多かった。その理由は、フィジーラグビー協会がかつて自分たちに楯突いたオセアに制裁を加えようとしたからなのか、新しいコーチが元キャプテンを外すことでこれまでとは違う方法でチームづくりをすると示したかったからなのかはわからない。いずれにしても、オセアは以前そうだったように、チームから外され、一人で練習をするようになった。僕はオセアを支えるために三万フィジードルを出し、一年後の代表復帰を願ったが、もう扉は閉じられていた。そのシーズンのチームの結果を見れば、オセアの天性のリーダーシップが必要なのは明らかだったのに。

フィジーでは、長い時間をかけて築いたものが、わずか数週間で崩壊してしまうことがある。この国では変わらぬものはなく、新しい一日と、新しい葛藤があるだけだ。僕はオセアがイギリスのラフバラ大学に入学して学問とラグビーに励み、二〇一八年のコモンウェルスゲーム、さらには二〇一九年の日本でのワールドカップに出場するという夢を描いた。だが、新しいコーチとの会話で、その夢が叶う可能性はないという現実を突きつけられた。

僕はオセアの結婚式に出るためにフィジーに戻った。パシフィックハーバーのパールリゾートに、選手たちが勢揃いしていた。軍の特殊部隊から牧師になった父親は、すべては運命だったと涙ながらに語った。イングランドから来た新任コーチが息子を信じてくれたこと、息子がコーチにとってもっとも重要な選手であったこと、金メダルを獲れたのは天の定めだったこと。

オセアは今、結婚したばかりの妻とアメリカに住んでいて、同国で新設された一五人制ラグビーのプロリーグのヒューストン・ストライカーズでプレーしている。永住ビザの取得準備もしていて、第一子の出産も予定している。オセアとは、互いの生まれ変わりであるような深い結び付きを感じる。僕にとってオセアは声であり、オセアは僕を通じて天命を見つけた。

ジェリー・トゥワイはフィジーに留まった。一五制ラグビーの仏二部リーグのチームからオファーはあったが、断った。二人目の子供が生まれたばかりだったし、故郷愛が強く、外国には行きたくなかった。今もセブンズのフィジー代表で比類の無い才能を発揮している。金を稼ぎ、子供たちに財産を残し、バヌアレブの父の故郷に農場をつくることを夢見ている。ラグビーシューズを脱ぎ、家族を養うための新しいナイフとフォークが必要になったら、そこでカヴァを栽培するつもりだ。

ヴァテモ・ラヴォウヴォウは現在もてんかんの薬を飲み続けている。しかしあれ以来、発症はしていない。二〇一六年秋の北半球ツアー向けの一五人制ラグビーのフィジー代表に選ばれたが、ほとんど試合には出場できずに意欲を失った。現在はセブンズに復帰している。遠征を好み、ラグビーがなければ簡単に身を持ち崩してしまうことを自覚している。

セミ・クナタニは村に戻り、道路に人型にくり抜かれた自分のパネルが立てかけられているのを見て驚いた。本人よりも大きかった。バックローでプレーすれば、日本のワールドカップで真のスターになれるだろう。だが、どちらにも興味はない。

サミ・ヴィリヴィリは故郷の母親、きょうだいに金を送った。契約したフランスのチームから得た報酬で建てた家はチーム名をとってモンペリエと名付け、オリンピックの直後に生まれた娘はリオと名付けた。セブンズ代表の新コーチからはメンバーに選ばれなかった。イギリス、プレミアリーグのレスター、グロスター、プロ14のエディンバラと契約しかけたが、どれも流れた。年齢的にも、どこかのチームでプレーをすることが必要だ。その才能を発揮する場がないのは、フィジーのラグビー界にとって大きな損失だ。

アピザイ・ドモライライはフィジーに留まり、セブンズ代表でプレーしている。今も馬に夢中だ。

ジェサ・ヴェレマルーアは海外のチームとの契約を希望している。その間、シンガトガのハイドウエイリゾートで施設のマネージャーになるための修業も積んでいる。あの美しい砂丘のすぐ近くにある場所だ。

レオネ・ナカラワはパリのラシン92に移籍し、素晴らしい日々を送っている。試合でも活躍し、金を稼ぎ、故郷の家族に仕送りしている。

〝ビッグ・ビル〟ことヴィリアメ・マタは、エディンバラと契約を結び、一五人制のフィジーの代表でもデビューを果たした。

片目の視力が弱いというハンディがありながら輝く才能を持つ若手のマスヴェシ・ダクワカは、ジャリード・ヘインの推薦のおかげで、ラグビーリーグ、NRLのキャンベラ・レイダースと契約した。

キティオネ・タリガはスタッド・フランセ・パリでプレーするためにフランスに渡ったが、フィジーラグビー協会の手続きの不備でプレーの許可が下りるのが遅れて数試合しか出場できず、チームに好印象を与えられずに契約を勝ち取れなかった。現在は一五人制ラグビーのオーストラリア、ナショナル・ラグビー・チャンピオンシップに所属するフィジアン・ドゥルアでプレーしている。

サヴェ・ラワザは、ヨーロッパ最高のチーム、イングランドのサラセンズと好条件での契約の話をする席に、姿を現さなかった。サリーズの愛称で知られるこのチームは僕の推薦の言葉を信じ、ビザや航空券の手配に数千ポンドも費やした。サヴェが約束を反故にしたと知ったとき、僕はリオのときと同じように失望した。フランスのラ・ロシェルとの契約するチャンスも逃した。太り過ぎ、〝フライング・フィジアン〟こと一五人制のフィジー代表でもポジションを得られなかった。素晴らしい才能の持ち主だったが、エゴがその邪魔をした。周囲の悪いアドバイスに従い、もはやナンバーワンのスターではないという事実を受け入れられず、誰も予測してなかったような速さで失墜していった。現在はフランスのバイヨンヌで、再起を懸けてプレーしている。僕はサヴェの妻から夫の過去の行動を詫びるメールをもらった。僕はサヴェが自分を取り戻すことを願っている。彼には豊かな能力がある。そして、まだ時間も十分に残されている。

リオでサヴェのポジションを奪った若者、ジョシュア・ツイソバはフランスのトゥーロンにいて、世界中のクラブの注目を集めている。今や世界的なスター選手であり、次のワールドカップでもさらなる飛躍が期待されている。ジョシュアのプレーを見るために南フランスに行ったが、いつものように完璧で、なんのドラマもミスもエゴもない。ジョシュアを見ていると心が温かくなる。これほどの優れた身体能力と技術を持つ選手を率いるのは、コーチとしての喜びだった。

ピオ・トゥワイは二〇一六年一〇月、交際中の女性への暴力行為で警察に逮捕された。裁判では罪状を認め、被告への損害賠償と接近禁止令が命じられた。二〇一七年一月、ロマイビティ群島出身で、ニュージーランドの北島で研修中の看護師と再婚した。だが海外への渡航禁止令が出されていたので、しばらく彼女に会えなかった。僕はピオのために推薦状を書いた。現在は日本でセブンズをプレーすることを望んでいる。相変わらず信じられないほどの才能に恵まれ、相変わらず騒々しい人生のためにまっすぐ道を進めずに苦しんでいる。

フランク・バイニマラマは今もフィジーの首相だ。次の総選挙は二〇一八年に予定されている。

フランクから電話がかかってきたとき、あるいは秘書から電話の予告があったときは、いつも緊張した。胸の鼓動が高鳴り、何かよからぬことをしてしまったのではないかと不安になった。

振り返ればその最初の年、コーチ一年目で将来に向けたチームづくりに奔走していた僕と同じように、フランクもクーデター後初となる自由選挙に向けて変わろうとしていたのだと思う。次第に、僕はフランクを尊敬するようになった。親しい間柄ではなかったが、不合理なことは言われなかったし、チームのために親身になってくれた。いざとなったら相談できると思うと頼もしかった。フランクの周りにはきな臭さが漂っていた。だけど僕はこの目でそれを見たことはないし、自分の周りにも悪いことは起こらなかった。

ロンドンに向かう前、僕は美しく青いフィジーのパスポートを与えると約束された。僕はフィジーで慈善団体を始めたいと思っているし、もらった土地を活用して何かをしたいとも考えている。それが実現すれば、僕の人生にとっても大きな変化になる。まだ実現はしていないが、この計画は進行中だ。フランクとは今でもお互いの誕生日にお祝いのメールを送り合っている。二〇一七年にヴィチレブ島を訪れたときも、温かく歓迎してくれた。

リオでの勝利の余波は広がり続けていた。ドバイで企業向けに講演をしたとき、紳士がやって来てチームの滞在場所を尋ねると、選手一人ずつに一〇〇〇ドルを寄付してくれた。選手の親の多くが海外での試合を観戦したことがないと知った別の人物は、ドバイでの次の大会に選手の家族や友人四〇人を招待し、飛行機代と一週間分の高級ホテル代をすべて払ってくれた。世界のどこを旅しても、フィジーとそのセブンズチームへの人々の愛情を感じる。このチームを、母国のチームの次に応援している という人は多いし、一番大好きだという人もたくさんいる。

ナタリーとは、結局別れることになった。

リオの後、ナタリーは僕とは別に、数日早くロンドンに発った。そのとき、フィジーは僕たちを引き離そうとしていたのではなく、つなぎとめていたのがわかった。こうなることはわかっていた。でも僕は、向き合うのを避けていた。ひどく辛い気持ちになるであろうことを恐れていたし、そのことがチームに悪い影響を与えるのではないかと身勝手にも考えていた。

僕たちは水と油だった。ずっとそうだった。歯車が嚙み合えばうまくいくが、そうではないときは衝突してしまう。人生に求めていることがそれぞれ違った。その思いとは裏腹に、自分を変えられなかった。

ナタリーには仕事人間だと言われた。切り替えが下手で、いつも次の大会や新しい選手、乗り越えるべき問題のことで頭をいっぱいにしている、と。僕は公私をうまく使い分けられなかった。ラグビーで問題を抱えていたら、私生活すべてに影響してしまう。ナタリーからは冷たいとも言われた。もっと側にいて、愛情を示すべきだ、と。

もちろん、努力はしていた。別れるまでのあいだに、本当にこの決断は正しいのか、一緒に居続けるために頑張るべきではないのか、と何百回も自問した。伝統的なカトリックの教えも頭から離れなかった。結婚相手には一生かけて添い遂げるべきであり、離婚は人生の失敗だと思えたのだ。自分はそんな人間だったのかという失望感に襲われた。決して物事を途中で諦めない男だと思っていたからだ。

でも僕にはわかっていた。自分らしくいられないとき、人は幸せにはなれない。伝統に従うため、後悔をしたくないためという理由で、誰かとずっと一緒に居続けることなどできない。

ごくシンプルな離婚だった。弁護士を雇う必要もなかった。家も数年前にすでに売っていた。

離婚が正式に成立したのは、二〇一七年八月二日。その夏の日のロンドンで、いろんな思いがこみ上げてきた。一緒にしてきたこと、最初の頃に味わった幸福感、ゆっくりと色褪せていった希望。正しい決断をしたとは思っていた。だけど、悲しみは避けられなかった。

僕は、ナタリーがその日をうまく乗り越えることを祈った。

それ以来、一度も会っていない。彼女が誰かとつき合い、望み通りの毎日を過ごしていることを心から願っている。休暇の計画を立て、夜の外出を楽しみ、愛に満ちた時間を過ごす。ナタリーは親切で思いやりのある、温かい心の持ち主だ。僕との結婚でも、何かを間違えていたわけではない。ただ、二人がうまく関係を築けるように努力をしてくれていただけだ。

その後でフィジーを訪れると、さっそくココナッツワイヤレスで噂が広まっていた。村の年配の女性たちは、ガールフレンド《ヤレワ》を見つけられるように、お見合いを世話すると言ってくれた。まだ、その申し出は受け入れていない。

他にも、金メダルがもたらした、信じられないような余波はあった。二〇一七年四月、フィジー準備銀行は特殊な七ドル紙幣を二百万枚発行した。片面にはリオのピッチでチームが勝利を祝う絵が描かれている。選手たちは二列になり、フランクは真ん中、ロパティは右にいて、ぎこちなく拳を握りしめた僕はアピザイに肩車されている。裏面には小脇にボールを抱え、笑顔で全速疾走するオセアの絵と、その下で拳を頬に当てて地面に座る僕の絵が描かれている。記念の五〇セント硬貨も百万枚発行された。片面には掲げた手を折り重ねて輪になる選手たちと、「フィジーラグビーセブンズ　ゴールドオリンピアン」の文字、裏面にはシンガトガの砂丘のてっぺんに座る僕と、その後ろに押し寄せる太平洋の波、「ベン・ライアン　セブンズヘッドコーチ」の文字が刻まれている。
僕はフィジーに変化をもたらしたと思っていた。たしかにフィジーは変わった。しかも、僕の絵を使って。

自分の顔が描かれた紙幣や硬貨が世の中に出回るという体験をした人は少ないと思う。経験者として言わせてもらうと、その光景を見るのは楽しいものだ。でも、それは長続きしなかった。国民はこの紙幣と硬貨を記念にとっておきたいと考えたので、数週間もしないうちに希少品になってしまった。僕も、自分の分を確保した。

その後も僕は、いろんなことを体験した。スポーツチームや政府などにアドバイスをしたり、企業でリーダーシップや社内文化に関する講演をしたりした。フィジーでスーパーラグビーのチームを設立する可能性も探った。もしそれが実現すれば、太平洋諸島のトップクラスの選手たちは、ニュージーランドやオーストラリア、フランスに移住しなくても地元でプレーし、大金を稼げるようになる。僕はスポンサーを見つけ、ワールドラグビーの協力をとりつけるところまで行った。だけど、フィジーラグビー協会のなわばりに足を踏み入れすぎてしまった。

一五人制ラグビーのコーチに転向することも考えたが、制約が多く、仕事の範囲も限られていた。裁量権の多いセブンズのコーチのほうが、自分には合っている。僕はセブンズのコーチとして、まだ体験していない挑戦が残されていると信じている。

僕がフィジーで何かを変えたのだとしたら、それは自分自身にも当てはまる。この地で味わった苦難と成功によって、僕はそれまでよりはるかに優れたコーチとリーダーになったと思う。導いてくれたのは、初めてニューベリーでシニアラグビーのコーチを始めたときには感じていた、この仕事への愛を取り戻したいという願いだった。

その情熱を、僕はイングランド代表のコーチ時代に失っていた。嫌いなものに囲まれていながら、それがプロラグビーの世界なのだと自分に言い聞かせていた。気がついたら、目先の結果ばかりを気にするようになっていた。周りの人たちと同じように、本当に大切なものを見失っていたのだ。

これは誰にでも起こり得ることだ。心を満たしてくれない、力を発揮できない人生に引きずり込まれながら、誰も指摘してくれないので、自分らしく生きていないことに気づけない。

それまでの僕は、ずっと不幸で、そのことを自覚していなかった。

すべてを吹き飛ばしてくれたのはフィジーだった。

三年間、全身全霊をかけて仕事に取り組んだ。失敗し、失望し、成功を味わい、悲劇に見舞われた。想像もしていなかった素晴らしい友情と、深い絆に出会った。自分の知る世界から数千マイルも離れた場所で、僕はとてつもなく大きな気づきを得た。

フィジーは僕が何が得意かを教えてくれた。迷いや混乱を取り払ってくれた。金メダルは、自分が信じ、望んでいたことの正しさの証明になってくれた。相手を尊重し、成長の余地を与え、認め、真心で接する。そして、いい人として勝負に勝つ。

心からの満足感を覚えるのは簡単ではない。でも、僕はフィジーでかつてないほどにそれを味わった。母や姉妹、友人にはそのことがわかった。僕が昔の自分を取り戻したと言ってくれた。スポーツが大好きな少年に、人を大切にするコーチに。

そして今、僕は再び次の三年をどう過ごすかを考えている。どこのチームでコーチをするかというよりも、どこでなら幸福でいられるかを考えている。報酬の条件よりも、自分の信念にどれだけ忠実でいられ、どれだけ人の力になれるかを考えている。ロンドンに戻り、素朴な喜びを感じられるようになった。愛すべき人たちに囲まれ、健康と幸せに感謝できる。フィジーは僕を変えた。人生がどんなものかをわかったような気になる年齢に達していた僕に、多くを教えてくれた。今でも、フィジーで感じた安らぎが恋しくなることがある。でも、あのビーチは僕の故郷からは遠すぎる。機会があれば何度でも訪れたいと思ってはいるが、僕が人生の新しい章を始める場所は、ここロンドンだ。

そして、僕は親友についても考えている。

ノエルがリオでの僕たちの闘いについて知っているのかはわからない。無事に生きているのかどうかすらもわからない。もし生きているなら、刑務所を何度も出入りし、あれからさらに変わってしまったのかもしれない。

でも、僕は気にしない。まだノエルに会いたい。話をしたい。お互いの人生に起こったこと、裏庭で遊んだこと、学校の校庭で卓球をしたこと、五対五でサッカーをしたこと。きっと、僕たちはわかり合えるはずだ。探し求めてきた答えが見つかるはずだ。

ひょっとしたら、ノエルはこの本を読むかもしれない。これは終わりではなく、始まりなのかもしれない。

僕はタトゥーを入れた。オリンピック村でバリスタと話をしたように、オリンピックの年の終わりに、ニューヨークのバワリーで。

右の前腕の内側に、青いインクで、永遠の言葉を刻んだ。
愛し合おう《ベイ・ロマニ》——。

謝辞

次の人々に感謝する。

ラグビー人生で世話になった人々。僕の初めてのコーチ〝キャプテン・マック〟——あなたがすべての始まりだった。人生最高の教師、ポール・ホプキンス。初めて教師の仕事を与えてくれた、デヴィッド・クリスティ。初めてプロのコーチとしての機会を与えてくれた、デビッド・スミス。ラグビー・フットボール・ユニオンの大勢の素晴らしい人たち。

刺激を与えてくれたたくさんのコーチたち。ビニー・コドリントン、パット・ラヴェリー、ウィン・エリス、ピート・ハルサル、トニー・ロジャーズ、ポール・ターナー、マーク・リング、ゲド・グリイン、フィル・キース・ロシュ、ジョン・キングストン、ブライアン・アシュトン、ニール・ローリングス、ダスティエド・モリソン、パディ・オブライエン、スティーブ・ヒル、スティーヴ・ゲムメル、スチュアート・ランカスター、クリス・ドセット、ポール・キツビビッツ、ケビン・ボウリング。

友情とサポートに。愛情とベーコンサンドイッチ、サポートを与えてくれた母に。夜中までテレビで試合を観て、毎日フィジータイムズ紙を読み、ニュースを追いかけてくれた。姉のリジーと妹のサラ。ショーン、イアン、ケアリー、マット、ジェイミ、ピート、キャンスター、ゲズ、モンティ、ケイト、ハンナ、ダミアン、クラッカー、ジェズ、ブルドー、バーキー、シー、スクルンター、トゥイフォード、チャーリー、マッツア、フェルツ、アンディ、テリー、ダミュ、モーグス、ナディーヌ、ネイサン、ラスティ、ブレット、リッチ、マイク・ポパタ、ケニー、ルーベス、モイラ、パディ、スプーシー、フィー。素晴らしき故ベス・コールター。ナタリーに。病気のときも、どん底のときにも与えてくれた愛と支援に。君はいつもそこにいてくれた。素晴らしい人生を送ることを心から願っている。いつも心から感謝している。

フィジーのみんな。オスカー、ロパティ——すべてをありがとう。ナカ、ウィリアム、ジエン、ベラ、タニ、クラッカー、マット——君たちは最高のチームだった！　ブルース、友情と、常に良い気を送ってくれたことに。フィジーに来たばかりのときに力になってくれた、ジェームズとレネ、アップライジングのビーチリゾートのスタッフに。最初の交渉を手伝ってくれたクルデン。クラッカーと数え切れないほどのエスプレッソを楽しませてくれた、スキニービーンカフェ。ナタリア、ジェフ、キム、ソフィー、ローガン、ジャニス、ケリー、アラナ、すべてのラーセンとベントレーの一族は、骨なしチキンのカレーと、大量のフィジーゴールド、そして尽きることのない笑い声をくれた。

ナタリー、ベン、パール。素晴らしき隣人であり友人のロビンとダグ。パレオレッドワインの夜は最高だった！　ロディ、ジム、リズ、そしてイギリス高等弁務官のみんなは、いつもサポートをしてくれた。ピーター・マゼイとクルー——ありがとう《ヴィナカ》！　シェーン、アンジー、フィジー航空の人たちの、これ以上ないほどの友情とサポートに。故郷のように感じる、パシフィックハーバーとセルア州に住み、働く人々に。早朝でも深夜でもかまわず電話をしてきたすべてのフィジー人ジャーナリストに。フィジーラグビー協会の勤勉な職員に。

今まで指導してきた選手全員、共に働いてきたコーチとスタッフ全員に。すべてに感謝を。

この本のために尽力してくれた、ポール・マーフィーとオリオンの素晴らしきチーム、デヴィッド・ラクストンとマーク・スポアーズに。

最後に、トム・フォーディースに。ライターとしての優れた手腕で本を書き上げ、制作に喜びをもたらしてくれた。ブルームズベリーやソーホーのあちこちのカフェでトムに考えや感情を語ることは、いつでも楽しい体験だった。

愛し合おう《ベイ・ロマニ》——。

訳者あとがき

本書は、二〇一八年五月にイギリスで刊行された、『SEVENS HEAVEN: The Beautiful Chaos of Fiji's Olympic Dream』）の邦訳です。

「セブンズ」の呼称で知られる七人制ラグビーのフィジー代表を、半ばアクシデントのような形で率いることになったイングランド人のラグビーコーチが、慣れない異国の地での生活に戸惑い、想像を絶するような出来事に何度も遭遇しながら、リオオリンピックで奇跡を起こすまでの波瀾万丈の冒険の日々を描く、友情と感動の抱腹絶倒ノンフィクションストーリーです。

著者のベン・ライアンは神経質で内気な典型的イギリス人。四〇代の彼は、イングランドのセブンズ代表チームを七年間率い、優秀な成績を収めたヘッドコーチでしたが、ラグビー協会との確執もあり辞職を余儀なくされます。転職先としてオファーをもらったのは、ラグビー界を裏方として支える政府組織での、安定はしているが刺激には欠ける仕事。そんなとき突然舞い込んできたのが、南国フィジーのセブンズ代表コーチ募集の一報でした。慣れ親しんだイギリスでの生活から離れ、未知の国で新たな挑戦をすることに不安を覚えながらも、以前から〝美しき混沌〟と呼ばれるフィジー・ラグビーの世界に魅了されていたベンは、思い切って決断し、コーチ職に応募します。すると、思いがけないほど話はとんとん拍子に進んで……。

フィジーに到着したベンを待ち受けていたのは、想像を絶する世界でした。ラグビー協会の運営はいい加減で、選手には自己管理の意識が足りず、まともな練習場所を探すだけでも一苦労。最初は途方に暮れ、下手な決断をした自分に嫌気を覚えていたベンですが、フィジーの人々の純粋な笑顔や優しさ、選手たちの類い希なる才能に触れることで少しずつ覚悟を決め、やがて新しい環境に自ら進んで飛び込み、時には失敗もしながら、鮮やかな手法でチームを改革していきます。

巨漢からは想像もできないようなパスを繰り出すセミ・クナタニ、問題児だけど憎めないジェリー・トゥワイ、ベンの右腕としてチームをまとめるキャプテンのオセア・コリニサウ、愛すべきチームマネージャー、ロパティ・カウベシ——。ベンは個性的で魅力に溢れたフィジー代表の面々との絆を深めながら、チームを成長させていくと同時に、自分自身もまた多くのことを学んでいきます。大都会ロンドンとは何もかもが正反対のような南国フィジーで、想定外のトラブルに襲われながらも、大きな目標に向かってチームを団結させ、その過程でスポーツを超えた人間の絆を深めていきます。スポーツとは何か、家族とは何か、友情とは何か、人生とは何か――。目の前の勝負を真剣に戦いながらも、ベンの胸中には、そんな大きなテーマが去来します。

二〇一八年に本国イギリスで発売された本書は、たちまち大反響を呼びベストセラーになりました。二〇一九年には、優れたスポーツ関連書籍を対象にした由緒ある「テレグラフ・スポーツブック・オブ・ジ・イヤー」で見事グランプリに輝いています。アマゾンUKでの評価も、二〇一九年八月の段階で一〇三件のうち五つ星が九四パーセント、残り六パーセントも四つ星という高評価を得ています。

これだけ多くの読者の支持を得たのは、当然ながらベン・ライアンがフィジーで体験したすべてが、抜群に面白いからです。ベンとフィジーの人々が織り成す愉快で心温まるエピソードの数々には思わず頬を緩めてしまいますし、選手の勇ましくも芸術的なプレーの描写は圧巻で、強く引き込まれてしまいます。ただし、本書の魅力はそれだけに留まりません。ほんの些細な思いつきがきっかけで、突然、人生がそれまで想像もしていなかったような方向に進んでいく。何もかもが夢のようでありながら、それでも運命的な何かを感じざるを得ない――。ベンが体験したのは、たしかにとても特異なことですが、それは同時に、私たち誰もの人生に起こり得るものではないでしょうか。それは忘れかけていた懐かしい感覚を取り戻し、人生にとって本当に大切なことが何かに気づいていく冒険の旅なのです。
ベンがフィジーと出会うことで大切な人との関係について想いを馳せ、自分を取り戻していったように、本書に描かれた物語には、それを再体験する人の心に宝石のような記憶を蘇らせる魔法が宿っているのかもしれません。

ＹｏｕＴｕｂｅでは、本書に登場する数々の名勝負や、砂丘での伝説的なトレーニング風景もとらえたフィジー代表のドキュメンタリー番組も観ることができます。ご興味のある方は、ぜひご覧ください。本書を読むのがさらに楽しくなること請け合いです。
今年二〇一九年九月には、いよいよ待ちに待ったラグビーワールドカップが日本で開催されます。また、二〇二〇年の東京オリンピックでは七人制ラグビーのセブンズが正式種目となり、大きな注目を集めるはずです。本書をお読みくださった皆様が、ラグビーというスポーツの素晴らしさとフィジー代表の底知れない魅力を実感し、大舞台で活躍する選手たちに声援を送ってくださることを、そしてフィジーという愛すべき国とそこで生きる人たちのことをいつまでも心の片隅に置いてくださるようになることを願っています。

二〇一九年 八月　　児島 修

ベン・ライアン Ben Ryan

ラグビー・コーチ。フィジー・セブンズ代表を2016年リオオリンピック優勝に導くなどの輝かしい戦歴を誇る。これはフィジーにとって五輪での初のメダル獲得となる偉業であり、チームは国際オリンピック委員会からリオオリンピックの最優秀男子チームにも選ばれた。2006年から2013年にかけてはイングランド・セブンズ代表のヘッドコーチを務め、フィジー・セブンズ代表ではワールドラグビー・セブンズシリーズでの二度の年間チャンピオンも獲得している。リオオリンピックの功績が称えられ、フィジー・セルア州の名誉首長に任命され、フィジー大統領より民間人として最高位の勲章も授与された。現在はコンサルタントとして、世界各地のさまざまな競技のスポーツクラブや企業にアドバイスを提供している。

児島 修 Osamu Kojima

英日ノンフィクション翻訳者。訳書に、『サッカー データ革命 ロングボールは時代遅れか』(辰巳出版)、『ダン・カーター自伝』、『ジェンソン・バトン自伝 ライフ・トゥ・ザ・リミット』（東洋館出版)、『シークレット・レース ツール・ド・フランスの知られざる内幕』（小学館文庫）など。

SEVENS HEAVEN
フィジー・セブンズの奇跡

2019年9月5日　初版第1刷発行

著　者　ベン・ライアン
訳　者　児島 修
発行者　廣瀬和二
発行所　辰巳出版株式会社
〒160-0022
東京都新宿区新宿2-15-14 辰巳ビル
電話 03-5360-8956(編集部)
03-5360-8064(販売部)
http://www.TG-NET.co.jp

印刷・製本所　図書印刷株式会社

本書へのご感想をお寄せください。また、内容に関するお問い合わせは、
お手紙、FAX (03-5360-8073)、メール (otayori@tatsumi-publishing.co.jp) にて承ります。
恐れ入りますが、お電話でのお問い合わせはご遠慮ください。

落丁・乱丁本はお取り替えいたします。小社販売部までご連絡ください。

Printed in Japan
ISBN 978-4-7778-2358-1 C0098